Vestido para la muerte

Novela
Crimen y Misterio

Donna Leon
Vestido para la muerte

Septiembre 2004

Seix Barral

Título original: *Dressed for Death*

© 1994 by Donna Leon and
© 1997 by Diogenes Verlag AG Zurich
   All rights reserved
© por la traducción, Editorial Seix Barral, S. A.
   Traducción del inglés por Ana M.ª de la Fuente
© Editorial Seix Barral, S. A. 2003
   Av. Diagonal, 662-664, 08034 Barcelona (España)

Diseño e ilustración de la cubierta: Opal
Fotografía de la autora: © Roberto Cecchini
Primera edición en Colección Booket: febrero de 2003
Segunda edición: mayo de 2003

Depósito legal: B. 24.842-2003
ISBN: 84-322-1633-X
Impreso y encuadernado por: Liberdúplex, S. L.
Printed in Spain - Impreso en España

Biografía

Donna Leon nació en New Jersey el 28 de septiembre de 1942. En 1965 estudió en Perugia y Siena. Continuó en el extranjero y trabajó como guía turística en Roma, como redactora de textos publicitarios en Londres y como profesora en distintas escuelas norteamericanas en Europa y en Asia (Irán, China y Arabia Saudita). En la actualidad enseña literatura inglesa y norteamericana en la extensión de la Universidad de Maryland, situada en la base de las fuerzas aéreas de Estados Unidos en las cercanías de Venecia, donde reside desde 1981.

Protagonizadas por el comisario Brunetti, ha publicado las novelas *Muerte en La Fenice*, que obtuvo el prestigioso Premio Suntory a la mejor novela de intriga, *Muerte en un país extraño*, *Vestido para la muerte*, *Muerte y juicio*, *Acqua alta*, *Mientras dormían*, *Nobleza obliga* y *El peor remedio*, todas ellas publicadas por Seix Barral. Sus libros están traducidos a veintitrés idiomas, incluido el chino.

En memoria de Arleen Auger,
un sol extinto

Ah forse adesso
Sul morir mio delusa
Priva d'ogni speranza e di consiglio
Lagrime di dolor versa dal cigio.

Ah, quizá en este momento,
engañada por mi muerte,
privada de toda esperanza y de consuelo,
lágrimas de dolor sus ojos vierten.

Mozart, *Lucio Sila*

1

El zapato era rojo, rojo como las cabinas telefónicas de Londres o como los coches de bomberos de Nueva York, aunque éstos no fueron los símiles que se le ocurrieron al hombre que vio el zapato. Él pensó en el rojo del Ferrari Testarossa del calendario que colgaba de la pared del cuarto en el que se cambiaban los matarifes y que tenía una rubia desnuda recostada en el capó, muy amartelada con el faro izquierdo. El zapato estaba caído de lado, y la punta rozaba uno de los charcos de petróleo que salpicaban los campos entre los que se levantaba el matadero, envenenándolos con su maldición.

Años atrás, cuando se autorizó la construcción del matadero, Marghera aún no se había convertido en una de las zonas industriales más florecientes (aunque quizá no sea éste el calificativo más apropiado) de Italia, aún no había refinerías de petróleo, ni fábricas de productos químicos instaladas en las hectáreas de tierras pantanosas que se extienden al borde de la laguna, frente a Venecia, la Perla del Adriático. La nave de cemento del matadero, achaparrada y sórdida, estaba rodeada de una alta cerca de tela metálica, colocada, quizá, tiempo atrás, cuando todavía se llevaba a sacrificar el ganado en rebaños, por caminos polvorientos, y su finalidad era la de impedir que los animales se desperdigaran antes de ser conducidos a su destino, a gritos y golpes, por las rampas. Ahora llegaban en camiones que paraban delante de rampas cerradas por un muro a cada lado, y no había escapatoria posible. Desde luego, no habrían puesto la cerca para mantener alejados a los intrusos, porque ¿quién iba a querer acercarse a este edificio? Seguramente, por eso no se reparaban los boquetes que con los años se habían abierto en la tela metálica, por los que de noche entraban perros vagabundos, aullando ansiosos, atraídos por lo que había allí dentro.

Los terrenos que rodeaban el matadero estaban despejados. Las fábricas se mantenían a distancia de la vieja nave de cemento, como si observaran un tabú tan poderoso como la misma sangre. Los edificios permanecían alejados, pero sus emanaciones, sus desperdicios, los fluidos venenosos que se vertían en la tierra no entendían de tabúes, y año tras año iban acercándose al matadero. Un lodo negro bañaba los tallos de la hierba del pantano y una película irisada cubría los charcos, que, por seca que fuera la estación, nunca desaparecían. En el exterior, la naturaleza había sido envenenada, pero lo que horrorizaba a la gente era lo que se hacía en el interior de esa nave.

El zapato, el zapato rojo estaba caído de lado a unos cien metros de la fachada posterior del matadero, al lado de la cerca, por el exterior, a la izquierda de unos matorrales que parecían prosperar gracias al veneno que se filtraba hasta sus raíces. A las once y media de una calurosa mañana de agosto, un hombre fornido, con un delantal de cuero empapado en sangre, abrió la puerta metálica de la fachada posterior del matadero y salió al sol, que caía como plomo derretido. A su espalda, en el aire tórrido, flotaban efluvios pestilentes y quejidos. El sol quemaba, pero por lo menos allí fuera no era tan fuerte el hedor de los excrementos, y los mugidos y balidos que sonaban a su espalda quedaban un poco amortiguados por el zumbido del tráfico, que discurría a un kilómetro de distancia, transportando el aluvión de turistas que se precipitaba hacia Venecia durante el *ferragosto*.

El hombre se enjugó la sangre de la mano en el delantal —tuvo que agacharse para encontrar un trozo seco en una punta— y sacó un paquete de Nazionale del bolsillo de la camisa. Con un encendedor de plástico, encendió un cigarrillo e inhaló ávidamente, sorbiendo el olor y el acre sabor del tabaco barato. Un aullido ronco llegó hasta él por la puerta que tenía a la espalda, lo que le hizo apartarse del edificio. Fue hacia la cerca, en busca de la sombra de las hojas raquíticas de una acacia que, a fuerza de tesón y sufrimientos, había alcanzado una altura de cuatro metros.

De espaldas al edificio, el hombre contempló el bosque de chimeneas que se extendía hacia Mestre. Las que no escupían llamas exhalaban nubes grises y verdosas. Una brisa suave, muy ligera para sentirla en la cara, traía el humo hacia él. Dio otra calada al cigarrillo y miró al suelo. Al andar por estos campos tenías que vigilar dónde ponías el pie. Y entonces vio el zapato, caído al otro lado de la cerca.

Ese zapato era de tela, no de piel. ¿Seda? ¿Raso? Bettino Cola no entendía de estas cosas, pero sabía que su mujer tenía unos zapatos de ese mismo material, que le habían costado más de cien mil liras. Cincuenta corderos o veinte terneras tenía él que sacrificar para ganar ese dinero, y ella lo gastaba en unos zapatos, para ponérselos una sola vez y luego dejarlos en un rincón del armario y no volver ni a mirarlos.

No había en aquel paisaje abominable nada digno de atención, por lo que el hombre se quedó mirando el zapato mientras fumaba. Se fue un poco hacia la izquierda, para verlo desde otro ángulo. Aunque estaba muy cerca de un gran charco de petróleo, parecía descansar en terreno seco. Cola dio otro paso hacia la izquierda, un paso que lo situó bajo los rigores del sol, y exploró el terreno alrededor del zapato, buscando la pareja. Entre la hierba, distinguió una forma ovalada, que parecía una suela, como si también el compañero estuviera caído.

Bettino tiró el cigarrillo y lo aplastó con el pie en la tierra blanda, caminó unos pasos junto a la valla, se agachó y salió por un gran agujero, con precaución, para no arañarse con los oxidados alambres. Una vez fuera, se irguió y retrocedió hasta donde estaba el zapato, mejor dicho, el par de zapatos, que quizá fueran aprovechables.

—*Roba di puttana* —musitó entre dientes, al ver el tacón del primer zapato, más alto que el paquete de cigarrillos que llevaba en el bolsillo. Sólo una puta se pondría algo así. Se agachó a recoger el primer zapato, procurando no tocarlo por fuera, para no mancharlo. Tal como él esperaba, estaba limpio, no había caído en el charco. Dio unos pasos hacia la derecha, volvió a agacharse y asió con dos dedos el tacón del otro zapato, pero no consiguió levantarlo; seguramente estaba enredado entre los tallos. Apoyó una rodilla en tierra, con cuidado, y dio un tirón. El zapato cedió, pero cuando Bettino Cola vio que se había desprendido de un pie, dio un salto atrás y dejó caer el primer zapato en el negro charco del que se había salvado hasta aquel momento.

2

La policía llegó veinte minutos después: dos coches patrulla azul y blanco de la Squadra Mobile de Mestre. Para entonces, los terrenos de la parte trasera del edificio estaban llenos de trabajadores del matadero que habían salido al sol, movidos por la curiosidad acerca de esa otra clase de sacrificio. Cola, al ver el pie y la pierna a la que estaba unido, había corrido con paso inseguro al despacho del encargado, para decirle que al otro lado de la cerca había una mujer muerta.

Cola era un hombre trabajador y formal, por lo que el encargado llamó a la policía inmediatamente, sin salir a comprobar si le decía la verdad. Otros que habían visto entrar a Cola se acercaron a preguntar qué ocurría, y el encargado, con un gruñido, les ordenó volver al trabajo; los camiones refrigerados esperaban en los andenes de carga, y no se podía estar todo el día de charla porque le hubieran cortado el cuello a una puta.

Esto era una mera suposición, ya que Cola sólo le había hablado del zapato y del pie, pero todos los trabajadores de las fábricas sabían lo que ocurría en aquellos descampados. Si la habían matado allí, probablemente sería una de aquellas desgraciadas pintarrajeadas que al anochecer se apostaban junto a la carretera que unía el polígono industrial con Mestre. A la salida del trabajo, antes de volver a casa, ¿por qué no parar al lado de la carretera y acercarse hasta una manta extendida entre unos arbustos? Era sólo un momento, ellas no te exigían nada, sólo diez mil liras, y ahora había muchas rubias de la Europa oriental, cada vez más, y eran tan pobres que no podían obligarte a que te pusieras eso, como hacían las italianas de *via* Cappuccina, porque, a ver, ¿desde cuándo una puta ha de poder decirle a uno lo que tiene que hacer y lo que tiene que ponerse? Seguramente, ésta lo intentó, se excedió y el hombre la despachó. Quedaban muchas, y todos los meses llegaban más por la frontera.

Los coches de la policía pararon y de cada uno se apeó un agente uniformado. Fueron hacia el edificio, pero no llegaron hasta la puerta, porque el encargado les salió al encuentro. Detrás de él venía Cola, que se sentía importante, porque era el centro de la atención general, aunque también estaba un poco mareado desde que había visto el pie.

—¿Ha llamado usted? —preguntó el primer policía. Tenía la cara redonda y reluciente de sudor y miraba fijamente al encargado a través de unas gafas de sol.

—Sí —respondió el hombre—. En el campo que está detrás del edificio hay una mujer muerta.

—¿La ha visto usted?

—No —respondió el encargado, apartándose a un lado y haciendo una seña a Cola para que se acercase—. La ha encontrado él.

A un movimiento de cabeza del primer policía, el agente del segundo coche sacó una libreta azul del bolsillo de la chaqueta, la abrió, quitó el capuchón al bolígrafo y apoyó éste sobre el papel.

—¿Cómo se llama? —preguntó el primer policía, enfocando ahora al matarife con los cristales oscuros que le protegían los ojos.

—Cola, Bettino.

—¿Dirección?

—¿Qué tiene que ver su dirección? —terció el encargado—. Ahí detrás hay una mujer muerta.

El primer policía se volvió hacia él y bajó la cabeza un poco, lo justo para mirarlo por encima de las gafas.

—Esa mujer no se moverá de donde está. —Y dirigiéndose otra vez a Cola, repitió—: ¿Dirección?

—Castello, tres mil cuatrocientos cincuenta y tres.

—¿Cuánto hace que trabaja aquí? —preguntó el policía señalando con un movimiento de la cabeza el edificio que estaba detrás de Cola.

—Quince años.

—¿A qué hora ha llegado esta mañana?

—A las siete y media. Como todos los días.

—¿Qué hacía ahí fuera? —Su manera de preguntar y la forma en que el otro anotaba las respuestas daban a Cola la impresión de que sospechaban de él.

—He salido a fumar un cigarrillo.

—¿Mediados de agosto, y sale a fumar un cigarrillo al sol? —preguntó el primer policía, como si aquello le pareciera un desvarío. O una mentira.

—Era mi tiempo de descanso —dijo Cola con creciente irritación—. Siempre salgo al aire libre. Para alejarme del olor.

Al oír esta palabra, los policías lo percibieron y miraron hacia el edificio. El de la libreta no pudo por menos de contraer los orificios nasales tratando de cerrarlos a lo que llegaba hasta ellos.

—¿Dónde está la mujer?

—Al otro lado de la cerca. Está entre unos matorrales, por eso al principio no la he visto.

—¿Por qué se ha acercado?

—He visto un zapato.

—¿Cómo dice?

—He visto un zapato. En el suelo, y luego el otro. He pensado que a lo mejor mi mujer podía aprovecharlos.

—Era mentira; había pensado en venderlos, pero no quería decirlo a la policía. Una mentira sin importancia, inocente, pero era sólo la primera de muchas mentiras que la policía tendría que oír acerca del zapato y de la persona que lo había usado.

—¿Y después? —le azuzó el primer policía, al ver que Cola callaba.

—Después he vuelto aquí.

—No, quiero decir antes de eso —dijo el primer policía moviendo la cabeza con impaciencia—. Cuando ha visto el zapato. Cuando la ha visto a ella. ¿Qué ha hecho?

Cola se puso a hablar deprisa, con el deseo de acabar cuanto antes.

—He recogido del suelo un zapato, luego he visto el otro. Estaba entre la hierba. He tirado de él. Pensaba que estaba aprisionado. He vuelto a tirar y se ha desprendido. —Tragó saliva, dos veces—. Lo tenía ella puesto. Por eso no salía.

—¿Se ha quedado mucho rato?

Ahora fue Cola quien pensó que el otro desvariaba.

—No, no, no. He venido corriendo y se lo he dicho a Banditelli, y él les ha llamado.

El encargado asintió, corroborando las palabras de su subordinado.

—¿Ha estado dando vueltas por ese sitio? —preguntó a Cola el primer policía.

—¿Dando vueltas?

—¿Se ha quedado cerca de ella? ¿Ha fumado? ¿Ha tirado algo al suelo?

Cola movió la cabeza negativamente con vehemencia.

El segundo policía ojeó su libreta y el primero dijo:

—Le he hecho una pregunta.

—No. No he tirado nada. Cuando la he visto, he dejado caer el zapato y he vuelto al edificio.

—¿La ha tocado? —preguntó el primero.

Cola lo miró abriendo mucho los ojos, con asombro.

—Está muerta. Claro que no la he tocado.

—Le ha tocado el pie —dijo el segundo policía mirando sus anotaciones.

—No le he tocado el pie —insistió Cola, aunque ya no lo recordaba—. He tocado el zapato, y se lo he sacado del pie. —No pudo reprimir la pregunta—: ¿Por qué iba a querer tocarla?

Ninguno de los policías respondió. El primero hizo una seña con la cabeza al segundo, que cerró la libreta.

—Bien. Llévenos a donde está el cadáver.

Cola mantuvo los pies quietos, como si hubiera echado raíces y movió la cabeza de derecha a izquierda. El sol había secado la sangre del delantal y varias moscas zumbaban alrededor de él. Sin mirar a los policías, dijo:

—Está ahí detrás, al otro lado del agujero grande de la cerca.

—Quiero que usted nos lleve a donde está —dijo el primer policía.

—Ya les he dicho dónde está —respondió Cola secamente alzando la voz.

Los policías se miraron de un modo que daba a entender que la negativa de Cola podía ser significativa y valdría la pena recordarla. Pero, sin decir nada, dieron media vuelta, se alejaron de Cola y del encargado y desaparecieron por la esquina del edificio.

Era mediodía y el sol caía a plomo sobre las gorras de plato de los policías. Debajo, el sudor les empapaba el pelo y les resbalaba por la nuca. Cuando llegaron a la parte de atrás del edificio vieron el agujero de la cerca y fueron hacia él. A su espalda, sobre el fondo de los chillidos de muerte que escapaban de la nave, se oían voces humanas, y los agentes se volvieron. En la puerta trasera del matadero se apiñaban unos cinco o seis hombres, con unos delantales tan ensangrentados como el de Cola. Los policías ya estaban acostumbrados a esta curiosidad y siguieron andando hacia el agujero de la cerca. Por allí salieron, agachados, uno tras otro, y se encaminaron hacia el matorral.

Los agentes se pararon a pocos metros de las matas.

Pronto distinguieron la planta del pie que asomaba a ras del suelo. Delante estaban los zapatos.

Los dos hombres se acercaron al pie, andando despacio, mirando al suelo tanto para sortear los siniestros charcos negros como para no pisar cualquier huella. El primer policía se arrodilló al lado de los zapatos y apartó las matas. El cadáver estaba boca arriba, con la parte exterior de los tobillos descansando en el suelo. El policía extendió el brazo y dejó al descubierto una pantorrilla depilada. Se quitó las gafas de sol y, entornando los ojos, siguió con la mirada las piernas, largas y musculosas, pasando por unas rodillas huesudas hasta llegar a unas bragas de encaje rojo que dejaba al descubierto la falda que estaba subida, tapando la cara. El hombre se quedó inmóvil un momento.

—*Cazzo* —exclamó, soltando las matas.

—¿Qué ocurre? —preguntó su compañero.

—Es un hombre.

3

Normalmente, la noticia de que un travesti había aparecido en Marghera con la cara destrozada hubiera causado sensación, incluso entre el personal de la *questura* de Venecia, que estaba de vuelta de todo, en especial, si el hallazgo se producía durante el largo período festivo del *ferragosto*, en que la delincuencia solía disminuir o no pasaba de pequeños atracos y robos de pisos. Pero ese día hubiera hecho falta mucho más morbo para desplazar la espectacular noticia que había corrido como un reguero de pólvora por los pasillos de la *questura:* durante aquel fin de semana, Maria Lucrezia Patta, esposa del *vicequestore* Giuseppe Patta, había abandonado a su marido, tras veintisiete años de matrimonio, para instalarse en Milán —y, al llegar a este punto, cada narrador de la noticia hacía una pausa, para que el oyente pudiera prepararse para el bombazo—, en casa de Tito Burrasca, pionero y gran animador de la industria italiana del cine porno.

La noticia había llegado a la *questura* aquella mañana por boca de una de las secretarias del *Ufficio Stranieri*, que tenía un tío que vivía en un pequeño apartamento situado encima del piso de los Patta y que aseguraba haber pasado casualmente por delante de la puerta del matrimonio en el momento en que la bronca llegaba a su punto culminante. Decía el tío que Patta había pronunciado a gritos el nombre de Burrasca varias veces, amenazando con mandarlo arrestar si se atrevía a venir a Venecia; la *signora* Patta había respondido al fuego amenazando no sólo con irse a vivir con Burrasca sino con protagonizar su próxima película. El tío había vuelto sobre sus pasos y pasado la media hora siguiente tratando de abrir la puerta de su apartamento, mientras los Patta seguían intercambiando amenazas y recriminaciones. La refriega no había cesado hasta la llegada de una lancha taxi al extremo de la calle y la marcha de la *signora* Patta, seguida de sus seis maletas, que le había bajado el taxista, y de los denuestos de Patta, que la acústica de la escalera había hecho subir hasta los oídos del tío.

La noticia llegó a la *questura* a las ocho de la mañana del lunes y Patta la siguió a las once. A la una treinta, se recibió la llamada que informaba del hallazgo del travesti, pero entonces la mayoría del personal se había ido a almorzar, comida durante la cual los funcionarios se entregaron a las más jugosas conjeturas acerca de la futura carrera cinematográfica de la *signora* Patta. En una de las mesas se ofreció un premio de cien mil liras a la primera persona que se atreviera a preguntar a Patta por la salud de su señora esposa, ofrecimiento que revelaba la popularidad de que gozaba el *vicequestore* entre sus subordinados.

Guido Brunetti se enteró del asesinato del travesti por el mismo *vicequestore* Patta, que lo llamó a su despacho a las dos y media.

—Acabo de recibir una llamada de Mestre —dijo Patta, después de invitar a Brunetti a tomar asiento.

—¿De Mestre, señor? —preguntó Brunetti.

—Sí, esa ciudad que está al extremo del Ponte della Libertà —dijo Patta ásperamente—. Supongo que habrá oído hablar de ella.

Brunetti, recordando lo que le habían contado de Patta aquella mañana, decidió hacer caso omiso del sarcasmo.

—¿Y qué querían los de Mestre?

—Tienen un caso de asesinato y no disponen de nadie para investigarlo.

—¡Si tienen más personal que nosotros! —dijo Brunetti, que nunca estaba seguro de lo que Patta sabía acerca del funcionamiento de las fuerzas de policía en una y otra ciudad.

—Eso ya lo sé, Brunetti. Pero tienen a dos comisarios de vacaciones, otro se ha roto una pierna este fin de semana en un accidente de carretera. Queda uno, una mujer —Patta dio un resoplido de indignación ante la circunstancia—, que el sábado empieza su permiso de maternidad y no se reincorporará hasta últimos de febrero.

—¿Y los que están de vacaciones? ¿No pueden pedirles que vuelvan?

—Uno está en el Brasil y el otro, no se sabe dónde.

Brunetti fue a decir que un comisario tenía la obligación de estar siempre localizable, a dondequiera que fuera de vacaciones, pero al ver la expresión de Patta optó por preguntar:

—¿Qué le han dicho de ese asesinato?

—Es un chapero. Un travesti. Le machacaron la cabeza y lo dejaron en un campo de Marghera. —Antes de que Brunetti pudiera hacer alguna objeción, Patta dijo—: Sí, ya sé. El campo está en Marghera, pero el matadero que es el propietario del terreno está en el término de Mestre sólo por unos metros, de modo que el caso corresponde a Mestre.

Brunetti no tenía ningún deseo de perder el tiempo hablando de derechos de propiedad ni términos municipales, y sólo preguntó:

—¿Cómo saben que era un chapero?

—No sé cómo saben que era un chapero, Brunetti —respondió Patta levantando la voz un par de octavas—. Sólo le digo lo que me han comunicado. Un chapero vestido de mujer, con la cabeza abierta y la cara destrozada.

—¿Cuándo lo han encontrado?

Patta no tenía costumbre de tomar notas y no se había molestado en poner por escrito dato alguno. Los hechos no le interesaban, ¿qué podía importar un chapero más o menos?, pero le irritaba que sus hombres les hicieran el trabajo a los de Mestre. Eso significaba que, si el caso se resolvía, el éxito se lo anotaría Mestre. Pero, al recordar los últimos acontecimientos de su vida privada, se dijo que, en un caso de esta índole, no sería de lamentar que Mestre se llevara la gloria... y la publicidad.

—Su *questore* me llamó esta mañana para preguntarme si podíamos ocuparnos del caso. ¿Qué están haciendo ustedes tres?

—Mariani está de vacaciones y Rossi sigue con los papeles del caso Bortolozzi —respondió Brunetti.

—¿Y usted?

—Yo empiezo mis vacaciones este fin de semana, *vicequestore*.

—Las vacaciones pueden esperar —dijo Patta, descartando con la mayor naturalidad minucias tales como reservas de hotel y billetes de avión—. Además, tiene que ser un caso muy fácil. Busque al proxeneta y consiga una lista de los clientes. Ha de ser uno de ellos.

—¿Tienen proxenetas, señor?

—¿Las putas? Claro que los tienen.

—¿Los chaperos? ¿Los travestis? Eso, suponiendo que fuera un chapero.

—¿Cómo quiere que yo lo sepa, Brunetti? —preguntó Patta con suspicacia y en un tono más desabrido de lo habitual, con lo que hizo que Brunetti volviera a recordar la primera noticia de aquella mañana y cambiara de tema rápidamente.

—¿Cuándo se ha recibido el aviso? —preguntó.

—Hace un par de horas. ¿Por qué?

—Me pregunto si ya habrán levantado el cadáver.

—Con el calor que hace...

—Desde luego, el calor —convino Brunetti—. ¿Adónde lo habrán llevado?

—No tengo ni idea. A algún hospital. Probablemente, a

Umberto Primo, que me parece que es donde hacen las autopsias. ¿Por qué?

—Me gustaría echar un vistazo —dijo Brunetti—. Y también al lugar de los hechos.

Patta no era hombre que se interesara por los detalles.

—Ya que se trata de un caso de Mestre, utilice a sus conductores, no a los nuestros.

—¿Algo más, *vicequestore*?

—No. Estoy seguro de que será un caso fácil. Lo habrá solventado antes del fin de semana y podrá irse de vacaciones.

Era propio de Patta no preguntar adónde pensaba ir Brunetti ni qué reservas podía verse obligado a anular. Meros detalles.

Al salir del despacho de Patta, Brunetti observó que, mientras él estaba con el *vicequestore*, en el pequeño antedespacho habían aparecido varios muebles. A un lado había un gran escritorio de madera y, debajo de la ventana, una mesa pequeña. Sin hacer caso de las novedades bajó a la oficina general en la que trabajaban los agentes de uniforme. El sargento Vianello levantó la mirada de los papeles que tenía encima de la mesa y sonrió a Brunetti.

—Antes de que me pregunte, comisario, le diré que sí, es verdad. Tito Burrasca.

Al oír la confirmación, Brunetti se sintió tan asombrado como horas antes, cuando le dieron la primicia. En Italia, Burrasca era una especie de mito. Había empezado a hacer películas en los años sesenta, unas películas de crímenes y terror tan anacrónicas que, inopinadamente, se convirtieron en parodias del género. Burrasca, que no por hacer mal cine era tonto, comprendió que había encontrado un filón y correspondió a los plácemes del público con más extravagancias: vampiros con reloj de pulsera, como si los actores hubieran olvidado quitárselos, teléfonos que daban la noticia de la evasión de Drácula y actores con un registro de expresiones tan amplio como el de un semáforo. Al poco tiempo, Burrasca se había convertido en figura de culto, y llenaba los cines de un público ansioso de detectar gazapos.

En los años setenta, Burrasca dedicó su elenco a la realización de películas pornográficas, que no exigían una gran variedad de matices interpretativos ni grandes desembolsos en vestuario y, por lo que a trama argumental se refiere, ésta no podía tener secretos para una mente creativa: simplemente, bastaba con hacer pequeños retoques en las viejas películas de terror, convirtiendo a demonios, vampiros y hombres lobo en violadores y maníacos sexuales, y los cines seguían llenándose, aunque ahora eran cines más pequeños, y el público ya no se interesaba por el anacronismo.

En los años ochenta surgieron en Italia docenas de canales de televisión privados, a los que Burrasca obsequió con sus últimas creaciones, un poco suavizadas por deferencia a la supuesta sensibilidad de los telespectadores. Y entonces Burrasca descubrió el vídeo y se hizo un hueco en la vida cotidiana de Italia, era motivo de comentarios jocosos en tertulias televisivas y protagonista de las caricaturas de la prensa diaria. Tanto éxito hizo que Burrasca se fuera a vivir a Mónaco y se convirtiera en ciudadano del principado, donde imperaba un régimen fiscal razonable. El apartamento de doce habitaciones que conservaba en Milán, según declaraba el cineasta al fisco italiano, servía únicamente para relaciones públicas. Y ahora, al parecer, serviría también para sus relaciones con Maria Lucrezia Patta.

—Sí, señor; Tito Burrasca —repitió el sargento Vianello, haciendo un esfuerzo que Brunetti no podía ni imaginar, para reprimir la sonrisa—. Quizá sea una suerte para usted pasar unos días en Mestre.

Brunetti no pudo por menos de preguntar:

—¿Nadie sabía algo de esto?

—No, señor —Vianello sacudió la cabeza—. Nadie. Ni idea.

—¿Tampoco el tío de Anita? —preguntó Brunetti, revelando con ello que también las categorías superiores estaban enteradas de la fuente de la información.

Vianello fue a contestar, pero en aquel momento sonó un zumbido en su mesa. Levantó el teléfono, pulsó un botón y dijo:

—¿Sí, *vicequestore*? —Escuchó un momento—. Por supuesto, *vicequestore*. —Colgó. Brunetti le miraba interrogativamente—. Quiere que llame a Inmigración y pregunte cuánto tiempo puede permanecer Burrasca en el país habiendo cambiado de nacionalidad.

—Supongo que, en el fondo, habría que tener lástima del pobre hombre —dijo Brunetti sacudiendo la cabeza.

Vianello levantó la cabeza como movido por un resorte. No podía, o no quería, disimular su asombro.

—¿Lástima? ¿De él? —Con evidente esfuerzo, renunció a decir más y volvió a concentrarse en la carpeta que tenía en la mesa.

Brunetti volvió a su despacho. Desde allí llamó a la *questura* de Mestre, se identificó y pidió que le pusieran con la persona encargada del caso del travesti asesinado. A los pocos minutos hablaba con un tal sargento Gallo, que le explicó que él llevaba el caso hasta que éste fuera confiado a alguien de rango superior. Brunetti se identificó, dijo que él era esa persona y pidió a Gallo que enviara un coche a *piazzale* Roma a recogerlo dentro de media hora.

Cuando Brunetti salió del sombrío portal de la *questura*, el sol le cayó en la cabeza como un mazazo. Cegado por la luz y el reverbero del canal, se llevó la mano al bolsillo del pecho y sacó unas gafas. Antes de dar cinco pasos, ya sentía cómo el sudor le empapaba la camisa y le resbalaba por la espalda. Fue hacia la izquierda, decidiendo en aquel instante subir hasta San Zaccaria y tomar el 82, aunque para ello tuviera que ir bajo el sol durante un buen trecho. Las calles que iban a Rialto estaban protegidas del sol por casas altas, pero por aquel itinerario tardaría el doble en llegar, y había que evitar a toda costa estar en el exterior un minuto más de lo indispensable.

Al salir a Riva degli Schiavoni miró a la izquierda y vio que el *vaporetto* estaba amarrado al embarcadero y que de él salía gente. Entonces se le planteó una de esas disyuntivas peculiares de Venecia: correr para tratar de subir al barco o dejarlo marchar y pasar diez minutos soportando el calor y el balanceo del embarcadero, hasta que llegara el siguiente. Corrió. Al pisar las tablas de la pasarela tuvo que tomar otra decisión: pararse un momento a marcar el billete en la máquina amarilla de la entrada, exponiéndose a perder el barco, o embarcar directamente y pagar las quinientas liras de suplemento por no haber marcado. Pero entonces recordó que estaba en misión oficial y podía viajar por cuenta de la ciudad.

La carrera, aunque corta, le había bañado en sudor la cara y el pecho, y decidió quedarse en cubierta, para recibir la poca brisa creada por la mesurada marcha del barco por el Gran Canal. Miró en derredor y vio a turistas semidesnudos, hombre y mujeres en bañador, *shorts* y camiseta de tirantes, y durante un momento los envidió, aunque no se le escapaba que, con semejante indumentaria, él no sería capaz de presentarse más que en una playa.

Cuando se le secó el sudor, se esfumó la envidia, y Brunetti volvió a sentir la irritación que habitualmente le producía ver a la gente vestida de aquel modo. Si sus cuerpos fueran perfectos y las prendas de vestir, de buen gusto, quizá le molestaran menos. Pero la ropa descuidada y el abandono de muchos de aquellos cuerpos le hacía suspirar por el obligado decoro en el vestir de las sociedades islámicas. Él no era lo que Paola llamaba un «esnob de la belleza» pero afirmaba que había que procurar presentar el mejor aspecto posible. Desvió la atención de los pasajeros del barco a los *palazzi* que bordeaban el canal y sintió que su irritación se desvanecía. Muchos de ellos también estaban abandonados, pero una cosa era el deterioro de los siglos y otra la desidia y la ordinariez. La ciudad había envejecido, pero Brunetti amaba el gesto doliente que el tiempo le imprimía.

Aunque el comisario no había puntualizado en qué lugar debía esperarle el coche, se encaminó a la oficina de *carabinieri* de *piazzale* Roma y vio, estacionado en la puerta, con el motor en marcha, uno de los coches patrulla azul y blanco de la Squadra Mobile de Mestre. Dio unos golpecitos en el cristal del conductor. El joven que estaba sentado al volante bajó el cristal, y una oleada de aire frío lamió la pechera de la camisa de Brunetti.

—¿Comisario? —preguntó el joven que, al observar el gesto de asentimiento de Brunetti, se apeó diciendo—: Me envía el sargento Gallo.

Y abrió la puerta trasera. Brunetti subió al coche y, durante un momento, apoyó la cabeza en el respaldo. Se le enfrió el sudor del pecho y la espalda, y no hubiera podido decir si la sensación era grata o molesta.

—¿Adónde desea ir, señor? —preguntó el joven agente al poner el coche en marcha.

«De vacaciones. El sábado», respondió Brunetti, pero sólo mentalmente, hablando consigo mismo. Y con Patta.

—Lléveme al lugar en el que lo han encontrado —dijo al conductor.

Al otro lado de la carretera elevada que une Venecia con la tierra firme, el joven giró en dirección a Marghera. La laguna desapareció de su vista y al poco circulaban por una vía recta y muy transitada, con semáforos en cada cruce. Había que ir despacio.

—¿Ha estado usted allí esta mañana?

El joven volvió la cabeza rápidamente para mirar a Brunetti y luego fijó de nuevo la atención en el tráfico. El cuello de su camisa estaba limpio y planchado. Quizá se pasaba todo el día en el coche, con aire acondicionado.

—No, señor; han ido Buffo y Rubelli.

—El informe dice que era un chapero. ¿Alguien lo ha identificado?

—No lo sé, señor. Pero parece una suposición lógica, ¿no?

—¿Por qué?

—Es una zona de putas. Y de las baratas. Siempre hay una docena de ellas al lado de la carretera, entre las fábricas, por si alguien quiere echar un polvo rápido a la salida del trabajo.

—¿Hombres también?

—¿Cómo dice, señor? ¿Quién más que un hombre va a utilizar los servicios de una prostituta?

—Pregunto si también es zona de chaperos. ¿Estarían en un sitio en el que pudiera verse a sus clientes parar el coche camino de casa para hacer esa clase de tratos? No me parece que a muchos hombres les hiciera gracia que sus conocidos se enteraran.

El conductor se quedó pensativo.

—¿Dónde suelen trabajar? —preguntó Brunetti.

—¿Quiénes? —preguntó el joven. No quería cometer otro desliz.

—Los chaperos.

—Generalmente, en *via* Cappuccina, señor. Algunos, en la estación del ferrocarril, pero en verano procuramos impedirlo, por el turismo.

—¿Éste era un habitual?

—No sabría decirle, señor.

El coche torció hacia la izquierda, cortó por una carretera estrecha, giró a la derecha y salió a una autovía con edificios bajos a cada lado. Brunetti miró el reloj. Casi las cinco.

Los edificios se espaciaban cada vez más entre terrenos cubiertos de maleza y algún que otro arbusto. Había coches abandonados aquí y allá con los cristales destrozados y los asientos hechos jirones y tirados en el suelo. En tiempos, estos edificios habían estado vallados, pero ahora la mayoría de las cercas colgaban, flácidas y desgarradas, de los postes que parecían haber olvidado su función de sostenerlas.

Había mujeres al lado de la carretera. Dos estaban debajo de una sombrilla de playa que habían clavado en la tierra.

—¿Saben esas mujeres lo que ha pasado hoy aquí? —preguntó Brunetti.

—Estoy seguro de que sí. Esas noticias circulan con rapidez.

—¿Y a pesar de todo no se van? —Brunetti no podía disimular la sorpresa.

—Tienen que vivir, ¿no, señor? Además, si el muerto era un hombre, para ellas no hay peligro, o eso imaginarán. —El conductor frenó y detuvo el coche al borde de la carretera—. Ya hemos llegado.

Brunetti abrió la puerta del coche y salió. Un calor húmedo lo envolvió. Vio ante sí un edificio largo y bajo con cuatro rampas de cemento que subían hasta unas puertas metálicas dobles. Al pie de una de las rampas había un coche patrulla azul y blanco. No se veía nombre en el edificio, ni señal que lo identificara. Para identificarlo bastaba el olor.

—Creo que está detrás, comisario —dijo el conductor.

Brunetti se dispuso a rodear el edificio, en dirección a los campos que se extendían detrás. Allí vio otra cerca desmayada, una acacia que sobrevivía de milagro y, a su sombra, a un policía sentado en una silla, dando cabezadas.

—Scarpa —gritó el conductor, antes de que Brunetti pudiera decir algo—. Ha venido un comisario.

El policía irguió bruscamente la cabeza, despertó al instante y se levantó de un salto. Miró a Brunetti y saludó militarmente.

—Buenas tardes, señor.

Brunetti observó que la chaqueta del hombre estaba colgada del respaldo de la silla y que su camisa, empapada en sudor y pegada al cuerpo, ya no parecía blanca sino rosada.

—¿Cuánto tiempo lleva aquí fuera, agente Scarpa? —preguntó Brunetti acercándose al hombre.

—Desde que se han marchado los del laboratorio, señor.

—¿Cuánto hace de eso?

—Eran poco más de las tres.

—¿Por qué sigue aquí fuera?

—El sargento me dijo que me quedara aquí hasta que viniera un equipo para interrogar a los trabajadores.

—¿Y qué hace aquí con este sol?

El hombre respondió sin evasivas:

—No soportaba el olor de ahí dentro. He tenido que salir a vomitar y ya no he podido volver a entrar. He tratado de quedarme de pie, pero, como no hay más que este poco de sombra, al cabo de una hora he ido a buscar una silla.

Instintivamente, mientras el policía hablaba, Brunetti y el conductor también habían buscado la sombra.

—¿Sabe si ya ha venido el equipo a hacer el interrogatorio? —preguntó Brunetti.

—Sí, señor. Han llegado hace una hora.

—¿Y qué hace usted aquí fuera todavía? —preguntó Brunetti.

El agente lanzó a Brunetti una mirada inexpresiva.

—He preguntado al sargento si podía regresar a la ciudad, pero él quería que ayudara en los interrogatorios. Yo le he dicho que no podía, a menos que los trabajadores salieran a hablar conmigo. No le ha gustado, pero yo no podía entrar ahí.

Una ligera brisa hizo patente a Brunetti la razón de esta imposibilidad.

—¿Y por qué está aquí fuera? ¿Por qué no está en el coche?

—El sargento me dijo que esperase aquí. —El hombre hablaba con gesto impávido—. Le he preguntado si podía ir al coche, que tiene aire acondicionado, y él me ha dicho que, si no ayudaba en el interrogatorio, debía permanecer aquí fuera. —Como si hubiera adivinado la pregunta que Brunetti le haría a continuación, agregó—: El siguiente autobús no pasa hasta las siete y cuarto, para recoger a la gente a la salida del trabajo.

Brunetti tomó nota mentalmente y preguntó:

—¿Dónde lo han encontrado?

El policía se volvió y señaló los matorrales del otro lado de la cerca.

—Estaba ahí.

—¿Quién lo ha encontrado?

—Un trabajador que había salido a fumar un cigarrillo. Ha visto un zapato... rojo, según creo. Y se ha acercado a inspeccionar.

—¿Estaba usted aquí cuando han venido los del laboratorio?

—Sí, señor. Han examinado el terreno, han hecho fotos y han recogido todo lo que han encontrado en el suelo en un radio de cien metros de las matas.

—¿Había huellas de pisadas?

—Creo que sí, señor, pero no estoy seguro. El hombre que lo encontró dejó las suyas, pero me parece que han encontrado más. —Hizo una pausa, se enjugó el sudor de la frente y agregó—: Y los primeros policías también han dejado las suyas.

—¿Su sargento?

—Sí, señor.

Brunetti lanzó una rápida mirada a la hierba alta y luego miró la camisa del policía, empapada en sudor.

—Suba a nuestro coche, agente Scarpa. Tiene aire acondicionado. —Y al conductor—: Vaya con él. Espérenme allí.

—Muchas gracias, comisario —dijo el policía, y descolgó la chaqueta del respaldo de la silla.

—Déjelo —dijo Brunetti al ver que el hombre iba a ponérsela.

—Gracias —repitió el policía, que se agachó y agarró la silla.

Los dos hombres fueron hacia el edificio. El policía dejó la silla en la plataforma de cemento que había frente a la puerta trasera del edificio y se reunió con el conductor. Los dos agentes desaparecieron por la esquina y Brunetti fue hacia el agujero de la cerca.

Agachándose, cruzó al otro lado y se acercó a los matorrales. Por todas partes había señales del paso del equipo del laboratorio: orificios en el suelo, donde habían clavado las varillas para medir distancias, tierra levantada por zapatos que giraban sobre sí mismos y, cerca de las matas, unas ramitas cortadas, apiladas cuidadosamente. Sin duda habían tenido que recortar el arbusto al sacar el cuerpo, para que no lo arañaran las afiladas hojas.

Brunetti oyó a su espalda un portazo y una voz de hombre que gritaba:

—Eh, usted, ¿qué está haciendo ahí? ¡Apártese ahora mismo!

Brunetti dio media vuelta y, tal como esperaba, vio a un hombre con uniforme de policía que se acercaba andando deprisa, procedente de la puerta trasera del edificio. Como Brunetti lo miraba pero no se apartaba del matorral, el policía desenfundó el revólver y gritó:

—Levante las manos y acérquese a la valla.

Brunetti dio media vuelta y se dirigió hacia el policía andando como si pisara un terreno pedregoso, con los brazos extendidos hacia los lados para mantener el equilibrio.

—Que las levante he dicho —gruñó el policía cuando Brunetti llegó a la cerca.

El policía tenía un arma en la mano, por lo que Brunetti no trató de hacerle comprender que ya llevaba las manos levantadas, aunque no por encima de la cabeza. Sólo dijo:

—Buenas tardes, sargento. Soy el comisario Brunetti de Venecia. ¿Ha tomado declaración a los de ahí dentro?

El hombre tenía unos ojos muy pequeños en los que no brillaba una gran inteligencia, aunque sí la suficiente como para que Brunetti advirtiera que se daba cuenta del dilema que se le planteaba: o pedir a un comisario de policía que se identificara o dejar marchar a un impostor.

—Perdón, comisario, pero me daba el sol en los ojos y

no lo he reconocido —dijo el sargento, a pesar de que tenía el sol sobre el hombro izquierdo. Pero hubiera podido salvarse con esto, ganándose el respeto de Brunetti, mal que a éste le pesara, de no haber remachado—: Es muy desagradable salir al sol tan bruscamente desde un sitio oscuro. Además, no esperaba a nadie más.

En la placa que llevaba en el pecho se leía el apellido: «Buffo».

—Parece ser que Mestre va a estar sin comisarios durante un par de semanas, y me envían a mí para que lleve la investigación.

Brunetti se agachó y pasó por el agujero de la valla. Cuando enderezó el cuerpo, el revólver de Buffo estaba enfundado y la funda, abrochada.

Brunetti empezó a andar hacia la puerta trasera del matadero. Buffo iba a su lado.

—¿Qué información le ha dado esa gente?

—Nada más de lo que ya había averiguado esta mañana, cuando nos llamaron. Un matarife, Bettino Cola, encontró el cadáver poco después de las once. Había salido a fumar un cigarrillo y fue hasta la cerca porque decía que había visto unos zapatos en el suelo.

—¿Y no había tales zapatos? —peguntó Brunetti.

—Sí, señor. Allí estaban cuando llegamos nosotros.

Cualquiera que le oyese podía pensar que Cola había puesto los zapatos allí para alejar las sospechas de sí. Brunetti detestaba a los policías duros tanto como cualquier simple ciudadano o cualquier criminal.

—El que llamó dijo que había una puta en un campo. Yo me personé e hice la inspección ocular. Pero era un hombre —concluyó Buffo, y escupió.

—Según mis informes, se trata de un homosexual que ejercía la prostitución —dijo Brunetti con voz átona—. ¿Ha sido identificado?

—No, señor, todavía no. Hemos pedido que le hagan fotos en el depósito, pero está muy desfigurado. Después, un dibujante hará un esbozo del aspecto que debía de tener antes. Lo haremos circular por ahí y antes o después alguien lo reconocerá. Son muy conocidos estos chicos —dijo Buffo con una sonrisa que tenía mucho de mueca y prosiguió—: Si era de por aquí, no tardaremos en tener una identificación.

—¿Y si no lo era? —preguntó Brunetti.

—Entonces nos costará más tiempo, imagino. O quizá no lleguemos a saber quién era. En cualquier caso, no se habrá perdido mucho.

—¿Y eso por qué, sargento Buffo? —preguntó Brunetti suavemente, pero Buffo sólo captó las palabras, no la entonación.

—¿Y qué falta hacen? Son todos unos degenerados. Están llenos de sida y no tienen escrúpulos en contagiárselo a trabajadores decentes. —Volvió a escupir.

Brunetti se paró y se volvió de cara al sargento.

—Tal como yo lo veo, sargento Buffo, estos trabajadores decentes que tanto le preocupan se contagian del sida porque pagan a esos «degenerados» para darles por el culo. Que no se nos olvide. Y que tampoco se nos olvide que ese hombre, quienquiera que fuera, ha sido asesinado y nuestro deber es encontrar al asesino. Aunque sea un trabajador decente.

Dicho esto, Brunetti abrió la puerta y entró en el matadero. Prefería la inmundicia de dentro a la de fuera.

4

Dentro, Brunetti averiguó poco más; Cola repitió su declaración, y el encargado la corroboró. Buffo, hoscamente, le dijo que ninguno de los hombres que trabajaban en el matadero había visto nada extraño, ni aquella mañana ni el día anterior. Las putas habían llegado a integrarse en el paisaje de tal modo que ya nadie se fijaba en ellas ni en lo que hacían. Ninguno de los hombres recordaba haberlas visto en el campo que había detrás del matadero, lo que no era de extrañar, con aquel olor. De todos modos, si alguna hubiera rondado por allí, nadie le hubiera prestado atención.

Una vez informado de todo ello, Brunetti volvió al coche y dijo al conductor que lo llevara a la *questura* de Mestre. El agente Scarpa, que ya se había puesto la chaqueta, bajó del coche y subió al del sargento Buffo. Cuando los dos coches circulaban hacia Mestre, Brunetti bajó a medias el cristal, para que entrase un poco de aire, aunque fuera caliente, para diluir el olor a matadero que le impregnaba la ropa. Al igual que la mayoría de italianos, Brunetti se burlaba de la dieta vegetariana, que tachaba de una de tantas manías de personas sobrealimentadas, pero hoy la idea le parecía perfectamente razonable.

En la *questura,* su conductor lo llevó al primer piso y le presentó al sargento Gallo, un hombre cadavérico, de ojos hundidos, que daba la impresión de que, con los años, la misión de perseguir al criminal le había consumido las carnes.

Cuando Brunetti se hubo sentado a un lado del escritorio de Gallo, el sargento le dijo que podía añadir muy poco a lo que Brunetti ya sabía, aparte del informe preliminar verbal del forense: muerte a consecuencia de los golpes recibidos en la cabeza y en la cara, acaecida entre doce y dieciocho horas antes de que se encontrara el cuerpo. El calor hacía difícil precisarlo. Por las partículas de óxido halladas en algunas de las heridas y por la forma de éstas, el forense suponía que el arma del crimen era un objeto de metal, probablemente un trozo de tubo, un cuerpo cilíndrico, desde luego. El laboratorio no enviaría los resultados de los análisis de sangre y del contenido del estómago hasta el miércoles por la mañana como mínimo, por lo que aún no se sabía si la víctima se encontraba bajo los efectos de drogas o alcohol en el momento de la muerte. Puesto que muchas de las prostitutas de la ciudad y casi todos los travestis eran drogadictos, ello parecía probable, aunque, al parecer, no se habían encontrado en el cuerpo indicios de que se inyectara. El estómago estaba vacío, pero se observaban señales de que había comido por lo menos seis horas antes de la muerte.

—¿Qué hay de la ropa? —preguntó el comisario.

—Vestido rojo, de fibra sintética, barato. Zapatos rojos, recién estrenados, del número cuarenta y uno. Los haré examinar, para ver si damos con el fabricante.

—¿Tenemos fotos? —preguntó Brunetti.

—No estarán listas hasta mañana por la mañana, pero a juzgar por los informes de los agentes que lo trajeron, quizá prefiera no verlas.

—¿Tan mal estaba? —preguntó Brunetti.

—El que lo hizo debía de odiarlo mucho o estar fuera de sí. No le queda nariz.

—¿Mandará hacer un dibujo?

—Sí, señor, pero será pura especulación. El dibujante no podrá guiarse más que por la forma de la cara y el color de los ojos. Y el pelo. —Gallo hizo una pausa y agregó—: Pelo muy fino, con una calva de tamaño más que regular,

36

por lo que supongo que debía de llevar peluca, cuando, bueno, cuando trabajaba.

—¿Han encontrado la peluca? —preguntó Brunetti.

—No, señor. Y parece que lo mataron en otro sitio y luego lo trasladaron.

—¿Pisadas?

—Sí, señor. Los del equipo técnico dicen que encontraron una serie que iba hacia las matas y otra serie que volvía.

—¿Más hondas las que iban?

—Sí, señor.

—Así que lo llevaron hasta allí y lo tiraron entre la maleza. ¿De dónde procedían las huellas?

—Hay una carretera estrecha que discurre por el borde del campo que hay detrás del matadero. Parece que venían de allí.

—¿Algo en la carretera?

—Nada. Hace semanas que no llueve, por lo que un coche y hasta un camión hubiera podido parar allí sin dejar señales. Sólo tenemos las pisadas. De hombre. Número cuarenta y tres.

Era el de Brunetti.

—¿Tienen una lista de travestis?

—Sólo de los que han tenido algún percance.

—¿Qué clase de percances suelen tener?

—Lo de siempre. Drogas. Reyertas entre ellos. De vez en cuando, uno se pelea con algún cliente. Generalmente, por dinero. Pero ninguno ha estado involucrado en nada serio.

—Y las peleas, ¿son violentas?

—Nada comparable a esto. Ni mucho menos.

—¿Cuántos puede haber?

—Tenemos fichados a unos treinta, pero supongo que son sólo una pequeña parte. Muchos son de Pordenone o de Padua. Parece que allí marcha muy bien el negocio.

La primera era la ciudad importante más próxima a instalaciones militares norteamericanas e italianas. Esto hacía de Pordenone un lugar propicio. Pero, ¿Padua? ¿La universidad? Mucho tenían que haber cambiado las cosas desde que Brunetti se había licenciado en derecho.

—Me gustaría mirar esas fichas esta noche. ¿Puede pedir que me hagan fotocopias?

—Ya están hechas —dijo Gallo entregándole una gruesa carpeta azul que tenía encima de la mesa.

Al tomar la carpeta de manos del sargento, Brunetti descubrió que incluso allí, en Mestre, a menos de veinte kilómetros de su casa, con toda probabilidad lo tratarían como a un forastero, de modo que buscó un común denominador que le permitiera encajar en una unidad operativa, dejar de ser el comisario que viene de fuera.

—Pero usted es veneciano, ¿verdad, sargento? —Gallo asintió y Brunetti agregó—: ¿Castello?

Gallo volvió a mover la cabeza afirmativamente pero ahora con una sonrisa, como si supiera que su acento lo delataría dondequiera que fuese.

—¿Y qué hace aquí, en Mestre? —preguntó Brunetti.

—Ya sabe lo que ocurre, comisario. Me cansé de buscar apartamento en Venecia. Mi mujer y yo estuvimos dos años buscando, pero es imposible. Nadie quiere alquilar a un veneciano, tienen miedo de que no te marches nunca. Y, si quieres comprar... cinco millones el metro cuadrado. ¿Quién puede pagar eso? Así que nos vinimos aquí.

—Parece que le pesa, sargento.

Gallo se encogió de hombros. Su caso no era único. Muchos venecianos tenían que abandonar la ciudad a causa de los astronómicos alquileres y los precios de las viviendas.

—Siempre es duro tener que marcharse de casa, comisario —dijo, pero a Brunetti le pareció que ahora su voz ya tenía un acento más cálido.

Volviendo al caso que les ocupaba, Brunetti preguntó, golpeando la carpeta con el índice:

—¿Hay aquí alguien en quien ellos tengan confianza?

—Teníamos a un agente, Benvenuti, pero se retiró el año pasado.

—¿Nadie más?

—No, señor. —Gallo se quedó en suspenso, como si no acabara de decidirse a decir lo que pensaba—. Me parece que muchos de los agentes jóvenes... en fin, me parece que no se toman en serio a esos chicos.

—¿Qué le hace decir eso, sargento Gallo?

—Si alguno hace una denuncia, porque un cliente le ha golpeado, no porque no le haya pagado, que eso es algo sobre lo que la policía no tiene control, bien, ningún agente quiere ser enviado a investigar, aunque tengamos el nombre del que lo ha hecho. Y, si van a interrogarlo, generalmente la cosa no pasa de ahí.

—Esa misma impresión, incluso más acentuada, me dio el sargento Buffo —dijo Brunetti.

Al oír el nombre, Gallo apretó los labios, pero no hizo ningún comentario.

—¿Y qué hay de las mujeres? —preguntó Brunetti.

—¿Las prostitutas?

—Sí. ¿Hay mucho contacto entre ellas y los travestis?

—Nunca ha habido problemas, que yo sepa, pero no tengo idea de cómo se llevan entre ellos. No creo que exista competencia por la clientela, si es eso lo que quiere decir.

Brunetti no estaba seguro de lo que había querido decir, y comprendió que sus preguntas no tendrían un objetivo claro hasta que leyera las fichas de la carpeta azul o hasta que alguien pudiera identificar al muerto. Mientras tanto, no podría hablarse de móvil ni tratar de comprender lo sucedido.

El comisario se levantó y miró su reloj.

—Me gustaría que su conductor fuera a recogerme mañana por la mañana a las ocho y media. Y, a ser posible, que el dibujante ya tuviera el boceto terminado. Tan pronto como puedan disponer de él, si es posible, esta misma noche, que por lo menos dos agentes empiecen a enseñarlo a los travestis y les pregunten si saben quién era o si tienen noticia de que ha desaparecido alguien de Pordenone o de Padua. Que pregunten a las prostitutas si también los travestis trabajan en la zona en la que se encontró el cadáver o si alguna vez han visto a alguno por allí. —Tomó la carpeta—. Esta noche repasaré las fichas.

Gallo había ido anotando las instrucciones de Brunetti y ahora se levantó y fue con él hasta la puerta.

—Hasta mañana, comisario. —Volvió al escritorio y alargó la mano hacia el teléfono—. Abajo encontrará al conductor que le llevará a *piazzale* Roma.

Mientras el coche de la policía iba por el paso elevado camino de Venecia, Brunetti miraba hacia la derecha, a las nubes de humo gris, blanco, verde y amarillo que brotaba del bosque de chimeneas de Marghera. En todo lo que alcanzaba la mirada se extendía sobre el vasto polígono industrial una capa de humo que los rayos del sol poniente convertían en una radiante visión del siglo próximo. Deprimido por la idea, volvió la mirada hacia Murano y la lejana torre de la basílica de Torcello, donde, según algunos historiadores, empezó a germinar la idea de Venecia hacía más de mil años, cuando los habitantes de la costa se desplazaron hacia las marismas huyendo de los hunos invasores.

El conductor hizo un rápido viraje para sortear una enorme autocaravana con matrícula alemana que les había cortado el paso al salir del aparcamiento de Tronchetto, lo que hizo volver al presente a Brunetti. Otra vez los hunos, y ahora no había adónde escapar.

Desde *piazzale* Roma, Brunetti fue a su casa andando, sin fijarse por dónde iba ni con quién se cruzaba. No podía dejar de pensar en aquel sórdido descampado, en las moscas que zumbaban en torno al matorral donde había estado el cadáver. Mañana iría a verlo, hablaría con el forense y trataría de descubrir qué secretos podía revelar aquel cuerpo desfigurado.

Llegó a casa poco antes de las ocho, no tan tarde como para que pudiera suponerse que no había tenido una jornada normal. Cuando abrió la puerta, Paola estaba en la cocina, pero no había en la casa sonidos ni ruidos de cocina. Avanzó por el pasillo, empujado por la curiosidad y asomó la cabeza por la puerta. Ella estaba delante de la encimera, cortando tomates en rodajas.

—*Ciao*, Guido —dijo mirándolo con una sonrisa.

Él arrojó la carpeta azul sobre la encimera, se acercó a Paola y le dio un beso en la nuca.

—¿Con este calor? —preguntó ella, pero se apoyaba en él al decirlo.

Él le lamió suavemente el cuello.

—Tengo falta de sal —dijo, volviendo a lamer.

—En la farmacia venden pastillas de sal. Probablemente son más higiénicas —dijo ella inclinándose hacia adelante, pero sólo para tomar otro tomate rojo del fregadero, que cortó en gruesas rodajas y agregó a los que ya tenía dispuestos en círculo en una fuente de cerámica.

Él sacó una botella de agua mineral del frigorífico y una copa del armario alto. Llenó la copa, bebió, volvió a llenarla y a beber, tapó la botella y volvió a meterla en el frigorífico.

Del estante de abajo extrajo una botella de *prosecco*. Arrancó la lámina de estaño y, lentamente, empujó el corcho con los pulgares, imprimiéndole un suave movimiento de vaivén. Cuando saltó el tapón, él inclinó rápidamente la botella, para impedir que se derramara la espuma.

—¿Por qué cuando nos casamos, tú ya sabías lo que hay que hacer para que el champán no se salga y yo, no? —preguntó mientras se servía el vino espumoso.

—Mario me lo enseñó —dijo Paola, y él supo inmediatamente que, de la veintena de Marios que conocían, su mujer se refería a su primo, el comerciante en vinos.

—¿Quieres?

—Sólo un sorbo del tuyo. No me gusta beber con este calor; se me sube a la cabeza. —Él la abrazó por detrás y le arrimó la copa a los labios. Ella tomó un trago—. Basta —dijo. Entonces bebió él.

—Está bueno —murmuró—. ¿Y los niños?

—Chiara, en la terraza, leyendo. —¿Alguna vez hacía Chiara algo que no fuera leer? ¿Aparte de resolver problemas de matemáticas y pedir un ordenador?

—¿Y Raffi? —Seguro que estaba con Sara, pero Brunetti siempre preguntaba.

—Con Sara. Cena en su casa y después piensan ir al cine. —Paola rió, divertida por la fervorosa devoción de Raffi por Sara Paganuzzi, y aliviada de que su hijo se hubiera prendado de la vecinita que vivía dos pisos más abajo—. Espero que pueda separarse de ella estas dos semanas que vamos a estar fuera —prosiguió la madre, aunque estaba segura de que la posibilidad de pasar dos semanas en las montañas de Bolzano y escapar del calor asfixiante de la ciudad bastaba para inducir hasta al mismo Raffi a renunciar transitoriamente a las delicias de un amor recién estrenado. Además, los padres habían dado permiso a Sara para que pasara un fin de semana de aquellas vacaciones con la familia de Raffaele. Y Paola, que no tenía que volver a dar clase en la universidad hasta dentro de dos meses, veía ante sí días y días de lectura intensiva.

Brunetti no dijo nada y se sirvió otra media copa de espumoso.

—Caprese? —preguntó señalando con un movimiento de la cabeza la corona de tomate en rodajas que su mujer disponía en la fuente.

—Oh, superdetective —dijo Paola alargando la mano hacia otro tomate. Ve una fuente de rodajas de tomate, colocadas de manera que puedan intercalarse entre ella lonchas de mozzarella, ve un ramo de albahaca fresca en un vaso situado a la izquierda de su bella esposa, al lado del plato del queso e, instantáneamente, deduce: insalata caprese para cenar. No es de extrañar que la sagacidad de este hombre tenga atemorizada a la población criminal de la ciudad. Se volvió a mirarlo sonriendo, para tratar de adivinar por su expresión si esta vez había ido demasiado lejos. Al ver que quizá era así, le tomó la copa de la mano y bebió otro sorbo—. ¿Qué pasa? —preguntó al devolverle la copa.

—Me han asignado un caso en Mestre. —Atajando la interrupción que preveía, explicó—: Tienen a dos comisarios de vacaciones, a otro en el hospital con una pierna rota y la otra empieza el permiso de maternidad.

—Así que Patta te ha cedido a Mestre.

—No había nadie más.

—Guido, siempre hay alguien más. Si me apuras, está el mismo Patta. No le haría ningún daño hacer algo más que estar sentado en su despacho, firmar papeles y sobar a las secretarias.

A Brunetti le resultaba difícil imaginar a alguna de las secretarias consintiendo que Patta la sobara, pero se reservó la opinión.

—¿Qué dices? —le instó ella, al ver que callaba.

—Patta tiene problemas —dijo Brunetti.

—¿Entonces es verdad? Todo el día he estado deseando llamarte para preguntártelo. ¿Tito Burrasca? —Brunetti asintió y ella levantó la cabeza y emitió un sonido bronco que podría describirse como risotada—. Tito Burrasca —repitió, se volvió hacia el fregadero y sacó otro tomate—. Tito Burrasca.

—Vamos, Paola, no tiene gracia.

Ella se revolvió sin soltar el cuchillo.

—¿Cómo que no tiene gracia? Patta es un gilipollas fatuo, hipócrita y santurrón, y no se me ocurre nadie que lo tenga más merecido.

Brunetti se encogió de hombros y se sirvió más espumoso. Mientras su mujer despotricara contra Patta se olvidaría de Mestre, aunque comprendía que la distracción sería sólo momentánea.

—Es que no me lo puedo creer —dijo ella girando sobre sí misma, como si hablara con el último tomate que quedaba en el fregadero—. Te amarga la vida durante años, te complica el trabajo, y ahora tú lo defiendes.

—No lo defiendo, Paola.

—Pues lo parece —dijo ella, dirigiéndose ahora a la bola de *mozzarella* que tenía en la mano izquierda.

—Sólo digo que nadie se merece una cosa así. Burrasca es un cerdo.

—¿Y Patta, no?

—¿Llamo a Chiara? —preguntó él, al ver que la ensalada casi estaba preparada.

—No hasta que me digas cuánto tiempo te ocupará lo de Mestre.

—Ni idea.

—¿De qué se trata?

—Un asesinato. Un travesti ha aparecido muerto en un descampado. Alguien le aplastó la cara, probablemente con un trozo de tubo, y lo llevó allí.

Brunetti se preguntaba si antes de la cena las otras familias tendrían conversaciones tan edificantes.

—¿Por qué en la cara? —preguntó ella, yendo directamente a la incógnita que le había intrigado durante toda la tarde.

—¿Por rabia?

—Hum —hizo ella mientras cortaba la *mozzarella* y la intercalaba entre las rodajas de tomate—. Y ¿por qué lo habrán llevado a un descampado?

—Porque el asesino quería que encontraran el cuerpo lejos de donde lo había matado.

—¿Estás seguro de que no lo mataron allí?

—Parece que no. Había pisadas que iban hasta el cuerpo y otras, menos profundas, que se alejaban de él.

—¿Un travesti, dices?

—Eso es todo lo que sé. Ignoro la edad, pero todos parecen estar seguros de que era un chapero.

—¿Tú no lo crees?

—No tengo razones para no creerlo. Pero tampoco las tengo para creerlo.

Ella arrancó varias hojas de albahaca, las lavó al chorro

del grifo y las cortó finamente. Espolvoreó con ellas tomate y *mozzarella*, echó sal y lo roció todo generosamente con aceite de oliva.

—He pensado que podríamos cenar en la terraza —dijo—. Supongo que Chiara habrá puesto la mesa. ¿Quieres comprobarlo? —Él dio media vuelta para salir de la cocina, llevándose la botella y la copa. Al observarlo, Paola dejó el cuchillo en el fregadero y dijo—: El caso no estará resuelto antes del fin de semana, ¿verdad?

Él meneó la cabeza.

—No es probable.

—¿Qué quieres que haga?

—Las reservas del hotel están hechas, los niños están ilusionados. Lo están esperando desde que acabó el colegio.

—¿Qué quieres que haga? —repitió ella. Una vez, hacía unos ocho años, él había conseguido rehuir una pregunta de su mujer. Hasta el día siguiente.

—Quiero que tú y los niños vayáis a la montaña. Si termino pronto, me reuniré con vosotros. De todos modos, intentaré ir el fin de semana.

—Preferiría tenerte allí, Guido. No quiero pasar las vacaciones sola.

—Tendrás a los niños.

Paola no se dignó otorgar una réplica racional. Tomó la fuente de la ensalada y fue hacia él.

—Vamos a ver si Chiara ha puesto la mesa.

5

Aquella noche, antes de acostarse, Brunetti repasó los expedientes y en ellos encontró el reflejo de un mundo que quizá sabía que existía pero del que no conocía aspectos ni detalles concretos. Que él supiera, en Venecia no había travestis que se dedicaran a la prostitución. Pero había, por lo menos, un transexual, y Brunetti sabía de su existencia sólo porque en una ocasión tuvo que firmar un certificado en el que se hacía constar que Emilio Mercato no tenía antecedentes penales, requisito exigido para que en la *carta d'identità* pudieran hacerse las modificaciones correspondientes a los cambios que ya se habían efectuado en el cuerpo del interesado, sustituyendo Emilio por Emilia y hembra por varón. Él no concebía qué instintos o pasiones podían impulsar a una persona a dar ese paso irreversible, pero recordaba que se había sentido impresionado y conmovido por una emoción que había preferido no analizar, por aquella sustitución de una sola letra en un documento oficial: Emilio, Emilia.

Los hombres de los expedientes no se dejaban arrastrar por tales cavilaciones y se conformaban con transformar sólo su aspecto: cara, ropa, maquillaje, porte y gesto. Algunas de las fotos de las fichas daban testimonio de la habilidad con que se había operado la metamorfosis. De la mitad, Brunetti nunca hubiera dicho que fueran hombres, a pesar de que le constaba que lo eran. La suavidad del cutis y la delicadeza del corte de cara no tenían nada de masculino; incluso frente a las violentas luces y el objetivo inclemente de la cámara de la policía, muchos parecían mujeres hermosas, y Brunetti buscaba en vano una sombra de barba, un mentón acusado, algo que denotara su condición de hombres.

Sentada en la cama a su lado, Paola repasaba las hojas que él le iba pasando, fotos, declaraciones, el informe de un arresto por venta de droga... y le devolvía los papeles sin comentarios.

—¿Qué piensas? —preguntó Brunetti.

—¿De qué?

—De esto. —Él levantó el expediente que tenía en la mano—. ¿No te parecen extraños estos hombres?

Ella le miró largamente y, según intuyó él, con aversión.

—Más extraños me parecen los hombres que los utilizan.

—¿Por qué?

Señalando la carpeta, Paola dijo:

—Estos hombres, por lo menos, no se engañan sobre lo que hacen. Sus clientes, sí.

—¿Qué quieres decir?

—Vamos, Guido. Piénsalo. Estos hombres cobran por follar o por dejarse follar, según las preferencias del que paga. Pero, para conseguir clientes, tienen que vestirse de mujer. Piénsalo un momento. Piensa en la hipocresía, en la necesidad de engañarse a sí mismos. Así, al día siguiente pueden decirse: «*Gesù Bambino*, no sospechaba que fuera un hombre hasta que ya era tarde», o «En fin, aunque el otro fuera un hombre, yo fui el que la metió». Así quedan como hombres, como machos, y no tienen que reconocer que prefieren acostarse con hombres, para no tener que dudar de su virilidad. —Le miró fijamente—. A veces, Guido, tengo la impresión de que hay muchas cosas en las que no te molestas en pensar.

Lo cual, traducido libremente, solía significar que él no veía las cosas lo mismo que ella. Pero esta vez Paola tenía razón; él nunca había pensado en eso. Tan pronto como Brunetti había descubierto a la mujer, había quedado cautivado, y no concebía una atracción sexual que no partiera de ella. Al crecer, dio por descontado que a todos los hombres les ocurría poco más o menos lo mismo; cuando descubrió que no era así, estaba tan íntimamente convencido de dónde se hallaba su placer que no pudo aceptar la posible alternativa más que en un plano puramente teórico.

Entonces recordó algo que Paola le había dicho cuando empezaban a salir, algo en lo que él no se había fijado: que los italianos se tocaban mucho los genitales, manoseándolos, casi acariciándolos. Él, al oírlo, se rió con incredulidad y desdén, pero a partir del día siguiente empezó a fijarse y, antes de una semana reconocía que ella tenía razón. Al cabo de otra semana, estaba impresionado, casi abrumado, por la frecuencia con que, yendo por la calle, observaba que los hombres bajaban la mano para darse una palmadita inquisitiva y tranquilizadora, como si temieran que pudieran habérseles caído. Un día, mientras paseaban, Paola se paró bruscamente y le preguntó en qué pensaba y, al darse cuenta de que ella era la única persona del mundo a la que podría decir sin vacilar qué pensaba en aquel momento, acabó por descubrir, si otras mil cosas no se lo habían hecho comprender ya, que ella era la mujer con la que quería casarse, con la que tenía que casarse, con la que iba a casarse.

Amar a una mujer, desear a una mujer le parecía entonces algo absolutamente natural, y ahora seguía pareciéndoselo. Pero los hombres de aquella carpeta, por razones que él podía conocer pero que nunca llegaría a comprender, se habían apartado de las mujeres y buscaban el físico de otros hombres. Lo hacían por dinero, por droga o, sin duda, a veces, también por amor. ¿En qué terrible abrazo de odio había encontrado uno de ellos aquel violento final. ¿Y por qué razón?

Paola dormía plácidamente a su lado: una forma de curvas suaves que hacía las delicias de su corazón. Dejó la carpeta en la mesa de al lado de la cama, apagó la luz, rodeó con el brazo el hombro de Paola y le dio un beso en la nuca. Aún estaba salada. Se durmió enseguida.

Cuando Brunetti llegó a la *questura* de Mestre a la mañana siguiente encontró al sargento Gallo en su despacho, con otra carpeta azul en la mano. Brunetti se sentó, el policía le pasó la carpeta y Brunetti vio por primera vez la cara del hombre asesinado. En la parte de arriba estaba el retrato hecho por el dibujante y, debajo, las fotos de la cara destrozada que habían servido al artista para su reconstrucción.

Imposible calcular el número de golpes que había recibido. Tal como Gallo había dicho la noche antes, la nariz había desaparecido, literalmente incrustada en la cabeza por un golpe brutal. Un pómulo estaba hundido y en su lugar había un profundo surco. Las fotos de la parte posterior de la cabeza mostraban una violencia similar, pero éstos eran golpes que, más que desfigurar, mataban.

Brunetti cerró la carpeta y la devolvió a Gallo.

—¿Han hecho copias del retrato?

—Sí, señor, tenemos un buen montón, pero no nos han entregado el retrato hasta hace media hora, y los hombres aún no lo han sacado a la calle.

—¿Y las huellas dactilares?

—Sacamos una serie y las enviamos a Roma y a la Interpol de Ginebra; pero ya sabe usted cómo es esa gente.

Brunetti sabía que Roma podía tardar varias semanas en analizar unas huellas. Generalmente, la Interpol era un poco más rápida.

Brunetti golpeó la carpeta con el índice.

—La cara está muy machacada, ¿verdad?

Gallo asintió, pero no dijo nada. En el pasado había tratado con el *vicequestore* Patta, aunque sólo por teléfono, y desconfiaba de todo el que viniera de Venecia.

—Casi como si hubieran querido dejarlo irreconocible —prosiguió Brunetti.

Gallo le lanzó una rápida mirada frunciendo sus espesas cejas y volvió a mover la cabeza afirmativamente.

—¿Usted conoce a alguien en Roma que pudiera acelerar la investigación? —preguntó Brunetti.

—Sí, señor, ya he intentado hablar con él, pero está de vacaciones. ¿Y usted?

Brunetti movió la cabeza negativamente.

—Al que yo conocía lo trasladaron a Bruselas. Trabaja para la Interpol.

—Pues habrá que esperar, imagino —dijo Gallo, dando a entender por el tono que no le gustaba la perspectiva.

—¿Dónde está?

—¿El muerto?

—Sí.

—En el depósito del Umberto Primo. ¿Por qué?

—Me gustaría verlo.

Si a Gallo le pareció sorprendente esta petición, no lo demostró.

—El conductor lo llevará.

—¿Está lejos?

—No, unos minutos —respondió Gallo—. Quizá, con el tráfico de primera hora de la mañana, un poco más.

Brunetti se preguntó si aquella gente iría andando a alguna parte, pero entonces recordó el calor tropical que envolvía toda la zona del Véneto como un sudario. Quizá fuera conveniente ir en coche climatizado de uno a otro edificio climatizado, pero dudaba mucho de que él llegara a acostumbrarse al sistema. Reservándose el comentario, bajó y dijo a su conductor —ahora ya le parecía su conductor y el coche, su coche— que lo llevara al Hospital Umberto Primo, el mayor de los muchos hospitales de Mestre.

En el depósito encontró al empleado sentado ante un escritorio bajo, con un ejemplar del *Gazzettino* abierto ante sí. Brunetti le mostró su carnet de policía y dijo que quería ver al hombre asesinado que había sido encontrado la víspera en un descampado.

El empleado, un hombre bajo, con un abdomen voluminoso y piernas arqueadas, dobló el periódico y se levantó.

—Ah, ése. Está al otro lado, comisario. No ha venido a verlo nadie más que el dibujante, y sólo quería mirarle el pelo y los ojos. No habían salido bien en las fotos; demasiado flash. Le echó un vistazo y le levantó un párpado para ver el color de los ojos. Yo diría que le impresionó ver cómo estaba, pero, ¡caray!, hubiera tenido que verlo antes de la autopsia, con todo ese maquillaje mezclado con la sangre. Lo que costó limpiarlo. Parecía un payaso. Tenía pintura de ojos por toda la cara, bueno, por lo que quedaba de ella. Lo que cuesta limpiarla. Las mujeres deben de tardar un siglo en quitársela, ¿no cree?

Mientra hablaba, el hombre precedía a Brunetti por la fría sala, y de vez en cuando se paraba y se volvía a mirarlo. Por fin se detuvo delante de una de las puertas metálicas que formaban las paredes, se agachó, hizo girar una empuñadura metálica y extrajo la gaveta baja en la que descansaba el cadáver.

—¿Le va bien así, comisario, o quiere que lo levante? Es sólo un momento.

—No hace falta, ahí está bien —dijo Brunetti mirando hacia abajo.

Sin esperar la orden, el empleado levantó el extremo de la sábana que cubría la cara y miró a Brunetti, inquiriendo si debía seguir destapando. Brunetti asintió, y el hombre retiró la sábana y la dobló rápidamente formando un pulcro rectángulo.

Aunque Brunetti había visto las fotos, no estaba preparado para lo que apareció ante sus ojos. El forense sólo practicaba la exploración, no se preocupaba de la restauración; si aparecía la familia, que pagaran ellos a alguien, si querían, para que se encargara de eso.

No se había intentado recomponer la nariz, y Brunetti contemplaba una superficie cóncava, con cuatro muescas, como una cara modelada en arcilla por un niño torpe que le hubiera hecho un agujero por nariz. Sin la nariz, era imposible reconocer en la cara una expresión humana.

El comisario examinó el cuerpo, en busca de un indicio de edad o condición física. Brunetti se oyó a sí mismo dar un ligero respingo de sorpresa al advertir que aquel cuerpo se parecía al suyo de un modo inquietante: la misma complexión, un poco de grasa en la cintura y la cicatriz de una operación de apendicitis en la infancia. La única diferencia era la tersura de la piel. Se inclinó para mirar el pecho, brutalmente seccionado por la larga incisión de la autopsia. En lugar del vello grueso y canoso que crecía en su propio pecho, observó un fino rastrojo.

—¿El forense le afeitó el pecho antes de la autopsia? —preguntó Brunetti.

—No, señor. No era cirugía cardiaca sino una autopsia lo que había que hacer.

—Pues tiene el pecho afeitado.

—Y las piernas.

Brunetti lo comprobó.

—¿Hizo el forense alguna observación al respecto?

—Mientras trabajaba, no, señor. Quizá pusiera algo en el informe. ¿Es suficiente?

Brunetti asintió y dio un paso atrás. El empleado desdobló la sábana sacudiéndola como si fuera un mantel y la dejó caer sobre el cuerpo perfectamente centrada. Deslizó la gaveta hacia el interior, cerró la puerta y dio la vuelta a la empuñadura.

Cuando volvían al escritorio, el empleado dijo:

—Quienquiera que fuese, no se merecía eso. Dicen que hacía la calle vestido de mujer. No creo que ese infeliz consiguiera engañar a nadie. Desde luego, no tenía ni la más remota idea de cómo hay que maquillarse. Por lo menos, por lo que pude ver cuando lo trajeron.

Durante un momento, a Brunetti le pareció que aquel hombre hablaba con sarcasmo, pero enseguida, por el tono de su voz, comprendió que lo decía en serio.

—¿Usted es el que va a tratar de averiguar quién lo mató?

—Así es.

—Espero que lo consiga. Yo, supongo, podría llegar a comprender que alguien quiera matar a una persona, pero no de ese modo. —Se paró y levantó la cabeza para mirar a Brunetti inquisitivamente—. ¿Lo comprende usted, comisario?

—No; no lo comprendo.

—Lo dicho, comisario, deseo que pesque al que lo hizo. Fuera lo que fuere, nadie merece morir de ese modo.

6

—¿Lo ha visto? —preguntó Gallo cuando Brunetti volvió a la *questura*.

—Sí.

—No es un cuadro agradable.

—¿Usted también lo ha visto?

—Procuro verlos a todos —dijo Gallo con voz opaca—. Me motiva a encontrar al culpable.

—¿Qué opina, sargento? —preguntó Brunetti sentándose en la silla situada a un lado del escritorio del policía y dejando sobre él la carpeta azul, como si quisiera utilizarla como símbolo tangible del asesinato.

Gallo estuvo casi un minuto pensando la respuesta.

—Pienso que quien lo hizo pudo estar impulsado por una cólera irracional. —Brunetti asintió—. O, como sugirió usted, *dottore*, por la intención de ocultar la identidad de la víctima. —Al cabo de un segundo, Gallo rectificó, al recordar quizá lo que había visto en el depósito—. O de falsearla.

—Eso, en nuestro mundo, es casi imposible, ¿no le parece, sargento?

—¿Imposible?

—Hoy en día, a menos que una persona sea totalmente extraña a un lugar, que no tenga familia ni amigos, su desaparición es descubierta al cabo de pocos días, en la mayoría de los casos, al cabo de unas horas. Ya no es posible desaparecer sin que alguien denuncie la desaparición.

—Entonces, una reacción de cólera parece la explicación más plausible —dijo Gallo—. Quizá dijo o hizo algo que enfureció a un cliente. No sé mucho acerca de los hombres de las fichas que le dejé ayer, no soy psicólogo ni nada parecido, por lo que no sé qué es lo que rige sus impulsos, pero tengo la impresión de que los hombres que... en fin, los hombres que pagan son mucho más inestables que los que cobran. Así pues, ¿cólera?

—¿Y lo de llevarlo a una parte de la ciudad frecuentada por prostitutas? —preguntó Brunetti—. Eso indica deliberación más que cólera.

Gallo respondió rápidamente al apunte de este nuevo comisario.

—Bien, quizá después de desahogar la rabia recapacitó. Quizá lo mató en su casa o en un sitio en el que uno de los dos era conocido y por eso tuvo que llevárselo. Y si es de la clase de hombres, me refiero al asesino, si es de la clase de hombres que frecuentan a los travestis, sabría dónde actúan las prostitutas. Quizá le pareciera que ése era el sitio más conveniente, para que se sospechara de otros posibles clientes.

—Sí —convino Brunetti lentamente, y Gallo esperó el «pero» que, por el tono del comisario, parecía inevitable—. Pero eso implica que el asesino no distinguía entre prostitutas y chaperos.

—¿A qué se refiere, comisario?

—A que para él eran lo mismo los hombres que las mujeres o, por lo menos, que imaginaba que trabajaban en el mismo sitio. Por lo que pude apreciar ayer, me parece que la zona del matadero sólo la frecuentan mujeres. —Gallo pareció reflexionar sobre esto, y Brunetti terminó, tanteándole—: Claro que ésta es su ciudad y usted la conocerá mejor que yo, que soy forastero.

Gallo sonrió ligeramente, tomándolo como un cumplido y asintió.

—Por regla general, en esos descampados de entre las

fábricas sólo actúan mujeres. Pero cada día que pasa nos llegan más hombres, muchos de ellos, eslavos o norteafricanos, por lo que quizá hayan empezado a invadir nuevo territorio.

—¿Ha oído algún rumor?

—Personalmente, no, señor. Pero mi trabajo no tiene mucho que ver con las prostitutas, a menos que haya violencia.

—¿Y eso ocurre con frecuencia?

Gallo meneó la cabeza.

—Generalmente, las mujeres no presentan denuncias porque piensan que, quienquiera que sea el responsable de la violencia, irán ellas a la cárcel. Muchas están en el país ilegalmente, y, si tienen dificultades, no acuden a nosotros por temor a ser deportadas. Y son muchos los hombres que disfrutan maltratándolas. Supongo que con el tiempo aprenden a detectarlos, u otras chicas les avisan y tratan de evitarlos.

»Supongo que los hombres pueden protegerse mejor. En las fichas habrá visto lo corpulentos que son algunos. Guapos, sí, pero no dejan de ser hombres y no están tan indefensos.

—¿Tiene ya el informe de la autopsia? —preguntó Brunetti.

Gallo le entregó varias hojas de papel.

—Llegó mientras usted estaba en el hospital.

Brunetti empezó a leer rápidamente el informe, familiarizado con la jerga y los términos técnicos. No se observaban marcas de pinchazos, por lo que la víctima no consumía drogas por vía intravenosa. Estatura, peso, condición física, todo lo que Brunetti había observado allí se cuantificaba con exactitud. Se mencionaba el maquillaje, pero sólo para indicar que se habían observado considerables restos de barra de labios y de *eyeliner*. No había huellas de actividad sexual, ni activa ni pasiva. Las manos sugerían una ocupación sedentaria, las uñas estaban cortadas al ras y no había callosidad en las palmas. La situación de las magulladuras indicaba que lo habían matado en otro lugar y transportado al lugar en el que fue hallado, pero el intenso calor al que había estado expuesto hacía imposible determinar el tiempo transcurrido entre la muerte y el descubrimiento del cadáver; la estimación más aproximada lo situaba entre doce y veinte horas.

Brunetti miró a Gallo y preguntó:

—¿Lo ha leído?

—Sí, señor.

—¿Qué opina?

—Aún sigue abierta la opción entre cólera y premeditación, supongo.

—Pero ante todo hay que averiguar quién era —dijo Brunetti—. ¿Cuántos hombres trabajan en esto?

—Scarpa.

—¿El que ayer estaba al sol?

El apagado «Sí, señor» de Gallo indicó a Brunetti que el sargento había sido informado del incidente, y su acento daba a entender que no le había gustado.

—Es el único agente asignado al caso. La muerte de una persona que se dedica a la prostitución no tiene prioridad, y mucho menos, durante el verano, en que estamos escasos de personal.

—¿Nadie más?

—Fui asignado yo provisionalmente, porque estaba de guardia cuando se recibió la llamada, y envié la Squadra Mobile. La *vicequestore* de Mestre sugirió que se encomendara el caso al sargento Buffo, ya que él respondió a la llamada.

—Entiendo —dijo Brunetti con aire pensativo—. ¿Hay alternativa?

—¿Una alternativa al sargento Buffo, quiere decir?

—Sí.

—Podría usted solicitar que, puesto que su primer contacto ha sido conmigo y hemos debatido el caso largamente... —Gallo hizo una pausa, como si deseara alargar más aún el debate, y prosiguió—: Ahorraría tiempo que yo siguiera asignado al caso.

—¿Cómo se llama la *vicequestore*?

—Nasci.

—¿Se dejará... quiero decir, será fácil convencerla?

—Estoy seguro de que, si es un comisario quien lo solicita, estará de acuerdo. Máxime si ha venido usted a ayudarnos.

—Bien. Que extiendan la solicitud y la firmaré antes del almuerzo. —Gallo movió la cabeza de arriba abajo, escribió unas palabras en un papel, miró a Brunetti y volvió a mover la cabeza—. Y ordene que empiecen a trabajar con la ropa y los zapatos.

Gallo asintió por tercera vez e hizo otra anotación.

Brunetti abrió la carpeta azul que había estado leyendo la víspera y señaló la lista de nombres y direcciones sujeta a la parte interior de la cartulina.

—Me parece que lo mejor que podemos hacer es preguntar a estos hombres por la víctima, si saben quién era, si lo reconocen o saben de alguien que pudiera conocerlo. El forense dice que debía de tener poco más de cuarenta años. Ninguno de los hombres de la carpeta es tan viejo, muy pocos llegan ni a los treinta, de modo que si era de por aquí, habrá llamado la atención por la edad.

—¿Qué procedimiento desea seguir, comisario?

—Creo que deberíamos dividir la lista en tres partes, para que usted, Scarpa y yo podamos ir enseñándola y preguntando por ahí.

—No son gente muy dada a hablar con la policía, comisario.

—Entonces propongo que llevemos también una de las fotos de cómo estaba cuando lo encontraron. Creo que si convencemos a esos hombres de que a ellos puede ocurrirles algo parecido se animarán a hablar.

—Diré a Scarpa que suba —dijo Gallo alargando la mano hacia el teléfono.

7

Aunque no era más que media mañana —probablemente, media noche para los hombres de la lista—, decidieron hablar con ellos sin demora. Brunetti pidió a los otros dos, que conocían Mestre mejor que él, que dividieran la lista por zonas, a fin de trazar rutas que no les obligaran a ir una y otra vez de un extremo al otro de la ciudad.

Cuando tuvo su parte de la lista, Brunetti bajó a reunirse con su conductor. No estaba seguro de que fuera conveniente presentarse a interrogar a aquellos hombres en un coche patrulla azul y blanco, con un policía uniformado al volante, pero en cuanto pisó la calle comprendió que la supervivencia estaba antes que la conveniencia.

El calor lo envolvió y sintió en los ojos el alfilerazo del aire caliente. No circulaba ni un soplo de brisa; la luz del día se extendía sobre la ciudad como una manta sucia. Los coches cruzaban por delante de la *questura* haciendo sonar el claxon con un balido de vana protesta contra el semáforo inoportuno o el peatón imprudente y levantando nubes de polvo en las que giraban paquetes de cigarrillos. Brunetti, al ver, oír y respirar aquello, se sintió como si alguien se le hubiera acercado por detrás y le aprisionara el pecho con los brazos. ¿Cómo podían los seres humanos vivir así?

Se refugió en la fresca cápsula del coche de la policía y salió de ella un cuarto de hora después, delante de un edificio de apartamentos de ocho plantas situado en el extremo oeste de la ciudad. Al levantar la mirada, vio ropa puesta a secar en unos alambres tendidos entre este edificio y el de enfrente. Aquí soplaba una ligera brisa y las hileras multicolores de sábanas, toallas y ropa interior se ondulaban perezosamente. Por un momento, se sintió menos agobiado.

El *portiere*, en su garita, clasificaba los sobres que el cartero acababa de dejarle para los vecinos del inmueble. Era un anciano de barbita rala y gafas de leer con montura de plata colocadas en la punta de la nariz, por encima de las cuales miró a Brunetti al darle los buenos días. La humedad intensificaba el olor agrio de la portería, y el ventilador que estaba en el suelo no hacía sino esparcir el olor a través de las piernas del anciano.

Brunetti correspondió al saludo y preguntó al hombre dónde podía encontrar a Giovanni Feltrinelli.

Al oír el nombre, el *portiere* empujó la silla hacia atrás y se levantó:

—Cuántas veces tendré que decirle que no me los traiga a ustedes a esta casa. Eso pueden hacerlo en el coche, o en el campo, como los otros animales, pero aquí nada de guarradas, o llamaré a la policía. —Mientras hablaba, extendía la mano derecha hacia el teléfono de pared que tenía a su espalda y sus ojos llameantes recorrían a Brunetti de arriba abajo con una repugnancia que no intentaba disimular.

—Yo soy la policía —dijo Brunetti suavemente, sacando el carnet de la cartera y tendiéndolo al viejo.

El hombre lo tomó bruscamente, como dando a entender que también él sabía dónde falsificaban estos documentos, y se subió las gafas para leerlo.

—Parece auténtico —admitió al fin, devolviéndolo a Brunetti. Sacó un sucio pañuelo del bolsillo, se quitó las gafas y se puso a frotar los cristales cuidadosamente, primero uno y después el otro, como si hubiera pasado la vida dedicado a esta operación. Se los puso, ajustando bien cada patilla a la oreja, guardó el pañuelo y preguntó a Brunetti, con voz distinta—: ¿Qué es lo que ha hecho ahora?

—Nada. Necesitamos interrogarle acerca de otra persona.

—¿Alguno de sus amigotes maricones? —preguntó el hombre, volviendo a su tono agresivo.

Brunetti hizo como si no le hubiera oído.

—Deseamos hablar con el *signor* Feltrinelli. Quizá pueda darnos cierta información.

—¿*Signor* Feltrinelli? *Signor?* —preguntó el viejo convirtiendo el tratamiento en insulto—. ¿Se refiere a Nino el Guapo, Nino el Mamaditas?

Brunetti respiró con fatiga. ¿Por qué la gente no se esforzaba por ser un poco más discriminatoria al elegir al objeto de su odio, un poco más selectiva? Quizá, incluso, un poco más inteligente. ¿Por qué no odiar a los democratacristianos? ¿O a los socialistas? ¿O a los que odiaban a los homosexuales?

—¿Podría darme el número del apartamento del *signor* Feltrinelli?

El viejo volvió a sentarse y reanudó la clasificación del correo.

—Quinta planta. El nombre está en la puerta.

Brunetti dio media vuelta y se alejó sin más. Le pareció oír murmurar al viejo: «*Signor!*», pero quizá era sólo un gruñido de mal humor. Al otro lado del vestíbulo de mármol, pulsó el botón del ascensor y esperó. Pasaron varios minutos, y el ascensor no acudía, pero Brunetti se abstuvo de volver a la garita a preguntar al *portiere* si funcionaba, y subió andando hasta la quinta planta. Cuando llegó arriba, tuvo que aflojarse el nudo de la corbata y despegar el pantalón de los muslos húmedos. Sacó el pañuelo y se enjugó la cara.

Como había dicho el viejo, el nombre estaba en la puerta: «Giovanni Feltrinelli-*Architetto.*»

Miró el reloj: las 11:35. Pulsó el timbre. Al momento, oyó unos pasos rápidos acercarse a la puerta. La abrió un joven que tenía un ligero parecido con la foto de la policía que Brunetti había estudiado la noche antes: pelo rubio y corto, mentón delicado y femenino y ojos grandes y oscuros.

—¿Sí? —dijo mirando a Brunetti con una amistosa sonrisa de interrogación.

—¿El *signor* Giovanni Feltrinelli? —preguntó Brunetti enseñando el carnet.

El joven casi no miró la cartulina, pero pareció reconocerla inmediatamente, y el reconocimiento le borró la sonrisa.

—Sí. ¿Qué desea? —Su voz era ahora tan fría como la expresión de su cara.

—Me gustaría hablar con usted, *signor* Feltrinelli. ¿Puedo pasar?

—¿Por qué se molesta en preguntar? —dijo Feltrinelli con resignación, dando un paso atrás y abriendo la puerta del todo.

—*Permesso* —dijo Brunetti entrando en el apartamento.

Quizá la placa de la puerta no mentía; el interior estaba decorado con gusto y armonía. Paredes blancas, parqué de espiga, varios *kilims* de colores que el paso del tiempo había desvaído y dos tapices, que Brunetti pensó que podían ser persas. El sofá, bajo y largo, arrimado a la pared frontal, estaba tapizado de lo que parecía raso beige. Delante, había una larga mesa de vidrio, con una fuente de cerámica en un extremo. Una de las paredes estaba cubierta por una librería y otra, por láminas de proyectos arquitectónicos enmarcadas y fotografías de edificios terminados, todos ellos, bajos, espaciosos y rodeados de terreno árido. En el rincón del fondo había una mesa de dibujo, con el tablero inclinado hacia la habitación, cubierto de grandes hojas de papel vegetal. En un cenicero, colocado en precaria estabilidad sobre la inclinada superficie, ardía un cigarrillo.

La disposición de la habitación conducía la mirada hacia la sencilla fuente de cerámica colocada en el centro. Brunetti comprendía que el efecto era intencionado, pero no veía cómo se había logrado.

—*Signor* Feltrinelli —empezó—, deseo rogarle que, si le es posible, nos ayude en una investigación.

Feltrinelli no dijo nada.

—Me gustaría que mirase el retrato de un hombre y me dijera si lo conoce o sabe quién es.

Feltrinelli se acercó a la mesa de dibujo, tomó el cigarrillo, le dio una ávida calada y lo aplastó en el cenicero con ademán nervioso.

—Yo no doy nombres —dijo.

—¿Cómo? —preguntó Brunetti, que le había entendido pero no quería demostrarlo.

—No doy los nombres de mis clientes. Puede usted enseñarme todos los retratos que quiera, pero no reconoceré a ninguno, ni sé sus nombres.

—No le pregunto por sus clientes, *signor* Feltrinelli —dijo Brunetti—. Ni me interesa quiénes sean. Sospechamos que usted podría saber algo de este hombre, y le agradeceré que mire este dibujo y nos diga si lo reconoce.

Feltrinelli se apartó de la mesa y fue a situarse al lado de una ventana pequeña de la pared de la izquierda, y Brunetti descubrió entonces por qué el mobiliario de la habitación estaba colocado de aquel modo: la finalidad era desviar la atención de la ventana y de la fea pared de ladrillo que se levantaba a dos metros de ella.

—¿Y si me niego? —preguntó Feltrinelli.

—¿Si se niega a reconocerle?

—No. Si me niego a mirar el retrato.

No había aire acondicionado ni ventilador, y la habitación olía a cigarrillo barato, un olor que Brunetti sentía que le impregnaba la ropa húmeda y el pelo.

—*Signor* Feltrinelli, le pido que cumpla con el deber cívico de ayudar a la policía en la investigación de un asesinato. Por el momento, sólo queremos identificar a este hombre. Mientras no lo consigamos, no podremos empezar la investigación.

—¿Es el que encontraron ayer en el descampado?

—Sí.

—¿Y piensan que pueda ser uno de nosotros?

No era necesario que Feltrinelli explicara quiénes eran «nosotros».

—Sí.

—¿Por qué?

—No es necesario que usted sepa eso.

—¿Pero piensan que es un travesti?

—Sí.

—¿Y chapero?

—Quizá —respondió Brunetti.

Feltrinelli se apartó de la ventana y cruzó la habitación hacia Brunetti.

—Déjeme ver el retrato —dijo extendiendo la mano.

Brunetti abrió la carpeta y sacó una fotocopia del dibujo. Observó que tenía la palma de la mano húmeda y teñida del azul intenso de la carpeta. Entregó el dibujo a Feltrinelli, que lo miró un momento con atención, luego, con la mano libre, cubrió el nacimiento del pelo, siguió mirando y, finalmente, devolvió la hoja a Brunetti al tiempo que movía la cabeza de derecha a izquierda.

—No; no lo he visto nunca.

Brunetti le creyó. Guardó el dibujo en la carpeta.

—¿Sabe de alguien que pudiera ayudarnos a averiguar quién era este hombre?

—Supongo que preguntarán a todos los que tenemos antecedentes— dijo Feltrinelli, en actitud menos beligerante.

—Sí. No tenemos forma de abordar a otras personas.

—Supongo que se refiere a aquellos de nosotros que aún no han sido arrestados —dijo Feltrinelli, y preguntó—: ¿Tiene otro ejemplar del dibujo?

Brunetti sacó el papel de la carpeta y se lo dio. Luego le entregó también una tarjeta.

—Puede llamar a la *questura* de Mestre. Pregunte por mí o por el sargento Gallo.

—¿Cómo lo mataron?

—Lo dice el periódico de la mañana.

—No leo periódicos.

—Lo mataron a golpes.

—¿En el descampado?

—Eso no puedo decírselo.

Feltrinelli se apartó, dejó el retrato encima de la mesa de dibujo y encendió otro cigarrillo.

—Está bien —dijo regresando junto a Brunetti—. Ya tengo el retrato. Lo enseñaré por ahí y, si descubro algo, les llamaré.

—¿Es usted arquitecto, *signor* Feltrinelli?

—Sí. Es decir, tengo la *laurea d'architettura*. Pero estoy sin trabajo.

Señalando con el mentón el papel vegetal del tablero, Brunetti preguntó:

—Pero está trabajando en un proyecto, ¿no?

—Sólo para distraerme, comisario. Me despidieron.

—Lo siento.

Feltrinelli hundió las manos en los bolsillos y alzó la cara hacia Brunetti. Con voz perfectamente serena, dijo:

—Estaba en Egipto, trabajando para el gobierno en unos proyectos de viviendas sociales. Un día, se ordenó que todos los extranjeros debían someterse anualmente a análisis de sangre, para saber si eran portadores del sida. El año pasado di seropositivo, y fui despedido y deportado.

Brunetti no dijo nada, y Feltrinelli prosiguió:

—Cuando llegué a Italia, busqué trabajo, pero, como usted debe de saber, aquí los arquitectos abundan tanto como las uvas en tiempo de vendimia. Así pues —se interrumpió, como buscando la manera de expresarlo—, decidí cambiar de profesión.

—¿Se refiere a la prostitución?

—En efecto.

—¿Y no le preocupa el riesgo?

—¿El riesgo? —preguntó Feltrinelli y casi repitió la sonrisa que había dedicado a Brunetti cuando le abrió la puerta. Brunetti no dijo nada—. ¿El riesgo de pillar el sida? —preguntó innecesariamente.

—Sí.

—Para mí ese riesgo ya no existe —dijo Feltrinelli dando la espalda a Brunetti. Volvió a la mesa de dibujo y tomó el cigarrillo—. Por favor, cierre la puerta al salir, comisario.

Y Feltrinelli se sentó e inclinó sobre el tablero.

8

Brunetti salió al sol y al ruido de la calle, y entró en un bar que estaba a la derecha del portal. Pidió un vaso de agua mineral y luego otro. Cuando casi había terminado el segundo vertió el resto del agua en el pañuelo y frotó inútilmente el tinte azul de la palma de la mano.

¿Era un acto criminal que un portador del sida practicara el sexo? ¿Sin tomar precauciones? Hacía tanto tiempo que la policía había dejado de tratar la prostitución como delito que a Brunetti le resultaba difícil considerarlo así. Pero sin duda, todo individuo seropositivo, que, consciente de su estado, practicara el acto sexual sin tomar precauciones cometía un delito, aunque era posible que en esto la ley fuera a remolque de la realidad y que tal proceder no se considerara ilegal. Al advertir la perversión moral a que podía dar lugar este vacío legal, el comisario pidió un tercer vaso de agua y buscó el siguiente nombre de la lista.

Francesco Crespo vivía a sólo cuatro bocacalles de Feltrinelli, pero era como si estuviera en otro planeta. Su apartamento se hallaba situado en un edificio esbelto, un alto prisma de vidrio que cuando fue construido, hacía diez años, debió de figurar en la vanguardia del diseño urbano. Pero Italia es un país en el que las ideas nuevas en diseño no suelen prevalecer más tiempo del que se tarda en plasmarlas en la realidad, y para entonces los amantes de la novedad ya las han abandonado para ir en busca de nuevas tendencias, al igual que las almas que, en las puertas del *Inferno* del Dante, están condenadas a dar vueltas y vueltas durante toda la eternidad, buscando una bandera que no pueden identificar ni nombrar.

Durante la década transcurrida desde la construcción del edificio había cambiado la moda, y lo que fuera paradigma de modernidad ahora parecía una caja de *spaghettini*. El cristal reluce, y la franja ajardinada que lo separaba de la calle estaba cuidada con primor, pero no por ello desentonaba menos con los otros edificios, más bajos y modestos, entre los que había sido erigido con tan injustificada confianza.

Brunetti tenía el número del apartamento, y un ascensor con aire acondicionado lo subió velozmente a la séptima planta. Cuando se abrió la puerta, Brunetti salió a un corredor de mármol, también refrigerado. Se dirigió hacia la derecha y tocó el timbre del apartamento D.

Oyó ruido en el interior, pero nadie abrió la puerta. Volvió a llamar. No se repitió el ruido, y la puerta seguía cerrada. Llamó de nuevo, esta vez sin levantar el dedo del pulsador. A través de la puerta se oía el agudo quejido del timbre, al que se unió una voz que gritaba:

—*Basta. Vengo.*

El comisario retiró el dedo y, al cabo de un instante, la puerta se abrió bruscamente y apareció en el vano un hombre alto y corpulento, vestido con pantalón de hilo y lo que parecía un jersey de cachemir de cuello vuelto. Brunetti miró al hombre y vio unos ojos furibundos y una nariz fracturada varias veces, pero al momento acaparó su atención el cuello del jersey. Agosto, la gente se desmayaba de calor en la calle y este hombre llevaba un jersey de cachemir de cuello vuelto. Mirando otra vez a la cara del hombre preguntó:

—¿*Signor* Crespo?

—¿De parte de quién? —preguntó el hombre sin esforzarse por disimular la cólera ni la amenaza.

—El comisario Guido Brunetti —respondió el visitante, mostrando una vez más su carnet. Al igual que Feltrinelli, el hombre apenas tuvo que mirar la cartulina para reconocerla. De pronto, dio un paso hacia Brunetti, quizá con el propósito de hacerle retroceder hacia el descansillo por la fuerza de su sola presencia, pero Brunetti no se movió y el otro retrocedió.

—No está en casa.

Se oyó en una habitación contigua el golpe sordo de un objeto pesado que caía al suelo.

Ahora fue Brunetti quien avanzó, obligando al otro a apartarse de la puerta. Brunetti siguió andando hasta un regio sillón de piel situado al lado de una mesa que sostenía un jarrón de cristal con un gran ramo de gladiolos. El comisario se sentó en el sillón, puso una pierna encima de la otra y dijo:

—Entonces esperaré a que regrese el *signor* Crespo. —Sonrió—. Si no tiene inconveniente, *signor*...

El hombre cerró violentamente la puerta de la escalera, dio media vuelta hacia la que estaba al otro extremo de la habitación y dijo:

—Voy a avisarle.

El hombre desapareció en la otra habitación, cerrando la puerta. Su voz, grave e irritada, sonó a través de la madera. Brunetti oyó entonces otra voz, un tenor que respondía al bajo. Y luego una tercera voz, también de tenor, aunque una octava más aguda que la anterior. La conversación que se mantenía al otro lado de la puerta duró varios minutos, durante los cuales Brunetti se dedicó a inspeccionar la habitación. Todo lo que allí había era nuevo y visiblemente caro, pero Brunetti no se hubiera quedado con nada, ni siquiera con el sofá de piel gris perla, ni la esbelta mesa de caoba que estaba a su lado.

La puerta se abrió y salió el hombre corpulento, seguido de otro diez años más joven y por lo menos tres tallas más pequeño.

—Es él —dijo el del jersey señalando a Brunetti.

El joven llevaba pantalón de algodón azul pálido y camisa de seda blanca con el cuello desabrochado. Cruzó la habitación hacia Brunetti, que se levantó y preguntó:

—¿El *signor* Francesco Crespo?

El otro se había parado delante de Brunetti, y entonces pareció que la presencia de un hombre de la edad y el aspecto de Brunetti le estimulaba el instinto, o la deformación profesional, porque dio un pasito más, y se llevó la mano al pecho, con los dedos abiertos en ademán delicado.

—Sí, ¿qué desea?

Era la más aguda de las dos voces de tenor que Brunetti había oído a través de la puerta, aunque Crespo trataba de imprimirle un tono grave, para hacerla más interesante o más seductora.

Crespo era un poco más bajo que Brunetti y debía de pesar diez kilos menos. Por casualidad o por designio, la tapicería del sofá tenía el mismo tono gris pálido que sus ojos, que destacaban en la cara bronceada. Si, en una mujer, sus facciones hubieran resultado sólo bonitas, en él, por el trazo más anguloso de la cara del varón, eran francamente bellas.

Ahora fue Brunetti quien dio un paso atrás. Oyó que el hombre del jersey reía entre dientes, y se volvió a tomar la carpeta que había dejado en la mesa.

—*Signor* Crespo, me gustaría que mirara un retrato y me dijera si conoce a la persona representada.

—Estaré encantado de mirar todo lo que usted quiera enseñarme —dijo Crespo recalcando el «usted» y desplazando la mano hacia la abertura de la camisa, para acariciarse la garganta.

Brunetti abrió la carpeta y le entregó el retrato que el dibujante había hecho del muerto. Crespo bajó la mirada al papel durante menos de un segundo, miró a Brunetti, sonrió y dijo:

—No tengo ni idea de quién pueda ser.

Tendió el retrato a Brunetti, pero éste se negó a tomarlo.

—Me gustaría que lo mirase mejor, *signor* Crespo.

—Ya le ha dicho que no lo conoce —dijo el otro hombre, que se mantenía a distancia.

Brunetti hizo como si no le hubiera oído.

—Fue muerto a golpes, y necesitamos averiguar quién era. Le agradeceré que vuelva a mirarlo, *signor* Crespo.

Crespo cerró los ojos un momento y levantó la mano, para colocar un rizo rebelde detrás de la oreja.

—Si insiste... —dijo volviendo a mirar el retrato. Inclinó la cabeza y esta vez contempló la cara. Brunetti no podía verle los ojos, pero observó que su mano se apartaba bruscamente de la oreja e iba de nuevo a la garganta, pero ahora sin coquetería.

Un segundo después, miró a Brunetti y le dijo sonriendo con dulzura:

—No lo he visto nunca, comisario.

—¿Está satisfecho? —preguntó el otro dando un paso hacia la puerta.

Brunetti tomó el retrato que Crespo le tendía y volvió a guardarlo en la carpeta.

—Es sólo una reconstrucción libre de su aspecto, hecha por el artista, *signor* Crespo. Ahora, si me lo permite, le enseñaré una foto. —Brunetti esbozó su sonrisa más seductora, y la mano de Crespo voló con un aleteo de golondrina hacia la suave hendidura que separaba sus clavículas.

—Adelante, comisario. Lo que usted quiera. Lo que quiera.

Brunetti sonrió, extrajo la última foto del pequeño montón que había en la carpeta y la contempló un momento. Lo mismo daría una que otra. Se volvió hacia Crespo, que nuevamente había acortado la distancia que los separaba.

—Es posible que fuera muerto por un hombre que pagaba por sus servicios. Eso significa que ese hombre puede ser una amenaza para las personas que sean como la víctima.

Tendió la foto a Crespo.

Éste la tomó, haciendo de manera que sus dedos rozaran los de Brunetti. Sostuvo la foto en el aire entre los dos, mientras dedicaba al comisario una larga sonrisa e inclinó su cara risueña sobre el papel. Su mano fue rápidamente de la garganta a la boca que se abría, y sus ojos, dilatados de horror, buscaron los del policía. Apartó la foto de sí, aplastándola contra el pecho de Brunetti y retrocedió como si temiera contaminarse. La foto cayó al suelo.

—A mí no pueden hacerme eso. A mí no me ocurrirá eso —dijo sin dejar de retroceder. Su voz subía de tono a cada palabra y se mantuvo un instante al borde de la histeria antes de caer en ella—. No; eso a mí no puede ocurrirme. A mí no me ocurrirá nada. —Ahora lanzaba un desafío estridente al mundo en que vivía—. A mí no, a mí no —gritaba, mientras se alejaba de Brunetti.

Chocó con la mesa del centro de la habitación, sintió pánico al encontrar aquel obstáculo que le impedía escapar de la foto y del hombre que se la había enseñado, agitó el brazo y un jarrón idéntico al que estaba cerca de Brunetti se estrelló contra el suelo.

Se abrió la puerta y otro hombre entró rápidamente en la habitación.

—¿Qué gritos son ésos? —dijo— ¿Qué ocurre aquí?

El hombre miró a Brunetti y ambos se reconocieron al instante. Giancarlo Santomauro era no sólo uno de los abogados más conocidos de Venecia, que con frecuencia actuaba de asesor jurídico del patriarca desinteresadamente, sino también presidente y alma de la Lega della Moralità, asociación de cristianos laicos dedicada a «preservar y perpetuar la fe, la familia y las virtudes morales».

Brunetti se limitó a saludarle con un leve movimiento de cabeza. Si por casualidad aquellos hombres ignoraban la identidad del cliente de Crespo, sería preferible que siguieran ignorándola.

—¿Qué hace usted aquí? —preguntó Santomauro hoscamente. Se volvió hacia el mayor de los otros dos, ahora al lado de Crespo, que había acabado sentado en el sofá, sollozando con la cara entre las manos—. ¿No puede hacer que se calle? —gritó.

Brunetti vio cómo el hombre se inclinaba sobre Crespo, le decía algo, le agarraba por los hombros y lo sacudía hasta hacer que le bamboleara la cabeza. Crespo dejó de llorar, pero no apartó las manos de la cara—. ¿Qué hace usted en este apartamento, comisario? Soy el representante legal del *signor* Crespo y no voy a consentir que la policía siga hostigándolo.

Brunetti no contestó sino que siguió observando a los del sofá. El más corpulento se había sentado y rodeado con un brazo los hombros de Crespo que, poco a poco, quedó en silencio.

—Le he hecho una pregunta, comisario —dijo Santomauro.

—He venido a preguntar al *signor* Crespo si podía ayudarnos a identificar a la víctima de un asesinato. Sólo le he enseñado una foto, y ya ha visto su reacción. Yo diría que muy intensa ante la muerte de un hombre al que asegura no reconocer, ¿no le parece?

El hombre del jersey de cuello vuelto miró a Brunetti al oír esto, pero fue Santomauro quien respondió:

—Si el *signor* Crespo ha dicho que no lo conoce, ya tiene usted su respuesta y puede marcharse.

—Desde luego —dijo Brunetti, quien se puso la carpeta bajo el brazo izquierdo y dio un paso hacia la puerta. Entonces miró atrás y, en tono desenfadado y coloquial, observó—: Ha olvidado atarse los cordones de los zapatos, *avvocato*.

Instintivamente, Santomauro se miró los pies y vio que sus zapatos estaban perfectamente atados. Lanzó a Brunetti una mirada corrosiva, pero no dijo nada.

Brunetti se paró delante del sofá y dijo a Crespo:

—Me llamo Brunetti. Si recuerda algo, llámeme a la *questura* de Mestre.

Santomauro fue a hablar, pero se contuvo, y Brunetti salió del apartamento.

9

El resto del día no fue más productivo para Brunetti ni para los otros dos policías que visitaban a los componentes de la lista. Cuando, a última hora de la tarde, se reunieron en la *questura*, Gallo informó de que tres de los hombres que le habían tocado en suerte habían negado conocer a la víctima, y agregó que parecían decir la verdad. Otros no estaban en casa y uno había dicho que la cara le resultaba familiar, pero no había podido precisar por qué. Los resultados obtenidos por Scarpa eran similares: todos los hombres con los que había hablado estaban seguros de no haber visto nunca al muerto.

Acordaron tratar de terminar la ronda al día siguiente. Brunetti pidió a Gallo que confeccionara otra lista, con los nombres de las prostitutas que trabajaban en la zona industrial y en *via* Cappuccina. El comisario no tenía mucha confianza en que estas mujeres pudieran serles de ayuda, pero no descartaba la posibilidad de que alguna se hubiera fijado en la competencia y reconociera al hombre.

Mientras subía la escalera de su casa, Brunetti fantaseaba acerca de lo que podía ocurrir cuando abriera la puerta. Unos duendes podían haber pasado por allí y dotado al apartamento de aire acondicionado, mientras otros instalaban una de esas duchas que había visto sólo en folletos de balnearios y en las series de televisión norteamericanas, y veinte cabezales le rociarían el cuerpo con finísimos chorros de agua perfumada. Cuando saliera de la ducha se envolvería en una sábana de baño tamaño imperial. Y también habría un bar, quizá de esos que suelen instalarse al extremo de una piscina, y un camarero con chaquetilla blanca le ofrecería una bebida en un vaso alto y frío, quizá con una flor de hibisco flotando. Satisfechas sus necesidades físicas más perentorias, siguió con la ciencia ficción e imaginó a dos hijos responsables y obedientes y una esposa sumisa que, en el momento en que él abriera la puerta, le diría que el caso estaba resuelto y que a la mañana siguiente podrían irse todos de vacaciones.

Brunetti comprobó que, como de costumbre, la realidad poco tenía que ver con la fantasía. Su familia se había retirado a la terraza, donde había empezado a refrescar. Chiara, que estaba leyendo, levantó la cara para recibir su beso, dijo: «*Ciao, papà*» y volvió a zambullirse en el libro. Raffi apartó el número de agosto de *Gente Uomo*, repitió el saludo de Chiara y siguió leyendo el artículo que hablaba de lo imprescindible que era el lino. Paola, al ver el estado en que llegaba su marido, se levantó, lo abrazó y lo besó en los labios.

—Guido, mientras te duchas te prepararé algo de beber.

Hacia la izquierda empezó a repicar una campana. Raffi pasó una hoja y Brunetti se aflojó el nudo de la corbata.

—Ponle dentro un hibisco —dijo yendo a ducharse.

Veinte minutos después, sentado en la terraza, con un holgado pantalón de algodón, camisa de hilo y los pies descalzos apoyados en la barandilla, le contaba a Paola los sucesos del día. Los chicos habían desaparecido; seguramente, a cumplir, obedientes, alguna tarea asignada por la madre.

—¿Santomauro? —dijo Poala—. ¿Giancarlo Santomauro?

—El mismo.

—Qué fuerte —dijo ella con auténtico placer en la voz—. Ojalá no hubiera tenido que prometer no comentar con nadie lo que me cuentas. Es increíble. —Y repitió el nombre.

—Tú no dices nada de esto a nadie, ¿verdad, Paola? —preguntó él, sabiendo que hacía mal en preguntar.

Ella fue a responderle con una destemplada negativa, pero luego se inclinó y le puso una mano en la rodilla.

—No, Guido. Nunca he dicho ni diré nada.

—Siento habértelo preguntado —dijo él bajando la mirada, y tomó un sorbo de su Campari con soda.

—¿Conoces a su mujer? —preguntó ella, desviando la conversación.

—Me la presentaron en un concierto hace años, si mal no recuerdo. Pero no creo que la reconociera. ¿Cómo es?

Paola bebió un trago y dejó el vaso en la barandilla, algo que más de una vez había prohibido hacer a sus hijos.

—Verás —empezó, buscando las palabras más ácidas—. Si yo fuera el *signor*, no, el *avvocato* Santomauro y tuviera que elegir entre una esposa alta, huesuda, impecablemente vestida, con el peinado, y seguramente el genio de una Margaret Thatcher, y un muchacho joven, cualquiera que fuera su físico, peinado y carácter, no te quepa duda de que no me faltaría tiempo para abrir los brazos al chico.

—¿De qué la conoces? —preguntó Brunetti, haciendo caso omiso de la retórica, como de costumbre, para centrarse en lo esencial.

—Es cliente de Biba —dijo ella, refiriéndose a una amiga que tenía una joyería—. La he visto en la tienda alguna vez y también coincidí con los dos en casa de mis padres, en una de esas cenas a las que tú no vas.

Brunetti pensó que esta observación era la réplica a la pregunta con que él parecía poner en duda su discreción, y la dejó pasar sin hacer comentarios.

—¿Qué impresión dan los dos juntos?

—Ella es la que habla, mientras él te mira muy tieso, como si no hubiera en diez kilómetros a la redonda algo o alguien que pudiera merecer su aprobación. Siempre me han parecido dos santurrones hipócritas y engreídos. No tuve más que oírla hablar durante cinco minutos para darme cuenta. Parece un personaje menor de una novela de Dickens, una de esas arpías beatas. Como la única que hablaba era ella, a él lo juzgué por instinto, pero me alegra saber que no me equivocaba.

—Paola —advirtió él—. No tengo motivos para pensar que él estuviera en casa de Crespo más que en su calidad de abogado.

—¿Y para eso tenía que quitarse los zapatos? —dijo ella con un bufido de incredulidad—. Guido, haz el favor, vuelve a este siglo. El *avvocato* Santomauro estaba allí por un motivo que nada tiene que ver con su profesión, a no ser que haya ideado para el *signor* Crespo una forma de pago muy original por sus servicios.

Paola, según había podido comprobar Guido durante más de dos décadas, era propensa a «pasarse». Al cabo de tanto tiempo, él aún no sabía si considerarlo un vicio o una virtud, pero indiscutiblemente era parte irrenunciable de su carácter. Hasta se le ponía una mirada especial, de audacia, cuando iba a «pasarse», y ahora tenía esa mirada. Él no sabía cómo, pero podía estar seguro de que se pasaría.

—¿Crees que habrá agenciado el mismo sistema de pago para el patriarca?

Durante aquellas décadas, él también había comprobado que la única forma de contrarrestar esta inclinación de su esposa era la de hacer caso omiso.

—Como te decía —prosiguió él—, el que estuviera en el apartamento no demuestra nada.

—Ojalá tengas razón, o tendría que pensar mal cada vez que lo viera salir del Palacio Patriarcal o de la Basílica.

Él se limitó a lanzarle otra mirada.

—De acuerdo, Guido, había ido al apartamento para un asunto profesional, un asunto jurídico. —Dejó transcurrir unos momentos y agregó, en un tono de voz totalmente distinto, para darle a entender que ahora iba a comportarse y hablaba en serio—: Pero dices que Crespo reconoció al hombre del retrato.

—En principio, yo diría que sí, pero cuando me miró, ya había tenido tiempo para disimular la sorpresa, y su expresión era normal.

—Entonces, el hombre del retrato podría ser cualquiera. Tanto un chapero como un cliente. ¿No se te ha ocurrido pensar, Guido, que pudiera ser un cliente al que le gustaba vestirse de mujer para, en fin, para salir con esos hombres?

Brunetti sabía que, en el supermercado del sexo que era la sociedad moderna, aquel hombre, por su edad, tenía que ser comprador más que vendedor.

—Eso quiere decir que tendríamos que tratar de identificar no a un chapero sino a un cliente.

Paola removió el líquido de su vaso y lo apuró.

—Ésa sería una lista más larga. Y, por lo que acabas de decirme acerca del *avvocato del Patriarcato*, una lista mucho más interesante.

—¿Es otra de tus teorías, Paola, la de que la ciudad está llena de hombres felizmente casados que están ansiosos de liarse con un travesti?

—Por el amor de Dios, Guido, ¿de qué habláis los hombres cuando os reunís? ¿De fútbol? ¿De política? ¿Es que nunca chismorreáis?

—¿Sobre qué? ¿Los chicos de *via* Cappuccina?

Dejó el vaso con más energía de la necesaria y se rascó el tobillo, donde acababa de picarle uno de los primeros mosquitos de la noche.

—Es porque no tienes amigos gays —dijo ella con ecuanimidad.

—Tenemos muchos amigos gays —replicó él, consciente de que sólo en una discusión con Paola podía sentirse impulsado a hacer esta afirmación para atribuirse una virtud.

—Claro que los tenemos, pero tú no hablas con ellos, Guido, no hablas con ellos.

—¿Y qué quieres que haga, intercambiar recetas de cocina o divulgar mis secretos de belleza?

Ella fue a responder, pero desistió, lo miró largamente y luego dijo con voz neutra:

—No sé si esa observación es más ofensiva que estúpida o viceversa.

Él se rascó el tobillo, reflexionó y dijo:

—Yo diría que más estúpida, pero también bastante ofensiva. —Ella lo miró con suspicacia—. Lo siento —agregó él, y Paola sonrió—. De acuerdo, dime todo lo que debería saber sobre esto —y volvió a rascarse.

—Lo que trato de decir es que algunos de los gays que conozco dicen que muchos hombres de aquí, casados, padres de familia, médicos, abogados y también sacerdotes, desean tener relaciones sexuales con ellos. Supongo que en esa afirmación hay un mucho de exageración y no poca vanidad, pero también una parte de verdad. —Cuando él creía que Paola ya había terminado de hablar, ella añadió—: Siendo policía, probablemente habrás oído hablar de eso, pero imagino que la mayoría de los hombres no querrían admitirlo.

No parecía incluirle a él en este grupo, pero no podía estar seguro.

—¿Cuál es tu fuente de información en la materia? —preguntó.

—Ettore y Basilio —dijo ella, nombrando a dos colegas de la universidad—. Y lo mismo dicen algunos amigos de Raffi.

—¿Qué?

—Dos amigos de Raffi del *liceo*. No pongas esa cara, Guido. Tienen diecisiete años.

—¿Tienen diecisiete años y qué más?

—Son gays, Guido. Gays.

—¿Son muy amigos? —preguntó sin poder contenerse.

Paola se levantó bruscamente.

—Voy a poner el agua para la pasta. Me parece que es preferible esperar hasta después de la cena para continuar la conversación. Eso te dará tiempo para recapacitar sobre algunas cosas que has dicho y algunas ideas preconcebidas que pareces tener.

Recogió su propio vaso, le quitó el otro de la mano a él y entró en la casa, dejándolo solo para que recapacitara sobre sus ideas preconcebidas.

La cena fue más apacible de lo que Guido esperaba, vista la brusquedad con que Paola había ido a prepararla. Había hecho una salsa de atún fresco, tomates y pimientos, que estaba seguro de no haber probado nunca en casa, para acompañar los gruesos espaguetis Martelli, que eran los que él prefería. Después tomaron ensalada, un trozo de *pecorino* que los padres de la amiga de Raffi habían traído de Cerdeña y melocotones frescos. Respondiendo a sus más halagüeñas fantasías, sus hijos se brindaron a fregar los cacharros, sin duda, preparando el asalto a la cartera paterna antes de marchar a la montaña de vacaciones.

Él se retiró a la terraza, con un vasito de vodka helado en la mano, y volvió a sentarse. Encima y alrededor de él, murciélagos surcaban el cielo nocturno con su vuelo irregular. A Brunetti le gustaban los murciélagos; se comen los mosquitos. Al cabo de unos minutos, Paola se reunió con él. Él le ofreció el vaso y ella bebió un sorbo.

—¿Es de la botella del congelador? —preguntó.

Él asintió.

—¿Cómo la conseguiste?

—Supongo que podrías considerarla un soborno.

—¿De quién?

—Donzelli. Me pidió que combinara el calendario de las vacaciones para que él pudiera ir a Rusia, o a la antigua, de vacaciones. Y al regresar me trajo la botella.

—Todavía es Rusia.

—¿Sí?

—Antigua Unión Soviética, pero lo de Rusia no ha cambiado.

—Ah, gracias.

Ella asintió.

—¿Crees que comen algo más? —preguntó él.

—¿Quiénes? —preguntó Paola, desconcertada por una vez.

—Los murciélagos.

—No lo sé. Pregúntaselo a Chiara. Generalmente, ella sabe estas cosas.

—He pensado en lo que te he dicho antes de la cena —dijo él, y tomó un sorbo de su vaso. Esperaba una respuesta áspera pero ella se limitó a decir:

—¿Sí?

—Creo que podrías tener razón.

—¿En qué?

—En que quizá fuera un cliente y no un chapero. Vi el cuerpo. No me pareció un cuerpo que alguien pudiera pagar por utilizar.

—¿Cómo era?

Él dio otro sorbo.

—Te sonará extraño, pero al verlo pensé que se parecía mucho a mí. La misma estatura, la misma complexión, probablemente la misma edad. Fue algo extraño, Paola, verlo allí tendido, muerto.

—Sí, debió de serlo —dijo ella, sin más comentario.

—¿Esos chicos son muy amigos de Raffi?

—Uno, sí. Le ayuda con los deberes de gramática.

—Bien.

—¿Bien qué, que le ayude con los deberes?

—No, bien que sea amigo de Raffi, o que Raffi sea amigo suyo.

Ella soltó una carcajada y sacudió la cabeza.

—Nunca llegaré a entenderte, Guido. Nunca. —Le puso una mano en la nuca e, inclinándose hacia adelante, le quitó el vaso de la mano. Dio otro sorbo y le devolvió el vaso—. ¿Crees que, cuando hayas terminado el vodka, podrás considerar la posibilidad de permitirme pagar para usar tu cuerpo?

10

Los dos días siguientes no trajeron novedades, sólo más calor. Cuatro de los hombres de la lista de Brunetti seguían sin aparecer por los domicilios indicados y los vecinos no sabían dónde estaban ni cuándo regresarían. Dos no sabían nada. Gallo y Scarpa no habían tenido mejor suerte, a pesar de que uno de los hombres de la lista de Scarpa dijo que el hombre del retrato le resultaba vagamente familiar, pero no estaba seguro de por qué ni dónde podía haberlo visto.

Mientras almorzaban en la *trattoria* próxima a la *questura*, los tres policías hablaban de lo que sabían y lo que ignoraban.

—La verdad es que ese hombre no tenía mucha habilidad para afeitarse las piernas —dijo Gallo, cuando el tema parecía agotado.

Brunetti trató de adivinar si el sargento hacía un comentario gratuito o llevaba alguna intención.

—¿Por qué lo dice? —preguntó Brunetti, buscando con la mirada al camarero, para pedir la cuenta.

—El cadáver tiene pequeños cortes en las piernas. Da la impresión de que ese hombre no estaba acostumbrado a afeitárselas.

—¿Lo está alguno de nosotros? —preguntó Brunetti, y aclaró—: Al decir «nosotros», me refiero a los hombres en general.

Scarpa sonrió al interior de su copa.

—Yo seguramente me rebanaría una rodilla. No me explico cómo lo hacen —dijo, moviendo la cabeza ante otro de los enigmas de las mujeres.

Los interrumpió el camarero, que traía la cuenta. El sargento Gallo la tomó adelantándose a Brunetti, sacó el billetero y dejó varios billetes encima. Antes de que Brunetti pudiera protestar, explicó:

—Nos han comunicado que es usted invitado de la ciudad.

Brunetti se preguntó qué pensaría Patta si se enterara de esto, como no fuera que era una gentileza inmerecida.

—Hemos agotado los nombres de la lista —dijo Brunetti—. Creo que ahora se impone preguntar a los demás.

—¿Habrá que detenerlos, comisario? —preguntó Gallo.

Brunetti movió la cabeza negativamente. No sería el mejor modo de inducirlos a colaborar.

—No; lo mejor será ir a hablar con ellos.

Entonces intervino Scarpa:

—De la mayoría no tenemos ni nombre ni dirección.

—Entonces tendré que ir a visitarlos a su lugar de trabajo.

Via Cappuccina es una calle ancha y arbolada que arranca varias bocacalles a la derecha de la estación del ferrocarril de Mestre y llega hasta el centro comercial de la ciudad. Tiene tiendas, pequeños almacenes, oficinas y bloques de apartamentos: durante el día, es una calle normal de una pequeña ciudad italiana normal, y hay niños que juegan en sus pequeñas zonas ajardinadas. Con ellos están las madres, para advertirles del peligro de los coches, y también para protegerlos de ciertos elementos que gravitan hacia *via* Cappuccina. A las doce y media, las tiendas cierran sus puertas, y la calle se adormece durante un par de horas. El tráfico mengua, los niños se van a casa a comer y descansar, lo mismo que los oficinistas y los empleados de las tiendas. Por la tarde hay menos niños en la calle, pero el tráfico y el bullicio vuelven a *via* Cappuccina cuando se reanuda el trabajo.

Entre las siete y media y las ocho de la tarde, en las tiendas, oficinas y almacenes, dueños y empleados bajan las puertas metálicas, echan el cerrojo y se van a cenar, dejando *via* Cappuccina a los que trabajan en sus aceras cuando ellos no están.

A última hora de la tarde sigue habiendo tráfico en *via* Cappuccina, pero ya nadie parece tener prisa. Los coches circulan despacio, a pesar de que no falta sitio donde aparcar, porque no es un hueco para dejar el coche lo que buscan los conductores. Italia es un país rico, y la mayoría de los coches tienen aire acondicionado, y si es tan lenta la circulación es porque, para ofrecer o pedir precio, hay que bajar el cristal, lo que alarga la transacción.

Algunos coches son nuevos y lujosos: BMW, Mercedes, algún que otro Ferrari, aunque en *via* Cappuccina éstos son la excepción. La mayoría son turismos familiares, sólidos y bien cuidados, el coche que los días laborables por la mañana lleva a los niños al colegio y, el domingo, a toda la familia a misa y a casa de los abuelos a comer. Sus conductores son, por lo general, hombres que se sienten más cómodos con chaqueta y corbata que con otro tipo de vestimenta, ciudadanos que han prosperado gracias al auge económico del que disfruta Italia desde hace décadas.

Últimamente y cada vez con mayor frecuencia, se da el caso de que el médico que ha asistido a un parto en una selecta clínica de Italia, de las utilizadas por personas que pueden permitirse pagar la asistencia sanitaria privada, tiene que comunicar a la nueva madre que, tanto ella como su recién nacido, son portadores del virus del sida. La mayoría de estas mujeres reaccionan con la consiguiente consternación y también con estupefacción, porque ellas siempre han respetado el juramento del matrimonio, y se creen víctimas de un trágico descuido en el tratamiento médico que han recibido. Pero quizá la explicación esté en *via* Cappuccina, en los tratos que se cierran entre los conductores de esos sobrios turismos familiares y los hombres y mujeres que pueblan las aceras.

Brunetti torció por *via* Cappuccina a las once y media de la noche. Venía andando de la estación, adonde había llegado minutos antes. Aquella noche cenó en casa, durmió una hora y se vistió de modo que no pareciera un policía. Scarpa había mandado hacer copias a tamaño reducido del dibujo y las fotos del muerto, y Brunetti llevaba varias de ellas en el bolsillo interior de su chaqueta de hilo azul.

Detrás de él, hacia la derecha, se oía el lejano zumbido del tráfico que discurría por la *tangenziale* de la *autostrada*. Era tal el bochorno, estaba tan cargada la atmósfera que Brunetti tenía la impresión de que los gases de todos los tubos de escape se concentraban allí abajo. Cruzó una calle, otra y luego otra, y empezó a ver los coches que circulaban lentamente, con los cristales subidos y a los conductores que se mantenían con la cara vuelta hacia la acera, inspeccionando el otro tráfico.

Brunetti observó que él no era el único peatón, pero sí uno de los pocos que llevaban corbata y parecía ser el único que no estaba parado.

—*Ciao, bello.*

—*Cosa vuoi, amore?*

—*Ti faccio tutto che vuoi, caro.*

Las ofertas partían de casi cada figura junto a la que pasaba, eran ofertas de placer, de dicha, de éxtasis. Las voces sugerían delicias inefables, prometían la realización de cualquier fantasía. Se paró debajo de una farola e inmediatamente se acercó a él una rubia alta, con minifalda blanca y poco más.

—Cincuenta mil —dijo. Sonreía enseñando los dientes, como si creyera que ello podía servir de incentivo.

—Busco a un hombre —dijo Brunetti.

La mujer dio media vuelta sin decir palabra y se acercó al bordillo. Se inclinó hacia un Audi y gritó el mismo precio. El coche siguió su marcha. Brunetti se quedó donde estaba, y ella se acercó de nuevo.

—Cuarenta —dijo.

—Busco a un hombre.

—Los hombres cuestan más, y no te harán nada que no pueda hacer yo, *bello*. —Volvió a enseñarle los dientes.

—Quiero que miren un retrato —dijo Brunetti.

—*Gesú Bambino* —murmuró ella por lo bajo—, uno de ésos. —En voz más alta—: Eso te costará un extra. Con ellos. Conmigo está todo incluido en el precio.

—Quiero que miren el retrato de un hombre y me digan si lo reconocen.

—¿Policía? —preguntó ella.

Él asintió.

—Debí figurármelo. Los chicos están más arriba, al otro lado de *piazzale* Leonardo da Vinci.

—Gracias —dijo Brunetti y se fue calle arriba. Al llegar a la primera bocacalle, se volvió y vio a la rubia subir a un Volvo azul oscuro.

Minutos después, el comisario llegaba a la plaza. Cruzó sin dificultades por entre los lentos coches hacia un grupo de figuras que se apoyaban en un muro bajo del otro lado.

Al acercarse oyó voces, voces de tenor que hacían las mismas ofertas y prometían los mismos placeres. La de felicidad que podía conseguirse aquí.

Se acercó al grupo y vio prácticamente lo mismo que antes: bocas agrandadas por el lápiz rojo, abiertas en sonrisas que pretendían ser invitadoras; nubes de pelo teñido y pantorrillas, muslos y pechos que parecían tan auténticos como los que había visto hasta entonces.

Dos de las figuras acudieron, como mariposas a la llama de su billetero.

—Lo que tú quieras, ricura. Nada de gomas. Al natural...

—Tengo el coche en la esquina, *caro*. Di qué quieres y te lo hago.

Del grupo de figuras apoyadas en el murete que cerraba un lado de la plaza, una voz dijo al último que había hablado:

—Pregúntale si os quiere a las dos, Paolina. —Y, directamente a Brunetti—: Las dos juntas son fabulosas, *amore*; te harán un sándwich que nunca olvidarás.

Esto provocó una carcajada general, una carcajada ronca, nada femenina.

Brunetti se dirigió al llamado Paolina:

—Me gustaría que mirase el retrato de un hombre y me dijera si lo reconoce.

Paolina volvió al grupo y dijo:

—Es de la pasma, niñas. Y quiere que mire fotos.

Se alzó un coro de gritos:

—Dile que es mejor lo auténtico que las fotos guarras, Paolina.

—Los polis no distinguen la diferencia.

—¿Un poli? Cóbrale el doble.

Brunetti esperó a que agotaran el repertorio de comentarios y preguntó:

—¿Querrá mirar el retrato?

—¿Qué gano con ello? —preguntó Paolina, y su compañero se rió de su descaro.

—Es un retrato del hombre que encontramos el lunes en el descampado. —Antes de que Paolina pudiera fingir ignorancia, Brunetti añadió—: Estoy seguro de que todos ustedes saben lo que le ocurrió. Para encontrar al que lo mató, tenemos que identificarlo. Creo que comprenderán la importancia que tiene eso.

Brunetti observó que Paolina y su acompañante vestían de modo casi idéntico: top tubular muy ceñido y minifalda que dejaba al descubierto piernas suaves y bien musculadas. Los dos calzaban zapatos puntiagudos de tacón alto que no les permitirían huir de un posible atacante.

El amigo de Paolina, que lucía una peluca amarillo jacinto hasta los hombros, dijo:

—De acuerdo, a ver esa foto.

Y extendió la mano. Los zapatos les disfrazaban los pies, pero nada podía disimular la envergadura de la mano.

Brunetti sacó el dibujo del bolsillo y se lo enseñó.

—Gracias, *signore* —dijo Brunetti.

El hombre lo miró desconcertado, como si le hablara en chino. Los dos hombres se inclinaron sobre el papel, hablando en lo que a Brunetti le sonó a dialecto sardo.

El de la peluca amarilla devolvió el dibujo a Brunetti.

—No lo conozco. ¿Es el único retrato que tiene?

—Sí —respondió Brunetti—. ¿Harían el favor de preguntar a sus amigos si lo reconocen?

Señaló con la barbilla al grupo que se mantenía pegado a la pared, gritando alguna que otra frase a los coches que pasaban, pero sin apartar la mirada de Brunetti y los otros dos.

—Claro, ¿por qué no? —dijo el amigo de Paolina, y se fue hacia el grupo. Paolina se fue tras él, quizá porque le ponía nervioso quedarse a solas con un policía.

Fueron hacia el grupo, que ahora se separó de la pared para ir a su encuentro. El que llevaba el retrato tropezó y tuvo que agarrarse al hombro de Paolina para no caer. Soltó un taco de lo más vulgar. El llamativo grupo de hombres se apiñó en torno a ellos, y Brunetti los observó mientras se pasaban el retrato. Un chico alto y delgado, con peluca roja, dio el dibujo a su vecino pero enseguida se lo quitó para volver a mirarlo. Atrajo hacia sí a otro, señaló el dibujo y le dijo algo en voz baja. El otro movió la cabeza negativamente y el pelirrojo volvió a golpear el dibujo con el dedo. El otro siguió sin mostrarse de acuerdo y el pelirrojo lo despidió agitando una mano con impaciencia. El dibujo siguió circulando y el amigo de Paolina se acercó a Brunetti con el pelirrojo.

—*Buona sera* —dijo Brunetti cuando el pelirrojo se paró delante de él. Extendió la mano y dijo—: Guido Brunetti.

Los dos hombres se quedaron quietos, como si sus altos tacones estuvieran clavados en el suelo. El amigo de Paolina se miró la falda y nerviosamente se frotó la parte delantera con la palma de la mano. El pelirrojo se llevó la mano a la boca un momento y luego la tendió a Brunetti.

—Roberto Canale —dijo—. Encantado de conocerle. —Su apretón era enérgico y cálido.

Brunetti tendió la mano al otro, que miró nerviosamente hacia el grupo y, al no oír nada, se la estrechó.

—Paolo Mazza.

Brunetti miró al pelirrojo.

—¿Ha reconocido al hombre de la foto, *signor* Canale?

El de la peluca roja se quedó mirando hacia un lado hasta que Mazza dijo:

—Es a ti, Roberta, ¿ya no te acuerdas de tu apellido?

—Pues claro que me acuerdo —dijo el otro mirando a Mazza, furioso. Y a Brunetti—: Sí, he reconocido al hombre, pero no sabría decirle quién es. Ni siquiera de qué lo conozco. Se parece a alguien conocido. —Al darse cuenta de lo confusas que eran sus palabras, Canale explicó—: ¿Sabe? Es como cuando vas por la calle y ves al dependiente de la charcutería sin el delantal; lo conoces, pero no recuerdas de qué. Su cara te resulta familiar, pero fuera de la tienda no lo identificas. Pues lo mismo me pasa con el hombre del dibujo. Sé que lo conozco, que lo he visto, pero no lo sitúo.

—¿No podría situarlo aquí? —preguntó Brunetti. Canale lo miró inexpresivamente, y el comisario puntualizó—: Quiero decir aquí, en *via* Cappuccina. ¿Podría imaginarlo aquí?

—No, no. De ninguna manera. Eso es lo curioso. Donde lo haya visto no tiene nada que ver con todo esto. —Agitaba las manos como si buscara la respuesta en el aire—. Sería como ver aquí a uno de mis profesores. O al médico. No pega con esto. Es una impresión, pero es muy fuerte. —Entonces, como buscando comprensión, preguntó—: ¿Entiende lo que le quiero decir?

—Perfectamente. Un día, un hombre me paró en una calle de Roma, para saludarme. Yo lo conocía pero no sabía de qué. —Brunetti sonrió, arriesgándose—. Lo había arrestado dos años antes. Pero en Nápoles.

Brunetti vio que, afortunadamente, los dos hombres se reían. Canale dijo:

—¿Puedo quedarme con el dibujo? Quizá, mirándolo de vez en cuando, me venga a la cabeza de repente.

—Desde luego. Le agradezco mucho su interés.

Ahora fue Mazza el que se aventuró a preguntar:

—¿Estaba muy horrible? Quiero decir, cuando lo encontraron. —Se oprimía las manos delante del pecho.

Brunetti asintió.

—¿Es que no les basta con jodernos? —se lamentó Canale—. ¿Por qué quieren matarnos?

Aunque la pregunta estaba dirigida a unos poderes que estaban muy por encima de aquellos para los que trabajaba Brunetti, éste respondió:

—No tengo ni la más remota idea.

11

Al día siguiente, viernes, Brunetti decidió ir la *questura* de Venecia, a repasar el correo acumulado. Además, según confesó a Paola aquella mañana mientras tomaban el café, quería enterarse de si había novedades en *il caso Patta*.

—Nada en *Gente* ni en *Oggi* —le informó ella, nombrando las revistas de chismorreo más populares, y agregó—: Aunque no estoy segura de que alguna de las dos considere a la *signora* Patta digna de su atención.

—Procura que ella no te oiga —dijo Brunetti riendo.

—Si tengo suerte, la *signora* Patta nunca me oirá decir nada. —Más suavemente, preguntó—: ¿Qué crees que hará Patta?

Brunetti apuró el café y dejó la taza antes de contestar:

—Me parece que no puede hacer mucho, aparte de esperar a que Burrasca se canse de ella o ella de Burrasca y vuelva a casa.

—¿Cómo es ese Burrasca? —Paola no perdió el tiempo preguntando si la policía tenía un dossier sobre Burrasca. En Italia, tan pronto como una persona hacía dinero en cantidad, alguien tenía un dossier sobre ella.

—Por lo que he oído, es un cerdo. Se mueve en esos círculos de Milán en los que priman la cocaína, los coches de muchos caballos y las chicas de poco seso.

—Pues ahora tiene por lo menos la mitad de una de esas cosas —dijo Paola.

—¿A qué te refieres?

—La *signora* Patta. Ya no es una chica, pero tiene poco seso.

—¿Tan bien la conoces? —Brunetti nunca estaba seguro de qué ni a quién conocía Paola.

—No. Es una simple deducción del hecho de que se casara con Patta. Debe de ser muy difícil aguantar a un pollino tan fatuo.

—Tú me aguantas a mí —repuso Brunetti con una sonrisa, buscando un cumplido.

Ella lo miró, impávida.

—Tú no eres fatuo, Guido. Puedes ser difícil y, a veces, hasta insoportable, pero fatuo, no.

No se dispensaban cumplidos.

Él se levantó, pensando que quizá ya fuera hora de ir a la *questura*.

Cuando llegó a su despacho revisó los papeles que le esperaban encima de la mesa. Se decepcionó al no encontrar nada relacionado con el muerto de Mestre. Lo interrumpió un golpe en la puerta.

—*Avanti* —gritó, pensando que tal vez fuera Vianello que le traía algo de Mestre.

En lugar del sargento, entró una joven de cabello oscuro con un fajo de carpetas. Sonrió desde la puerta y se acercó al escritorio, hojeando los documentos.

—¿El comisario Brunetti? —preguntó.

—Sí.

Ella sacó unos papeles de una de las carpetas y los puso encima de la mesa.

—Abajo me han dicho que esto le interesaría, *dottore*.

—Muchas gracias, *signorina* —dijo él, acercándose los papeles.

Ella no se movía; seguramente, por timidez no se atrevía a presentarse y esperaba a que él le preguntara quién era. Brunetti levantó la mirada y vio unos grandes ojos castaños en una cara redonda y atractiva y una explosión rojo vivo en los labios.

—¿Y usted es...? —preguntó él con una sonrisa.

—Elettra Zorzi, comisario. Desde la semana pasada, secretaria del *vicequestore* Patta.

Así que para ella eran los muebles que había visto en el antedespacho de Patta. Hacía varios meses que éste refunfuñaba que no daba abasto a tanto papeleo. Y, con perseverancia de cerdo buscador de trufas, había hozado en el presupuesto hasta encontrar fondos para una secretaria.

—Encantado de conocerla, *signorina* Zorzi.

El nombre le era familiar.

—Tengo entendido que también voy a trabajar para usted, comisario —dijo ella sonriendo.

Conociendo a Patta, no había que hacerse ilusiones. No obstante, dijo:

—Espléndido. —Y miró los papeles que ella le había traído.

La oyó alejarse y levantó la cabeza para verla marchar. Una falda ni corta ni larga y unas bonitas, muy bonitas, piernas. Al llegar a la puerta, ella se volvió y al ver que él la observaba sonrió de nuevo. Él bajó la mirada a los papeles. ¿Quién podía poner a una criatura el nombre de Elettra? ¿Y cuánto haría de eso? ¿Veinticinco años? Zorzi; él conocía a muchos Zorzi, pero ninguno capaz de bautizar a una hija con el nombre de Elettra. La puerta se cerró y él se concentró en los papeles, pero éstos no tenían mucho interés, era como si en Venecia el crimen estuviera de vacaciones.

Cuando Brunetti bajó a ver a Patta, tuvo que pararse en el antedespacho, atónito. Durante muchos años, en aquel espacio no hubo más que un paragüero de loza desportillada y un escritorio cubierto de números atrasados del tipo de revistas que suele haber en la sala de espera de un dentista. Las revistas habían desaparecido y en su lugar había un ordenador conectado a una impresora colocada en una mesa metálica baja, a la izquierda del escritorio. Delante de la ventana, en lugar del paragüero, había otra mesita, ésta de madera, con un jarrón de cristal que contenía un enorme ramo de gladiolos naranja y amarillos.

O Patta había decidido consultar a un decorador o la nueva secretaria opinaba que la opulencia que Patta consideraba adecuada para su despacho debía salpicar la zona de trabajo de sus subordinados. En aquel momento, como al conjuro del pensamiento de Brunetti, entró en el despacho la nueva secretaria.

—Esto queda muy bien —dijo él abarcando el antedespacho con un ademán.

Ella cruzó por su lado, dejó una brazada de carpetas en el escritorio y se volvió a mirarlo.

—Me alegro de que le guste, comisario. Era imposible trabajar aquí tal como estaba esto. Esas revistas... —agregó con un ligero estremecimiento.

—Son bonitas las flores. ¿Son para celebrar su llegada?

—Oh, no —respondió ella con naturalidad—. He pasado un pedido permanente a Fantin para que traigan flores frescas todos los lunes y jueves. —Fantin, el florista más caro de la ciudad. Dos veces por semana. ¿Cien ramos al año? Ella interrumpió sus cálculos explicando—: Como tengo que encargarme también de confeccionar la cuenta de gastos del *vicequestore*, decidí incluir las flores como una partida necesaria.

—¿Y Fantin también traerá flores para el despacho del *vicequestore*?

—¡Ni hablar! —Su sorpresa parecía auténtica—. Estoy segura de que el *vicequestore* puede pagarlas de su bolsillo. No estaría bien gastar el dinero del contribuyente de ese modo. —Dio la vuelta al escritorio y encendió el ordenador—. ¿Deseaba usted algo, comisario? —preguntó, dando por zanjada la cuestión de las flores.

—Nada, de momento, *signorina* —dijo él mientras la muchacha se inclinaba sobre el teclado.

Brunetti llamó a la puerta del despacho y se le invitó a entrar. Patta estaba sentado detrás del escritorio, como siempre, pero esto era lo único que seguía como de costumbre. La mesa, habitualmente limpia de cuanto pudiera asociarse con el trabajo, estaba cubierta de carpetas e informes y a un lado había hasta un arrugado diario. No era el consabido *L'Osservatore Romano* que leía Patta, descubrió Brunetti, sino el sensacionalista *La Nuova*, un diario cuya gran tirada parecía confirmar la creencia de que si, por un lado, hay en el mundo mucha gente que comete bellaquerías, hay, por otro, mucha más gente que quiere que se las cuenten. Hasta el aire acondicionado parecía haber dejado de funcionar en este despacho, uno de los pocos que disponían de él.

—Siéntese, Brunetti —ordenó el *vicequestore*.

Siguiendo la dirección de la mirada de Brunetti, Patta reparó en los papeles esparcidos por la mesa, los amontonó de cualquier manera, los apartó hacia un lado y dejó la mano encima, como olvidada.

—¿Cómo marcha lo de Mestre? —preguntó por fin a Brunetti.

—Todavía no hemos identificado a la víctima. Hemos enseñado su retrato a muchos de los travestis que allí trabajan, pero ninguno lo ha reconocido. —Patta no dijo nada—. Dos de los interrogados por mí dijeron que la cara les resultaba familiar, pero ninguno pudo concretar más, lo que podría significar cualquier cosa. O nada. Creo que otro de los hombres interrogados lo reconoció, pero lo negó categóricamente. Me gustaría volver a hablar con él, pero podría haber dificultades.

—¿Santomauro? —preguntó Patta, que, con esta pregunta, consiguió sorprender a Brunetti por primera vez en todos los años que llevaban trabajando juntos.

—¿Cómo se ha enterado de lo de Santomauro? —le espetó Brunetti, y agregó, para suavizar la brusquedad—: Señor.

—Me ha llamado tres veces —dijo Patta, y agregó en voz baja, pero procurando que Brunetti lo oyera—: El muy hijo de puta.

La insólita pero deliberada indiscreción de Patta puso en guardia a Brunetti, que mentalmente empezó una minuciosa búsqueda de los hilos que podían relacionar a los dos hombres. Santomauro era un célebre abogado y su clientela estaba formada por empresarios y políticos de toda la región del Véneto. Normalmente, eso bastaría para que Patta se desviviera por lisonjearle. Entonces recordó que la Lega della Moralità de la Santa Madre Iglesia y de Santomauro estaba bajo el patrocinio y dirección de la fugada Maria Lucrezia Patta. ¿Qué sermones sobre el matrimonio, su sagrado vínculo y obligaciones no habría largado Santomauro por teléfono al *vicequestore*?

—Efectivamente —dijo Brunetti, decidiéndose a reconocer la mitad de lo que sabía—, es el abogado de Crespo. —Si Patta estaba dispuesto a creer que un comisario de policía no encontraba nada de particular en la circunstancia de que un abogado de la categoría de Giancarlo Santomauro representara a un travesti, no sería él quien le abriera los ojos—. ¿Qué le ha dicho?

—Que usted había acosado y aterrorizado a su cliente, que había utilizado una «brutalidad innecesaria», literalmente, para tratar de obligarle a dar información. —Patta se frotó un lado de la mandíbula, y Brunetti observó que, al parecer, su superior no se había afeitado aquella mañana—. Yo, naturalmente, le he dicho que no estaba dispuesto a escuchar estas críticas sobre un comisario de policía y que, si lo deseaba, podía presentar una denuncia oficialmente. —Por regla general, ante una queja semejante, de un hombre de la importancia de Santomauro, Patta hubiera prometido una sanción inmediata para el funcionario, cuando no su degradación y traslado a Palermo durante tres años. Y, por regla general, Patta hubiera cumplido su promesa antes de pedir más detalles. Patta prosiguió, en su papel de defensor del principio de la igualdad de todos ante la ley—: No pienso tolerar una injerencia civil en el funcionamiento de los organismos del Estado.

Lo cual, según Brunetti, traducido libremente, significaba que Patta tenía una cuenta pendiente con Santomauro y apoyaría al comisario, mal que al otro le pesara.

—¿Entonces, cree que podría volver a interrogar a Crespo?

Por furioso que estuviera con Santomauro, hubiera sido mucho pedir que Patta venciera un hábito de décadas y ordenara expresamente a un policía un acto que contrariaba a un hombre con influencias políticas.

—Haga usted lo que considere necesario, Brunetti.

—¿Desea algo más, señor?

Patta no contestó, y Brunetti se puso en pie.

—Otra cosa, comisario —dijo Patta antes de que Brunetti diera media vuelta para marcharse.

—¿Sí, señor?

—Usted tiene amigos en el mundo de la prensa, ¿verdad? —Por todos los santos, ¿iría Patta a pedirle ayuda? Brunetti fijó la mirada en un punto situado encima de la cabeza de su superior y asintió vagamente—. Le agradecería que se pusiera en contacto con ellos. —Brunetti carraspeó y se miró las puntas de los pies—. En estos momentos, me encuentro en una situación embarazosa, Brunetti, y preferiría que esto no fuera más allá de lo que ya ha ido.

Patta no dijo más.

—Haré cuanto pueda, señor —dijo Brunetti sin convicción, pensando en sus «amigos del mundo de la prensa», dos especialistas en economía y un editorialista político.

—Bien —dijo Patta y, al cabo de un momento añadió—: He pedido a la nueva secretaria que recoja información sobre sus impuestos. —No hacía falta que Patta puntualizara de quién eran los impuestos—. Le he dicho que le entregue a usted todo lo que encuentre.

Brunetti quedó tan sorprendido que no pudo sino mover la cabeza de arriba abajo.

Patta se inclinó sobre sus papeles, lo que Brunetti interpretó como una despedida y salió del despacho. La *signorina* Elettra no estaba en su escritorio, y Brunetti le dejó una nota: «¿Podría ver qué encuentra en el ordenador acerca de los asuntos del *avvocato* Giancarlo Santomauro?»

Brunetti subió a su despacho, sintiendo el calor que parecía extenderse por todos los rincones e intersticios de la casa, a pesar de los gruesos muros y los suelos de mármol, trayendo consigo una densa humedad que hacía que los papeles se rizaran y se pegaran a la mano. Se acercó a una de las ventanas, que estaban abiertas, pero que lo único que se conseguía era dejar entrar más calor y humedad en el despacho. La marea estaba en su nivel más bajo, y el olor a podrido, que siempre acechaba bajo la superficie, ahora afloraba y llegaba hasta aquí, cerca de la gran extensión de agua que se abría frente a San Marco. De pie delante de la ventana, mientras sentía cómo el sudor le traspasaba la camisa y el pantalón y asomaba junto al cinturón, pensaba en las montañas de Bolzano y en los gruesos edredones bajo los que dormían en las noches de agosto.

Fue a la mesa, llamó a la oficina general y pidió al agente que contestó que dijera a Vianello que subiera. Minutos después, el sargento de más edad entraba en el despacho. Generalmente, por estas fechas, Vianello tenía la piel del marrón rojizo del *bresaola*, el filete de buey curado al aire que tanto gustaba a Chiara, pero este año seguía con su palidez invernal. Al igual que la mayoría de los italianos de su edad y formación, Vianello siempre se había creído a salvo de las probabilidades estadísticas. Por culpa del tabaco se morían los otros; por comer cosas grasas, el colesterol les subía a los otros, y sólo los otros sufrían los infartos. Desde hacía muchos años, todos los lunes leía la sección de «Salud» del *Corriere della Sera*, pese a estar convencido de que aquellos percances los sufrían los otros por su mal proceder.

Pero aquella primavera habían extirpado al sargento Vianello cinco melanomas precancerígenos de la espalda y los hombros, y los médicos le habían recomendado que no tomara el sol. Al igual que Saulo camino de Damasco, Vianello se había convertido y, al igual que san Pablo, había tratado de propagar su evangelio particular. Pero Vianello no contaba con uno de los rasgos más característicos de la idiosincrasia italiana: la omnisciencia. Todas las personas con las que hablaba sabían más que él acerca del tema, más acerca de la capa de ozono y más acerca de los fluorocarbonos y sus efectos en la atmósfera. Por otra parte, todos y cada uno sabían que toda esta cháchara acerca del peligro del sol no era sino otra *bidonata*, otro cuento, otro camelo, aunque nadie estaba seguro de la finalidad del engaño.

Cuando Vianello, animado de fervor paulino, ilustraba sus argumentos con las cicatrices de su espalda, le decían que su caso particular no demostraba absolutamente nada, que las estadísticas eran engañosas y que, además, a ellos no podía ocurrirles nada. Y Vianello había descubierto entonces esta curiosa peculiaridad de los italianos: para ellos no existe más verdad que la experiencia personal, y todas las pruebas que desmientan sus convicciones pueden descartarse. Y Vianello, a diferencia de san Pablo, había renunciado a su misión y se había comprado un tubo de crema de protección solar 30 que se aplicaba en la cara en invierno y en verano.

—¿Sí, *dottore*? —dijo al entrar.

Vianello había dejado la chaqueta y la corbata en la oficina de abajo y llevaba una camisa blanca de manga corta y el pantalón azul marino del uniforme. Había perdido peso desde el nacimiento de su tercer hijo, ocurrido el año anterior, y decía que quería adelgazar aún más, para estar en mejor forma. Un hombre que frisaba los cincuenta, con un hijo tan pequeño, tenía que cuidarse. Con aquel bochorno y con la imagen de los edredones grabada en la mente, lo último en lo que Brunetti quería pensar ahora era en la salud, ya fuera la suya o la de Vianello.

—Siéntese, Vianello.

El sargento ocupó su asiento de costumbre y Brunetti se instaló detrás del escritorio.

—¿Qué puede decirme acerca de esa Lega della Moralità? —preguntó Brunetti.

Vianello le miró entornando los ojos con gesto inquisitivo pero, en vista de que no llegaba más información, sopesó la pregunta y respondió:

—No sé gran cosa de ellos. Tengo entendido que se reúnen en una iglesia... ¿Santi Apostoli...? No; ésos son los *catecumeni,* los de las guitarras y todos esos. La liga se reúne en casas particulares, creo, o en la sala de actos de algún centro parroquial. Que yo sepa, no representan una tendencia política. No estoy seguro de lo que hacen, pero, a juzgar por el nombre, da la impresión de que deben de felicitarse de lo buenos que son ellos y lo malos que son los demás. —Hablaba en un tono displicente, indicativo del desdén que le inspiraba semejante estupidez.

—¿Conoce a algún miembro de esa asociación, Vianello?

—¿Yo, comisario? No, señor, ni ganas. —Sonreía al decirlo, hasta que advirtió la expresión de Brunetti—. Ah, lo dice en serio. A ver, déme un minuto para pensarlo. —Pensó durante el minuto solicitado abrazándose una rodilla con las manos enlazadas y mirando al techo—. Hay una persona, una mujer que trabaja en el banco. Nadia la conoce mejor que yo. Es decir, la trata más que yo, ya que ella es quien suele ir al banco. Pero recuerdo que un día comentó que le parecía extraño que una persona tan agradable tuviera algo que ver con esa gente.

—¿Por qué diría eso? —preguntó Brunetti.

—¿El qué?

—¿Por qué supuso que no eran buena gente?

—Porque el nombre ya lo dice todo, comisario: Lega della Moralità, como si la hubieran inventado ellos. Hablando con franqueza, deben de ser un hatajo de *basibanchi.* —Con esta palabra del más puro veneciano, que designa despectivamente a los que se arrodillan en la iglesia inclinándose hasta besar el banco, Vianello daba prueba de la plasticidad de su dialecto y de su propia sensatez.

—¿Sabe desde cuándo pertenece a la liga o cómo se unió a ella?

—No, señor, pero puedo pedir a Nadia que trate de averiguarlo. ¿Por qué?

Brunetti le informó sucintamente de la presencia de Santomauro en el apartamento de Crespo y de sus subsiguientes llamadas telefónicas a Patta.

—Eso es muy interesante, ¿verdad, comisario?

—¿Usted lo conoce?

—¿A Santomauro? —preguntó Vianello innecesariamente. No sería a Crespo, desde luego.

Brunetti asintió.

—Era el abogado de mi primo, antes de hacerse tan famoso. Y tan caro.

—¿Qué decía de él su primo?

—No mucho. Era un buen abogado, pero siempre estaba dándole vueltas a la ley, para llevarla por donde a él le convenía.

Un tipo muy frecuente en Italia, pensó Brunetti, donde hay leyes escritas para casi todo pero casi ninguna está clara.

—¿Algo más? —preguntó Brunetti.

Vianello meneó la cabeza.

—No recuerdo más. Hace años de eso. —Antes de que Brunetti se lo pidiera, Vianello dijo—: Llamaré a mi primo y se lo preguntaré. Quizá conozca a otras personas para las que haya trabajado Santomauro.

Brunetti se inclinó en señal de agradecimiento.

—También me gustaría ver qué podemos encontrar acerca de esa liga... dónde se reúnen, cuántos son, quiénes son y qué es lo que hacen.

Ahora que lo pensaba detenidamente, a Brunetti le parecía curioso que una organización que era lo bastante famosa como para haberse convertido en blanco de comentarios humorísticos de casi toda la sociedad pudiera haber revelado tan poco acerca de sí misma. Todo el mundo sabía que la liga existía, pero, si Brunetti tenía que guiarse por su experiencia, nadie tenía una idea clara de cuáles eran sus actividades.

Vianello hacía anotaciones en su libreta.

—¿Quiere que pregunte también por la *signora* Santomauro?

—Sí; me interesa todo lo que pueda averiguar.

—Creo que es de Verona. Hija de un banquero. —Miró a Brunetti—. ¿Algo más?

—Sí; Francesco Crespo, ese travesti de Mestre. Pregunte si alguien de aquí lo conoce o ha oído hablar de él.

—¿Qué tiene Mestre contra él?

—Sólo que fue arrestado dos veces por venta de droga. Los de Antivicio lo tienen en la lista, pero ahora vive en un bonito apartamento de *viale* Ronconi, lo que supongo que significa que ha prosperado y dejado atrás *via* Cappuccina y los parques públicos. Y vea si Gallo ya tiene los nombres de los fabricantes del vestido y los zapatos.

—Veré lo que hay —dijo Vianello, sin dejar de escribir—. ¿Algo más, comisario?

—Sí; esté atento a cualquier denuncia de desaparición de un hombre de unos cuarenta años cuya descripción coincida con la del muerto. Está en la carpeta. Quizá la nueva secretaria pueda encontrar algo en el ordenador.

—¿En qué región, comisario? —preguntó Vianello, con la punta del bolígrafo apoyada en el papel.

El que el sargento no mostrara extrañeza indicó a Brunetti que se habían acostumbrado a contar con la nueva secretaria.

—Si es posible, que busque en todo el país. También turistas desaparecidos.

—¿No cree que fuera un chapero?

Brunetti recordó el cuerpo desnudo, tan terriblemente parecido al suyo.

—No era un cuerpo que invitara a pagar para utilizarlo.

12

El sábado por la mañana, Brunetti acompañó a su familia a la estación del ferrocarril, pero el grupito que subió al *vaporetto* número 1 en la parada de San Silvestro parecía decaído. Paola estaba enfadada porque Brunetti no dejaba lo que ella había dado en llamar «su travesti» para ir a Bolzano, por lo menos, el primer fin de semana de las vacaciones; Brunetti estaba molesto porque ella no lo comprendía; Raffaele estaba triste por tener que dejar atrás los encantos virginales de Sara Pagnuzzi, aunque era un consuelo pensar que se reunirían dentro de una semana y que, además, para entonces ya habría setas en el bosque. Chiara, como de costumbre, era totalmente altruista en su contrariedad, y estaba pesarosa porque su padre no iba con ellos a pesar de ser quien más necesitaba las vacaciones por lo mucho que trabajaba.

El código de la etiqueta familiar exigía que cada cual cargara con su propio equipaje, pero como Brunetti iba sólo hasta Mestre y tenía las manos libres, Paola le hizo acarrear su gran maleta, mientras ella llevaba únicamente su bolso de mano y la edición completa de las *Cartas de Henry James*, un tomo tan voluminoso que hizo pensar a Brunetti que, aunque él hubiera podido acompañarlos, su mujer tampoco hubiera tenido mucho tiempo que dedicarle. Al llevar Brunetti la maleta de Paola, se produjo una especie de efecto dominó, y Chiara metió varios libros suyos en la maleta de su madre, con lo que en la suya quedó espacio para el par de botas de montaña de repuesto de Raffi que, a su vez, tuvo que hacer un hueco para *La fuente sagrada,* que su madre pensaba poder terminar por fin este año.

Se instalaron todos en un compartimiento del tren de las 8:35, el cual dejaría a Brunetti en Mestre en diez minutos y a ellos, en Bolzano antes del almuerzo. Nadie tuvo mucho que decir durante el corto trayecto sobre la laguna; Paola se cercioró de que su marido tenía en la cartera el número de teléfono del hotel; Raffaele le recordó que éste era el tren que tomaría Sara dentro de una semana; y Brunetti se preguntó si también tendría que llevarle la maleta a ella.

En Mestre, Brunetti besó a sus hijos, y Paola fue con él hasta la plataforma.

—A ver si puedes subir el próximo fin de semana, Guido. O, mejor aún, ojalá resuelvas el caso y puedas venir antes.

Él le sonrió, pero no quiso decirle que no era probable que esto sucediera; al fin y al cabo, aún no sabían ni quién era el muerto. Dio a su mujer un beso en cada mejilla, se apeó del tren y retrocedió hasta el compartimiento donde se habían quedado sus hijos. Chiara ya estaba comiendo un melocotón. Desde el andén, a través del cristal de la ventanilla, vio a Paola entrar en el compartimiento y, casi sin mirar a su hija, sacar un pañuelo y dárselo. El tren empezó a moverse en el momento en que Chiara se enjugaba los labios y al volver la cara, vio a su padre. Se le iluminó el semblante y, con media barbilla todavía reluciente de zumo de melocotón, se acercó a la ventanilla de un salto.

—*Ciao, papà, ciao, ciao* —gritó por encima del zumbido de la locomotora. Se puso de pie en el asiento y sacó el brazo y agitó el pañuelo de Paola.

Él, desde el andén, agitó la mano hasta que perdió de vista la cariñosa banderita blanca.

En la *questura* de Mestre, al entrar en el despacho de Gallo, el sargento lo recibió en la puerta.

—Viene alguien a ver el cadáver —le dijo sin preámbulos.

—¿Quién? ¿Por qué?

—Esta mañana sus hombres han recibido una llamada. De una tal —el sargento miró un papel que tenía en la mano— *signora* Mascari. Su marido es el director de la sucursal de la Banca di Verona en Venecia. Falta de su casa desde el sábado.

—De eso hace una semana —dijo Brunetti—. ¿Por qué ha tardado tanto en notar su falta?

—Él tenía que hacer un viaje de trabajo. A Mesina. Se marchó el domingo por la tarde, y su esposa no ha vuelto a saber de él.

—¿Y ha dejado pasar una semana antes de llamarnos?

—Yo no he hablado con ella —dijo Gallo, casi como si Brunetti le hubiera acusado de negligencia.

—¿Quién ha atendido la llamada?

—No lo sé. No tengo más que un papel que he encontrado encima de la mesa, en el que se me informa de que la *signora* Mascari irá esta mañana a Umberto Primo a mirar el cadáver y que calculaba llegar a eso de las nueve y media.

Los dos hombres se miraron; Gallo se levantó la bocamanga y miró el reloj de pulsera.

—Sí —dijo Brunetti—. Vamos.

Siguió una serie de peripecias dignas del más absurdo celuloide rancio. El coche se atascó en el tráfico de primeras horas de la mañana, y el conductor decidió desviarse para acceder al hospital por la entrada posterior, lo que los metió en un atasco aún mayor, con el resultado de que llegaron al hospital después de que la *signora* Mascari; hubiera no sólo identificado el cadáver como el de su marido, Leonardo, sino vuelto a subir al taxi que la había traído de Venecia, para hacerse llevar a la *questura* de Mestre, donde, según le dijeron, la policía respondería a sus preguntas.

Por consiguiente, cuando Brunetti y Gallo volvieron a la *questura*, la *signora* Mascari llevaba esperándolos más de un cuarto de hora. Estaba sentada, muy erguida y sola, en un banco de madera del pasillo, frente al despacho de Gallo. Era una mujer cuyo porte e indumentaria sugerían no ya que la juventud había pasado sino que nunca había existido. Llevaba un traje chaqueta de seda salvaje azul noche, de corte sobrio, con la falda un poco más larga de lo normal. El color de la tela ofrecía un fuerte contraste con la palidez de su cara.

La mujer levantó la mirada al acercarse los dos policías, y Brunetti observó que su pelo tenía aquel tinte caoba tan popular entre las mujeres de la edad de Paola. Iba poco maquillada, y se le veían arruguitas en torno a la boca y los ojos, aunque Brunetti no hubiera podido asegurar si se debían a la edad o al sufrimiento. Ella se levantó y avanzó un paso. Brunetti se paró y extendió la mano.

—*Signora* Mascari, comisario Brunetti, de la policía de Venecia.

Ella apenas hizo más que rozarle la mano un momento. El comisario vio que tenía los ojos brillantes, aunque no sabía si era brillo de lágrimas o reflejo de los cristales de las gafas.

—Mi más sincero pésame, *signora* Mascari. Comprendo lo terrible y doloroso que ha de ser este trance. —Ella no se daba por enterada de sus palabras—. ¿Desea que llamemos a alguien para que venga a hacerle compañía?

Ahora la mujer movió la cabeza negativamente.

—Explíqueme qué pasó —dijo.

—Entremos en el despacho del sargento Gallo —dijo Brunetti extendiendo el brazo para abrir la puerta.

Se hizo a un lado para que pasara ella y volvió la cabeza hacia Gallo, que levantó las cejas con gesto de interrogación; Brunetti asintió, y el sargento entró con ellos. Brunetti acercó una silla a la *signora* Mascari, que se sentó y lo miró.

—¿Desea tomar algo, *signora,* un vaso de agua, un té?

—No. Nada. Dígame qué ha pasado.

Pausadamente, el sargento Gallo se sentó detrás de su escritorio y Brunetti, en una silla, no lejos de la *signora* Mascari.

—El cadáver de su marido fue hallado en Mestre el lunes por la mañana. En el hospital le habrán dicho que la causa de la muerte fue un golpe en la cabeza.

—También tenía golpes en la cara —interrumpió ella. Después de decir esto, desvió la mirada y la bajó a las manos.

—¿Sabe de alguien que quisiera causar daño a su marido, *signora*? ¿Alguien que le hubiera amenazado o discutido con él?

Ella movió la cabeza en una negativa inmediata.

—Leonardo no tenía enemigos —dijo.

Por lo que Brunetti había podido observar, nadie llega a director de banco sin hacerse enemigos, pero se reservó el comentario.

—¿Su marido le habló de algún contratiempo que hubiera tenido en el banco? ¿Un empleado al que hubiera tenido que despedir? ¿Alguien a quien se le hubiera denegado un préstamo y le hiciera responsable a él?

—No. —Ella volvió a mover la cabeza—. Nada de eso. Nunca ha tenido problemas.

—¿Y con la familia de usted, *signora*? ¿Tampoco había tenido diferencias?

—Pero, ¿qué es esto? —inquirió ella—. ¿Por qué me hace estas preguntas?

—*Signora* —empezó a decir Brunetti con un ademán que él pretendía apaciguador—, la forma en que mataron a su marido, la violencia empleada, parece indicar que quienquiera que lo hiciera tenía razones para odiarlo, y mucho. Por eso, antes de ponernos a buscar al asesino, hemos de tener una idea de por qué hizo lo que hizo. Y estas preguntas son necesarias, aunque me consta que son dolorosas.

—Es que no puedo decirles nada. Leonardo no tenía enemigos.

Después de repetir esto, la mujer miró a Gallo, como para ponerlo por testigo, o pedirle que la ayudara a convencer a Brunetti de que debía creerla.

—Cuando el domingo su marido salió de casa, ¿iba a Mesina? —preguntó Brunetti. Ella asintió—. ¿Sabe a qué iba, *signora*?

—Dijo que eran asuntos del banco y que regresaría el viernes. Ayer.

—¿No le dijo el motivo del viaje?

—No; ni esta vez ni las otras. Solía decir que su trabajo no era interesante, y casi nunca me hablaba de él.

—¿Tuvo noticias suyas después de que se fuera?

—No. Salió para el aeropuerto el domingo por la tarde. Iba a Roma, donde tenía que cambiar de avión.

—¿La llamó por teléfono? ¿La llamó desde Roma o desde Mesina?

—No; no acostumbraba llamar. Cuando salía de viaje, iba a donde tuviera que ir y luego regresaba a casa. O me llamaba desde el despacho si se iba directamente a trabajar.

—¿Eso era normal?

—¿Era normal qué?

—Que durante sus viajes no se pusiera en contacto con usted.

—Ya se lo he dicho. —Su voz se hizo ahora un poco áspera—. Hacía varios viajes al año, seis o siete, por asuntos del banco. A veces, me enviaba una postal o me traía un regalo, pero nunca llamaba.

—¿Cuándo empezó a alarmarse, *signora*?

—Anoche. Pensé que, por la tarde, a la vuelta del viaje, habría ido al despacho y que después vendría a casa. A eso de las siete, al ver que no venía, llamé al banco, pero ya estaba cerrado. Llamé a dos de los hombres que trabajaban con él, pero no los encontré. —Aquí se interrumpió, aspiró profundamente y prosiguió—: Quería creer que había entendido mal el día o la hora de su regreso, pero esta mañana ya no podía más y he llamado al banco, a uno de sus colaboradores, que ha hablado con Mesina y luego me ha llamado.

La mujer enmudeció.

—¿Qué le ha dicho, *signora*?

Ella se oprimió los labios con el nudillo del índice, quizá para evitar que las palabras salieran, pero había visto el cadáver en el depósito, por lo que de nada servía tratar de engañarse.

—Me ha dicho que Leonardo no había ido a Mesina. Entonces he llamado a la policía. Los he llamado a ustedes. Y me han dicho... cuando les he dado la descripción de Leonardo... me han dicho que viniera. Y he venido.

Su voz era cada vez más forzada y cuando acabó de hablar, la mujer se oprimía las manos en el regazo, con desesperación.

—*Signora*, ¿de verdad no desea que llamemos a alguien para que la acompañe? Quizá no debería estar sola en este momento —dijo Brunetti.

—No. No quiero ver a nadie. —Se levantó bruscamente—. No es preciso que siga aquí, ¿verdad? ¿Puedo marcharme?

—Por supuesto. Ha sido usted muy amable al contestar estas preguntas.

Ella hizo como si no lo hubiera oído.

Brunetti hizo una seña a Gallo mientras seguía a la *signora* Mascari a la puerta.

—Un coche la llevará a Venecia.

—No quiero que me vean llegar en un coche de la policía —dijo ella.

—Será un coche sin distintivos y el conductor irá de paisano.

Ella no contestó y, probablemente, el que no protestara significaba que aceptaba que la llevaran hasta *piazzale* Roma.

Brunetti abrió la puerta y la acompañó hasta la escalera del extremo del pasillo. Observó que la mano derecha, con la que ella atenazaba el bolso, parecía agarrotada y la izquierda estaba hundida en el bolsillo de la chaqueta.

Brunetti salió con la mujer a la escalinata exterior de la *questura*, al calor que había olvidado. Un coche azul marino esperaba en la calle, con el motor en marcha. Brunetti, inclinándose, abrió la puerta y sostuvo a la mujer por un brazo mientras ella subía al coche. Una vez dentro, ella volvió la cara hacia el otro lado y se quedó mirando fijamente por la ventanilla, a pesar de que no se veían más que coches y fachadas grises de edificios de oficinas. Brunetti cerró la puerta con suavidad y dijo al conductor que llevara a la *signora* Mascari a *piazzale* Roma.

Cuando el coche desapareció entre el tráfico, Brunetti volvió al despacho de Gallo.

—Bien, ¿qué le parece?

—Cuesta creer que una persona no tenga enemigos.

—Y más si es banquero —terminó Brunetti.

—¿Entonces?

—Iré a Venecia, a ver si mi gente puede decirme algo. Ahora que tenemos el nombre, por lo menos sabemos por dónde empezar a buscar.

—¿Buscar qué? —preguntó Gallo.

La respuesta de Brunetti fue inmediata.

—En primer lugar, hay que hacer lo que tendríamos que haber hecho desde el principio, averiguar de dónde han salido los zapatos y la ropa que llevaba.

Gallo lo interpretó como un reproche y contestó con no menos rapidez:

—Todavía no se sabe nada del vestido, pero ya tenemos el nombre del fabricante de los zapatos y esta tarde dispondremos de la lista de las zapaterías que los venden.

Brunetti no había querido criticar a la gente de Mestre, pero no hizo nada por corregir la impresión. Nada se perdía con motivar a Gallo y a sus hombres a averiguar la procedencia del vestido y el calzado de Mascari, porque sin duda aquellos zapatos y aquel vestido no eran la indumentaria que un banquero de mediana edad se pondría para ir a trabajar.

13

Si Brunetti pensó que iba a encontrar a mucha gente trabajando un sábado de agosto por la mañana, pronto tuvo que desengañarse. Aparte de los guardias de la entrada principal y de una mujer que limpiaba la escalera, en la *questura* no había nadie, las oficinas estaban desiertas, y el comisario se resignó a esperar hasta el lunes por la mañana. Durante un momento, pensó en tomar un tren para Bolzano, pero comprendió que no llegaría antes de la hora de la cena y que al día siguiente por la mañana ya estaría deseando volver a la ciudad.

Fue a su despacho y abrió las ventanas, aunque sabía que no conseguiría nada con ello. Entró humedad y hasta un poco más de calor. No había papeles nuevos en el escritorio; la *signorina* Elettra no le había dejado informe alguno.

Sacó la guía telefónica del cajón de abajo de la mesa. Buscó en la L, pero no encontró el número de la Lega della Moralità, lo cual no le sorprendió. En la S, vio Santomauro, Giancarlo, *avv.* y una dirección de San Marco. Por el mismo método, descubrió que el difunto Leonardo Mascari vivía en Castello. Esto le intrigó: Castello era el *sestiere* más popular de la ciudad, una zona habitada sobre todo por sólidas familias trabajadoras, donde los niños no hablaban más que el dialecto hasta que empezaban la escuela primaria. Quizá los Mascari procedían de allí. O quizá habían conseguido una casa o un apartamento en condiciones ventajosas. En Venecia había escasez de viviendas, y las que se hallaban en venta o en alquiler tenían unos precios tan exorbitantes que hasta un barrio como Castello ya empezaba a ponerse de moda. Gastando el dinero suficiente en la restauración, se conseguía cierta distinción, aunque ésta no se transmitiera al *quartiere* y quedara limitada a la propia casa,

Repasó los bancos en las páginas amarillas, y descubrió que el Banco de Verona estaba en *campo* San Bartolomeo, al pie de Rialto, zona en la que abundaban las oficinas bancarias; esto le sorprendió, porque no recordaba haberlo visto. Por curiosidad, marcó el número. A la tercera señal, una voz de hombre contestó:

—¿Sí? —como si estuviera esperando una llamada.

—¿Banco de Verona? —preguntó Brunetti.

Un breve silencio y el hombre dijo:

—Lo siento, número equivocado.

—Perdone —dijo Brunetti.

El otro colgó sin decir más.

Era proverbial el caprichoso funcionamiento del SIP, el servicio telefónico nacional, y a nadie sorprendía que le contestara un número equivocado, pero Brunetti estaba seguro de que, en este caso, ni había fallado el servicio ni él había marcado mal. Volvió a marcar, y esta vez el teléfono sonó hasta doce veces sin que contestaran. Brunetti colgó, volvió a mirar la guía y anotó la dirección. Luego buscó la farmacia Mortelli. Ambas direcciones distaban sólo unos números una de otra. Arrojó la guía al cajón y cerró éste con el pie. Luego cerró las ventanas, bajó la escalera y abandonó la *questura.*

Diez minutos después, Brunetti salía del *sottoportico* de la calle della Bissa a *campo* San Bartolomeo. Levantó la mirada hacia la estatua de bronce de Goldoni, que no era quizá su comediógrafo preferido pero sí el que más le hacía reír, especialmente cuando las obras eran representadas en el dialecto veneciano original, como solían serlo en esta ciudad, en la que él situaba a sus personajes y que, en testimonio de su cariño, le había levantado este monumento. Goldoni parece caminar airoso, actitud muy adecuada para este lugar, concurrido de presurosos viandantes que cruzan el puente de Rialto para ir al mercado de frutas y verduras o camino de San Marco o el Cannaregio. Quien viva cerca del corazón de la ciudad tiene que pasar por San Bartolomeo por lo menos una vez al día.

Cuando llegó Brunetti, el *campo* era un hervidero de gente que se dirigía al mercado a hacer las compras de última hora o regresaba del trabajo, terminada por fin la semana laboral. El comisario avanzó por el extremo oriental del *campo*, mirando con aparente indiferencia los números pintados encima de las puertas. Tal como imaginaba, el número que buscaba estaba dos puertas más allá de la farmacia. Se paró delante de la placa de los timbres, situada a un lado de la puerta, y leyó los nombres que había al lado de cada timbre, y que eran el del Banco de Verona y otros tres, probablemente, de inquilinos particulares.

Brunetti llamó al timbre situado encima del banco. Nadie contestó. Lo mismo ocurrió con el segundo. Iba a pulsar el último botón cuando a su espalda una voz de mujer le preguntó en el más puro veneciano:

—¿Qué desea? ¿Busca a alguien de esta casa?

Brunetti se volvió y se encontró frente a una viejecita que sostenía, apoyado en una pierna, un gran carro de la compra. Recordando el nombre que había visto al lado del primer timbre, él dijo, contestando en el mismo dialecto:

—Sí, vengo a ver a los Montini. Han de renovar la póliza del seguro y vengo a preguntar si desean hacer alguna modificación.

—No están —dijo la mujer buscando las llaves en un bolso enorme—. Se han ido a la montaña. Lo mismo que los Gaspari, pero ellos están en Jesolo.

Abandonando su intento de encontrar las llaves por la vista o el tacto, agitó el bolso, para localizarlas por el oído. El sistema dio resultado y la mujer sacó un manojo de llaves que abultaba tanto como su mano.

—Mire, aquí están —dijo poniendo las llaves delante de los ojos de Brunetti—. Me las dejan para que entre a regar las plantas y vigile la casa. —Miraba fijamente a Brunetti, con unos ojos azul pálido en una cara redonda, surcada por una red de finas arruguitas—. ¿Tiene usted hijos, *signore*?

—Sí —respondió él inmediatamente.

—¿Cómo se llaman y cuántos años tienen?

—Raffaele, dieciséis y Chiara, trece, *signora*.

—Muy bien —dijo la anciana como si él acabara de aprobar un examen—. Es usted joven y fuerte. ¿Podría subirme este carro al tercer piso? Si no, voy a tener que hacer por lo menos tres viajes para subirlo todo. Mi hijo y su familia vienen mañana a comer, y he tenido que comprar mucho.

—Encantado de ayudarla, *signora* —dijo él agachándose para levantar el carro, que pesaba por lo menos quince kilos—. ¿Son muchos de familia?

—Mi hijo, mi nuera y sus hijos. Dos de ellos traen a mis biznietos, por lo que seremos... pues diez personas.

La mujer abrió la puerta de la calle y la sostuvo para que entraran Brunetti y el carro. Luego pulsó el interruptor de la luz y empezó a subir las escaleras delante del comisario.

—No se va usted a creer lo que me han cobrado por los melocotones. Mediados de agosto y todavía a tres mil liras el kilo. Pero los he comprado de todos modos; a Marco le gusta tomarlos con vino tinto. Antes del almuerzo los corta y los deja en remojo, para el postre. Y de pescado yo quería un *rombo*, pero estaba muy caro. Como a todos les gusta el *bosega* hervido, eso he comprado, aunque a diez mil liras el kilo. Tres pescados, casi cuarenta mil liras. —Se paró en el primer rellano, frente a la puerta del Banco de Verona y miró a Brunetti—. Cuando yo era joven, el *bosega* lo dábamos al gato, y ahora tengo que pagarlo a diez mil liras el kilo.

Dio media vuelta y siguió subiendo.

—Lo lleva agarrado del asa, supongo.

—Sí, *signora*.

—Bien, es que hay un kilo de higos encima de todo, y no quiero que se aplasten.

—Están perfectamente, *signora*.

—He comprado *prosciutto* en Casa del Parmigiana para comerlo con los higos. Conozco a Giuliano desde que era niño. Tiene el mejor *prosciutto* de Venecia, ¿verdad?

—Mi esposa siempre lo compra allí.

—Cuesta *l'ira di dio*, pero vale la pena.

—Desde luego.

Llegaron arriba. La mujer llevaba las llaves en la mano, por lo que no tuvo que volver a buscar. Abrió la única cerradura y empujó la puerta, haciendo pasar a Brunetti a un gran apartamento con cuatro altas ventanas, ahora cerradas hasta con las persianas, que daban al *campo*.

La mujer lo llevó por la sala, una habitación que a él se le antojó familiar, con sus grandes butacas, el sofá de crin vegetal de los que arañan, altas cómodas marrón oscuro con bomboneras de plata encima, entre un surtido de fotos en marco también de plata y suelo de mosaico veneciano que relucía incluso con tan poca luz. Hubiera podido ser la casa de sus abuelos.

Idéntica impresión le produjo la cocina: fregadero de piedra, una gran caldera de agua caliente en un rincón y una mesa de mármol. Inmediatamente, imaginó a la mujer extendiendo la pasta con el rodillo o planchando la ropa en aquella superficie.

—Déjelo usted ahí, al lado de la puerta —dijo ella—. ¿Quiere un vaso de algo?

—Le agradecería un poco de agua, *signora*.

Tal como él esperaba, la mujer bajó una bandejita de plata de un armario alto, colocó un tapetito de encaje en el centro y una copa de cristal de Murano encima. Sacó de la nevera una botella de agua mineral y llenó el vaso.

—*Grazie infinite* —dijo él antes de beber. Dejó la copa cuidadosamente en el centro del tapetito y rehusó su ofrecimiento de más agua—. ¿Quiere que la ayude a sacar las cosas, *signora*?

—No, yo sé dónde está cada cosa y dónde tengo que ponerlo. Ha sido muy amable joven. ¿Cómo se llama?

—Brunetti, Guido.

—¿Y hace seguros?

—Sí, *signora*.

—Bien, muchas gracias —dijo ella dejando la copa en el fregadero e inclinándose sobre el carrito.

Brunetti, consciente de su verdadera profesión, le preguntó:

—*Signora*, ¿suele dejar entrar en su casa a los desconocidos?

—No; no soy tan tonta. No dejo entrar a cualquiera —respondió ella—. Antes siempre procuro enterarme de si tienen hijos. Y, desde luego, han de ser venecianos.

Desde luego. Si bien se miraba, probablemente, su sistema era mejor que un detector de mentiras o un control de seguridad.

—Gracias por el agua, *signora*. No se moleste en acompañarme, yo cerraré la puerta.

—Gracias —dijo ella buscando los higos en el carrito.

El comisario bajó los dos primeros tramos y se paró en el rellano de encima del Banco de Verona. No se oía nada más que alguna que otra voz que subía del *campo*. Miró el reloj a la luz que entraba por las pequeñas ventanas de la escalera. Poco más de la una. Permaneció allí durante otros diez minutos sin oír más que sonidos aislados del *campo*.

Bajó las escaleras despacio y se quedó delante de la puerta del banco. Sintiéndose bastante ridículo, agachó la cabeza y arrimó el ojo a la ranura horizontal de la cerradura de la *porta blindata*. Al otro lado distinguió un ligero resplandor, como si hubieran olvidado apagar una luz cuando cerraron las persianas el viernes por la tarde. O como si alguien estuviera trabajando este sábado por la tarde.

Volvió a subir y se apoyó en la pared. Al cabo de unos

diez minutos sacó el pañuelo y lo extendió sobre el segundo peldaño del siguiente tramo, se levantó el pantalón y se sentó. Inclinando el cuerpo hacia adelante, apoyó los codos en las rodillas y el mentón en los puños. Al cabo de lo que le pareció mucho rato, se levantó, acercó el pañuelo a la pared y volvió a sentarse, ahora, apoyado en la pared. No circulaba ni un soplo de aire, no había comido nada en todo el día y el calor le asfixiaba. Miró el reloj, eran poco más de las dos. Decidió quedarse hasta las tres y ni un minuto más.

A las cuatro menos veinte, todavía en su puesto y ahora con el propósito de marcharse a las cuatro, oyó un golpe seco en el piso de abajo. Se puso de pie y subió al segundo escalón. Oyó que debajo de él se abría una puerta, y se quedó quieto. La puerta se cerró, una llave giró en la cerradura y en la escalera sonaron pasos. Brunetti asomó la cabeza y vio alejarse una figura. A aquella luz, sólo distinguió a un hombre alto con traje oscuro y una cartera en la mano, pelo negro y, en la nuca, la fina franja de una camisa blanca. El hombre se puso de perfil al empezar a bajar el siguiente tramo, pero en aquella penumbra no se distinguían sus facciones. Brunetti bajaba silenciosamente tras él. Al pasar por la puerta del banco miró por el ojo de la cerradura, y vio que dentro estaba oscuro.

Abajo, se abrió y se cerró la puerta de la calle, y Brunetti bajó corriendo las escaleras restantes. Se paró en la puerta, la abrió rápidamente y salió al *campo*. El sol lo deslumbró un momento y se cubrió los ojos con la mano. Cuando la retiró, recorrió el *campo* con la mirada, pero sólo se veía a gente con ropa deportiva de colores pastel o camisa blanca. Fue hasta la esquina de la calle della Bissa, y no vio en ella a ningún hombre con traje oscuro. Cruzó corriendo el *campo* y miró por la estrecha calle que conducía al primer puente. Tampoco allí se veía al hombre. Había por lo menos otras cinco *calli* que partían del *campo*, y Brunetti comprendió que, si las inspeccionaba todas, podía perder al hombre. Decidió mirar directamente en el embarcadero de Rialto, por si tomaba un barco. Sorteando a unos y empujando a otros, corrió hasta el borde del agua y subió hacia el embarcadero del 82. Llegó en el momento en que salía un barco en dirección a San Marcuola y la estación del ferrocarril.

Abriéndose paso entre un grupo de turistas japoneses, llegó al borde del canal. Cuando el barco pasó frente a él, miró a los pasajeros que lo llenaban, tanto a los que iban de pie en la cubierta como a los que viajaban sentados dentro. Casi todos los hombres iban en mangas de camisa. Por fin, en el lado opuesto de la cubierta, descubrió a una figura con traje oscuro y camisa blanca. El hombre acababa de encender un cigarrillo y se volvió para arrojar el fósforo al canal. La espalda parecía la misma, pero Brunetti comprendía que no podía tener la certeza absoluta. Cuando el hombre se volvió, Brunetti miró fijamente su perfil, tratando de grabarlo en la memoria, hasta que lo perdió de vista, cuando el barco pasó bajo el puente de Rialto.

14

Brunetti hizo lo que hace todo hombre sensato que se siente decaído: se fue a casa y llamó a su mujer. En la habitación de Paola, Chiara contestó al teléfono.

—Oh, *ciao, papà*, cómo me hubiera gustado que estuvieras en el tren. Hemos estado parados más de dos horas a la entrada de Vicenza. Nadie sabía por qué, hasta que el revisor nos ha dicho que una mujer se había arrojado a la vía entre Vicenza y Verona, y que por eso había que esperar. Supongo que tendrían que limpiarlo, ¿verdad? Cuando por fin hemos arrancado, he estado mirando por la ventanilla hasta Verona, pero no he visto nada. ¿Crees que eso se limpia tan pronto?

—Supongo, *cara*. ¿Está tu madre?

—Sí, papá. Pero quizá el cisco estaba en el otro lado de la vía, ¿no?

—Quizá. Chiara, ¿me dejas hablar con tu *mamma*?

—Claro que sí, está aquí. ¿Por qué crees tú que una persona se tira debajo de un tren?

—A lo mejor porque no le dejan hablar con quien ella quiere.

—Oh, papá, qué tonto. Ahora se pone.

¿Tonto? ¿Tonto? Él creía estar hablando completamente en serio.

—*Ciao*, Guido —dijo Paola—. ¿Has oído? Tenemos una hija muy truculenta.

—¿Cuándo habéis llegado?

—Hace media hora. Hemos tenido que comer en el tren. Un asco. ¿Qué has hecho tú? ¿Has encontrado la *insalata di calamari*?

—No; acabo de llegar.

—¿De Mestre? ¿Has comido?

—No; tenía cosas que hacer.

—Está bien, hay *insalata di calamari* en el frigorífico. Cómetela hoy o mañana, porque no aguantará mucho con este calor. —Se oyó al fondo la voz de Chiara, y Paola preguntó—: ¿Vendrás mañana?

—No puedo. Hemos identificado el cadáver.

—¿Quién era?

—Mascari, Leonardo. Director de la Banca di Verona en Venecia. ¿Lo conocías?

—No. ¿Era veneciano?

—Creo que sí. Su mujer lo es.

Volvió a oírse la voz de Chiara, ahora con insistencia. Luego Paola dijo:

—Perdona, Guido. Chiara se va de paseo y no encontraba el jersey.

Esta sola palabra hizo a Brunetti más consciente del calor que permanecía estancado entre las paredes del apartamento, a pesar de estar abiertas todas las ventanas.

—Paola, ¿tienes el número de Padovani? No viene en la guía. —Sabía que ella no le preguntaría por qué quería el número, y explicó—: Me parece la única persona que podría contestar unas preguntas sobre el mundo gay de esta ciudad.

—Lleva años viviendo en Roma, Guido.

—Ya lo sé, Paola, pero viene cada dos o tres meses, para hacer sus reseñas de las exposiciones de arte, y su familia aún vive aquí.

—Bien, quizá sí —dijo ella, consiguiendo dar la impresión de que no la convencía—. Un segundo, voy a buscar la agenda. —Tardó el tiempo suficiente como para convencer a Guido de que la agenda estaba en otra habitación y hasta, quizá, en otro edificio. Por fin volvió—: Guido, es el cinco veintidós, cuarenta y cuatro, cero cuatro. Creo que aún está a nombre del antiguo propietario de la casa. Si hablas con él, salúdale de mi parte.

—De acuerdo. ¿Dónde está Raffi?

—Oh, en cuanto dejamos las maletas, ha desaparecido. No espero verlo antes de la cena.

—Dale un beso de mi parte. Te llamaré durante la semana.

Con mutuas promesas de llamadas y otra recomendación sobre la *insalata di calamari*, se despidieron, y Brunetti pensó que era muy extraño que un hombre estuviera una semana fuera de casa sin llamar a su mujer. Quizá si no tenían hijos era diferente, aunque le parecía que no.

Marcó el número de Padovani y, como venía ocurriendo en Italia cada vez con más frecuencia, un voz grabada le dijo que el *professore* Padovani no podía atenderle en este momento y que lo llamaría lo antes posible. Brunetti dejó un mensaje en el que rogaba al *professore* Padovani que lo llamara, y colgó.

Fue a la cocina y sacó del frigorífico la famosa *insalata*. Retiró la lámina de plástico que la cubría y tomó con los dedos un trozo de calamar. Mientras masticaba, extrajo del frigorífico una botella de *soave* y se sirvió una copa. Con el vino en una mano y la *insalata* en la otra, salió a la terraza y dejó ambas cosas en la mesita de cristal. Entonces se acordó del pan y volvió a la cocina en busca de un *panino*. Una vez allí, se sintió civilizado, y sacó un tenedor del cajón de arriba.

De vuelta en la terraza, partió pan, puso un trozo de calamar encima y se lo metió en la boca. Desde luego, los bancos también tienen cosas que hacer el sábado: el dinero no descansa, y quien estuviera trabajando durante el fin de semana no querría perder tiempo hablando por teléfono, diría que se habían equivocado de número y no volvería a contestar. Para no interrumpir el trabajo.

La ensalada tenía demasiado apio para su gusto, y apartó con el tenedor varios dados hacia el borde del bol. Se sirvió más vino y se puso a pensar en la Biblia. Si mal no recordaba, en el Evangelio según san Marcos, había un pasaje que relataba la desaparición de Jesús durante el regreso a Nazareth, del primer viaje que hizo con sus padres a Jerusalén. María creía que iba con José y los demás hombres y este santo varón pensaba que Jesús hacía el viaje con su madre y las mujeres. No descubrieron su desaparición hasta que la caravana acampó para pasar la noche, y resultó que Jesús había vuelto a Jerusalén y estaba enseñando en el Templo. El Banco de Verona creía que Mascari estaba en Mesina y la oficina de Mesina debía de creer que estaba en otro sitio, o hubieran preguntado por él.

Brunetti entró en la sala y vio un cuaderno de Chiara encima de la mesa, entre un puñado de bolígrafos y lápices. Abrió la libreta, vio que estaba por estrenar y, como le gustó el dibujo de Mickey Mouse que tenía en la tapa, se la llevó a la terraza, junto con un bolígrafo.

Empezó a escribir la lista de lo que había que hacer el lunes por la mañana. Llamar al Banco de Verona, para averiguar adónde tenía que ir Mascari y luego ponerse en contacto con el otro banco para descubrir qué excusa se les había dado para explicar su no comparecencia. Indagar por qué no se había progresado en la investigación de la procedencia de los zapatos y el vestido. Empezar a escarbar en el pasado de Mascari, tanto personal como financiero. Y repasar el informe de la autopsia, por si se mencionaba el afeitado de las piernas. También, enterarse de qué había podido descubrir Vianello acerca de la liga y del *avvocato* Santomauro.

Oyó sonar el teléfono y, con la esperanza de que fuera Paola, aun comprendiendo que no podía ser ella, entró para contestar.

—*Ciao*, Guido. Damiano. He encontrado tu mensaje.

—*Professore?* —preguntó Brunetti.

—Bah, eso —respondió el periodista, con indolencia—. Me sonaba bien, y estoy probándolo en el contestador esta semana. ¿Qué? ¿No te gusta?

—Claro que me gusta —respondió Brunetti sin pensar—. Suena muy bien. Pero, ¿de qué eres profesor?

En el extremo de la línea de Padovani se instaló un largo silencio.

—Hace tiempo, en los años setenta, di clases de pintura en un colegio de niñas. ¿Te parece que eso cuenta?

—Supongo —admitió Brunetti.

—Bien, de todos modos, quizá ya sea hora de cambiar el mensaje. ¿Cómo crees que sonaría *commendatore*? ¿*Commendatore* Padovani? Me gusta, sí. ¿Cambio el mensaje y vuelves a llamar?

—No, Damiano, no te molestes. Yo quería hablar de otra cosa.

—Me alegro. Tardo una eternidad en cambiar el mensaje, con tantos botones. La primera vez me armé un lío y quedaron grabados todos los tacos que solté a la máquina. Pasó una semana y, como no había tenido ningún mensaje, pensé que quizá el chisme no funcionaba y llamé a mi número desde una cabina. Qué escándalo, menudo lenguaje tenía la máquina. Vine corriendo y cambié el mensaje inmediatamente. Pero todavía no me aclaro. ¿Seguro que no quieres volver a llamarme dentro de veinte minutos?

—No, Damiano, mejor otro día. ¿Estás libre ahora?

—Para ti, Guido, como dijo un poeta inglés en un contexto completamente diferente, estoy «franco como el camino y libre como el viento».

Brunetti comprendió que Padovani esperaba que le preguntara quién era el poeta, pero se abstuvo.

—Se trata de algo que puede requerir mucho tiempo. ¿Quieres que cenemos juntos?

—¿Y Paola?

—Se ha ido a las montañas con los niños.

Padovani guardó silencio, y Brunetti comprendió que su interlocutor empezaba a hacer especulaciones acerca de esta separación.

—Se me ha presentado un caso de asesinato, y hace meses que habíamos reservado el hotel, así que Paola y los niños se han ido a Bolzano. Si resuelvo el caso pronto, me reuniré con ellos. Por eso te llamo. Quizá puedas ayudarme.

—¿En un caso de asesinato? Oh, qué emoción. Desde lo del sida, apenas tengo contacto con la clase criminal.

—¿Ah, sí? —dijo Brunetti, sin saber muy bien qué responder a eso—. ¿Cenamos por ahí? Donde tú digas.

Padovani reflexionó un momento y dijo:

—Guido, mañana regreso a Roma y tengo la casa llena de comida. ¿Por qué no vienes y me ayudas a terminarla? Nada complicado, pasta y lo que encuentre por ahí.

—Magnífico. Dime dónde vives.

—En Dorsoduro. ¿Conoces el *ramo* Dietro gl'Incurabili. Era un pequeño *campo* con una fuente, situado detrás del Zattere.

—Sí.

—De espaldas a la fuente, mirando al pequeño canal, la primera puerta de la derecha.

Con estas indicaciones, un veneciano encontraría la casa más fácilmente que con el nombre de la calle y el número.

—Bien. ¿A qué hora?

—A las ocho.

—¿Qué quieres que lleve?

—Absolutamente nada. Si trajeras algo tendríamos que comérnoslo y con lo que tengo en casa podría alimentar a un equipo de fútbol. Nada. Por favor.

—De acuerdo. Hasta las ocho. Y gracias, Damiano.

—Encantado. ¿Sobre qué quieres preguntar? ¿O debería decir «sobre quién»? Si me adelantas algo, podría empezar a hacer memoria. O incluso alguna llamada telefónica.

—Sobre dos hombres. Leonardo Mascari...

—No lo conozco —atajó Padovani.

—... y Giancarlo Santomauro.

Padovani silbó.

—Así que por fin os habéis topado con el insigne *avvocato*, ¿eh?

—Hasta las ocho.

—Cómo te gusta tener en vilo a la gente —dijo Padovani entre risas, y colgó.

A las ocho en punto, Brunetti, duchado y afeitado y con una botella de Barbera debajo del brazo, tocó el timbre de la casa situada a la derecha de la fuente del *ramo* Dietro gl'Incurabili. La fachada de la casa, que tenía un solo timbre y, por consiguiente, representaba el mayor de los lujos —un edificio aislado, propiedad de una sola persona—, estaba cubierta de jazmines que ascendían de dos tiestos de barro cocido situados a cada lado de la entrada. Padovani abrió la puerta casi al momento y tendió la mano a Brunetti. Su apretón era enérgico y cordial. Sin soltar a su visitante, lo atrajo al interior.

—Quítate del calor. Debo de estar loco para volver a Roma con esta temperatura, pero allí por lo menos tengo un apartamento climatizado.

Soltó la mano de Brunetti y retrocedió un paso. Como suelen hacer dos personas que llevan mucho tiempo sin verse, se examinaban el uno al otro con disimulo, para descubrir posibles cambios. ¿Más grueso, más delgado, más canoso, más viejo?

Brunetti, después de convencerse de que Padovani conservaba el aspecto del gorila que, desde luego, no era, miró en derredor. Se encontraba en un espacio cuadrado, de dos pisos de altura, cubierto por un tejado con claraboyas. Una escalera de madera ascendía a una galería situada a media altura, que recorría las cuatro paredes del cuadrilátero, abierta en tres lados y cerrada en el cuarto, que debía de contener el dormitorio.

—¿Qué era esto? ¿Una carpintería de ribera? —preguntó Brunetti, recordando el pequeño canal que discurría frente a la puerta. Sería fácil izar hasta aquí las barcas que trajeran a reparar.

—Premio. Cuando lo compré, aquí dentro aún se trabajaba, y el tejado tenía unos boquetes del tamaño de sandías.

—¿Cuánto hace que lo tienes? —preguntó Brunetti mientras hacía un cálculo aproximado del trabajo y el dinero invertidos en el local, para darle el aspecto que ahora tenía.

—Ocho años.

—Has hecho muchas cosas. Y es una suerte no tener vecinos. —Brunetti le tendió la botella envuelta en papel de seda.

—Te dije que no trajeras nada.

—Esto no se estropea —dijo Brunetti con una sonrisa.

—Gracias, pero no tenías que traerlo —insistió Padovani, aunque sabía que era tan inconcebible que un invitado se presentara con las manos vacías como que un anfitrión le sirviera ortigas—. Estás en tu casa, ponte cómodo mientras yo doy los últimos toques a la cena —dijo Padovani, yendo hacia una puerta de vidrios de colores detrás de la que se adivinaba la cocina—. He puesto hielo en la cubitera, por si te apetece beber algo.

Desapareció por la puerta, y Brunetti oyó los sonidos domésticos de tintineo de cacharros y agua que corría. Al bajar la mirada vio que el suelo era de parqué de roble oscuro y que delante de la chimenea había una zona chamuscada que formaba un semicírculo, y le irritó ser incapaz de decidir si aprobaba que la comodidad primara sobre la seguridad o le molestaba que se destrozara una superficie tan bella. Sobre una larga viga empotrada en el yeso encima de la chimenea, a modo de repisa, danzaba un colorista desfile de figuritas de cerámica de la Commedia dell'Arte. Dos de las paredes estaban cubiertas de cuadros, que parecían haber sido colgados allí al azar, sin seguir un orden de estilos ni escuelas, para que se disputaran la mirada del observador. Lo reñido de la competencia era prueba del gusto con que habían sido escogidos. Vio un Guttoso, pintor que nunca le había gustado, y un Morandi, a quien admiraba. Tres Ferruzzis daban alegre testimonio de las bellezas de la ciudad. Un poco a la izquierda de la chimenea, una Madonna, claramente florentina y, con toda probabilidad, del siglo XV, contemplaba con arrobo a otro Niño muy poco agraciado. Una de las aficiones secretas que Paola y Brunetti cultivaban desde hacía décadas era la búsqueda del Niño Jesús más feúcho de todo el arte occidental. En este momento, ostentaba el título un Jesusito especialmente bilioso de la sala 13 de la Pinacoteca di Siena. Aunque este que ahora tenía delante tampoco era un querube, no podía competir con el de Siena. En una de las paredes había un largo estante de madera tallada que en tiempos debió de formar parte de un armario y ahora servía de soporte a una hilera de cuencos de cerámica de colores vivos cuyos simétricos dibujos y volutas caligráficas denotaban claramente su procedencia islámica.

Se abrió la puerta y entró Padovani.

—¿No quieres un trago?

—No; si acaso, un poco de vino. No me gusta beber con este calor.

—Comprendo. Hacía tres años que no venía a Venecia en verano, y había olvidado lo que es esto. Hay noches, cuando baja la marea y estoy al otro lado del canal, en las que me dan ganas de vomitar, del olor.

—¿Es que hasta aquí no llega? —preguntó Brunetti.

—No; el *canale* de la Giudecca debe de ser más hondo, o más rápido, o no sé por qué, lo cierto es que aquí no se nota el olor. Por lo menos, de momento. Como continúen dragando los canales para que puedan pasar los buques cisterna, sabe Dios lo que será de la laguna.

Mientras hablaba, Padovani se acercó a la larga mesa de madera puesta para dos y sirvió dos copas de *dolcetto* de una botella que ya estaba abierta.

—Hay gente que piensa que una gran inundación o un desastre natural acabará con la ciudad. Yo creo que el fin será mucho más sencillo —dijo Padovani volviendo junto a Brunetti y dándole una de las copas.

—¿Y cuál será? —preguntó Brunetti saboreando el vino con agrado.

—Yo creo que hemos matado los mares y que es sólo

cuestión de tiempo que empiecen a oler mal. Y como la laguna no es más que un colgajo del Adriático que, a su vez, es un colgajo del Mediterráneo que... en fin, ya me entiendes. Creo que el agua, sencillamente, morirá y entonces nos veremos obligados a abandonar la ciudad o a rellenar los canales, y en este caso ya no tendrá ningún sentido seguir viviendo aquí.

Era una teoría nueva y, desde luego, no menos siniestra que muchas de las que había oído y muchas de las que él mismo creía a medias. Todo el mundo hablaba a todas horas de la inminente destrucción de la ciudad y, no obstante, el precio de los apartamentos se duplicaba en poco tiempo y los alquileres seguían subiendo por encima de las posibilidades del ciudadano medio. Los venecianos no habían dejado de comprar y vender casas durante las varias Cruzadas, pestes y ocupaciones de ejércitos enemigos, por lo que se podía apostar a que seguirían comprando y vendiendo durante cualquier hecatombe ecológica que pudiera depararles el futuro.

—Todo está preparado —dijo Padovani, sentándose en una de las mullidas butacas—. No queda más que echar la pasta. ¿Por qué no me das una idea de lo que quieres, para que tenga algo en qué pensar mientras remuevo la olla?

Brunetti se instaló en el sofá, frente a su anfitrión. Tomó otro sorbo de vino y, eligiendo bien las palabras, dijo:

—Tengo razones para creer que Santomauro está involucrado con un travesti que vive y, aparentemente, trabaja en Mestre.

—¿«Involucrado» cómo? —preguntó Padovani con voz incolora.

—Sexualmente —dijo Brunetti con sencillez—. Pero él asegura ser su abogado.

—Lo uno no excluye necesariamente lo otro.

—No, desde luego. Pero desde que lo encontré en compañía de este joven ha tratado de impedirme que lo investigue.

—¿Que investigues a quién?

—Al joven.

—Ya —dijo Padovani, tomando un sorbo de vino—. ¿Algo más?

—El otro nombre que te di, Leonardo Mascari, es el del hombre que apareció el lunes en las afueras de Mestre.

—¿El travesti?

—Eso parece.

—¿Y qué relación hay?

—El joven, el cliente de Santomauro, negó conocer a Mascari. Pero lo conocía.

—¿Cómo lo sabes?

—En esto tendrás que fiarte de mi instinto, Damiano. Lo sé. He visto muchas veces esa reacción como para no darme cuenta. Reconoció al hombre de la foto y quiso disimular.

—¿Cómo se llama el joven? —preguntó Padovani.

—Eso no puedo decirlo.

Se hizo el silencio.

—Guido —dijo Padovani al fin inclinándose hacia adelante—. Conozco a varios de esos chicos de Mestre. Antes conocía a muchos más. Si he de actuar de asesor gay en este asunto —lo dijo sin ironía ni amargura—, tengo que saber el nombre. Puedes estar seguro de que no he de contar a nadie lo que me digas, pero no puedo atar cabos si no sé el nombre. —Brunetti no decía nada—. Guido, has llamado tú, no yo. —Se levantó—. Voy a echar la pasta. ¿Quince minutos?

Mientras esperaba que Padovani volviera de la cocina, Brunetti miraba los libros que llenaban una de las paredes. Sacó uno de arqueología china, se lo llevó al sofá y estuvo hojeándolo hasta que oyó abrirse la puerta y vio a Padovani entrar en la habitación.

—*A tavola, tutti a tavola. Mangiamo* —gritó el anfitrión. Brunetti dejó el libro y fue hacia la mesa—. Tú ahí, a la izquierda. —Dejó el bol y empezó a amontonar pasta en el plato que Brunetti tenía delante.

Brunetti, con la mirada baja, esperó a que Padovani se

sirviera a su vez y empezó a comer. Tomate, cebolla, dados de *pancetta* y un poco de *pepperoncino* aderezaban generosamente los *penne rigate*, su pasta seca preferida.

—Está bueno —dijo Brunetti con sinceridad—. Me gusta el *pepperoncino*.

—Me alegro; nunca sé si la gente lo encontrará demasiado picante.

—No; está en su punto —dictaminó Brunetti, y siguió comiendo. Cuando Padovani le servía la segunda ración, dijo—: Se llama Francesco Crespo.

—Debí figurármelo —dijo Padovani con un suspiro de cansancio. Luego, con mucho más interés, preguntó—: ¿Seguro que no tiene demasiado *pepperoncino*?

Brunetti negó con la cabeza, terminó lo que tenía en el plato y luego lo protegió con las manos, al ver que Padovani hacía ademán de agarrar otra vez el cucharón.

—Anda, hombre, que casi no hay nada más —insistió Padovani.

—No, Damiano, en serio.

—Allá tú, pero que Paola no me eche la culpa, si te mueres de hambre mientras está fuera.

Puso los dos platos dentro de la fuente y los llevó a la cocina.

Aún haría otros dos viajes antes de volver a sentarse. En el primero sacó un pequeño asado de pechuga de pavo picada envuelta en *pancetta* y rodeada de patatas y, en el segundo, un plato de pimientos asados bañados en aceite de oliva y una gran ensalada variada.

—No hay nada más —dijo sentándose, y Brunetti supuso que su amigo pretendía que lo interpretara como una disculpa.

Brunetti se sirvió asado y patatas y empezó a comer.

Padovani llenó las copas y se sirvió pavo a su vez.

—Crespo, si mal no recuerdo, procede de Mantua. Hará unos cuatro años fue a Padua a estudiar farmacia. Pero pronto descubrió que, si seguía sus inclinaciones naturales, la vida podía ser mucho más interesante, y se hizo chapero, y entonces comprendió que era preferible buscarse a un hombre mayor que lo mantuviera. Lo de siempre: apartamento, coche, dinero para ropa y, a cambio, lo único que él tenía que hacer era estar disponible cuando el que pagaba las facturas podía escapar del banco, de la reunión del consejo o de la esposa. Creo que entonces tenía sólo dieciocho años. Y era muy guapo. —Padovani se quedó con el tenedor en el aire—. Me recordaba al Baco de Caravaggio: bello pero avispado y casi perverso.

Padovani ofreció los pimientos a Brunetti y luego se sirvió.

—Lo último que he sabido de él de primera mano es que estaba liado con un contable de Treviso. Pero Franco no era capaz de ser fiel, y el contable lo echó a patadas. Le dio una paliza, según creo, y lo echó. No sé cuándo empezó con lo del travestismo, esto nunca me ha interesado ni lo más mínimo. Y es que no lo entiendo. Si lo que quieres es una mujer, búscate a una mujer.

—Quizá sea la forma de engañarse a uno mismo, de simular que se cree estar con una mujer —apuntó Brunetti, utilizando la teoría de Paola, que ahora le parecía lógica.

—Quizá. Pero es triste, ¿no? —Padovani apartó el plato hacia un lado y se apoyó en el respaldo de la silla—. Quiero decir que continuamente estamos engañándonos a nosotros mismos sobre si amamos a una persona, o por qué la amamos, o por qué mentimos. Pero por lo menos con nosotros mismos tendríamos que ser francos acerca de con quién queremos acostarnos. Es lo menos que se puede pedir. —Se acercó la ensalada, la espolvoreó de sal, la roció generosamente de aceite y le agregó un buen chorro de vinagre. Brunetti le dio su plato y recibió a cambio otro limpio para la ensalada. Padovani le presentó la ensaladera.

—Sírvete. No hay postre. Sólo fruta.

—Me alegro que no hayas tenido que molestarte —dijo Brunetti, y Padovani se echó a reír.

—En realidad, lo tenía casi todo en casa. Menos la fruta.

Brunetti se sirvió una pequeña ración de ensalada; Padovani tomó aún menos.

—¿Qué más sabes de Crespo? —preguntó Brunetti.

—Me dijeron que se vestía de mujer y se hacía llamar Francesca. Pero no sabía que hubiera acabado en *via* Cappuccina. ¿O era en los parques públicos de Mestre?

—Los dos sitios —dijo Brunetti—, pero no sé si puede decirse que haya acabado allí. Vive en un buen barrio, y en la puerta estaba su nombre.

—Cualquiera puede poner el nombre en una puerta. Eso depende de quien pague el alquiler —dijo Padovani que, al parecer, era más ducho en la materia.

—Sin duda tienes razón.

—No sé mucho de él, pero no es mala persona o, por lo menos, no lo era cuando lo conocí. Sólo un poco embustero e impresionable. Estas cosas no cambian, por lo que, si le conviene, te mentirá.

—Lo mismo que la mayoría de las personas con las que yo trato.

Padovani sonrió y agregó:

—Lo mismo que la mayoría de las personas con las que tratamos todos, toda la vida.

Brunetti no pudo por menos de echarse a reír ante esta triste verdad.

—Traeré la fruta —dijo Padovani, apilando los platos para llevárselos.

Volvió enseguida, con un bol de cerámica azul celeste que contenía seis melocotones perfectos. Dio a Brunetti un plato de postre y dejó la fruta delante de él. Brunetti tomó un melocotón y empezó a pelarlo con el cuchillo y el tenedor.

—¿Qué sabes de Santomauro? —preguntó, mientras pelaba, atento a la operación.

—¿Te refieres al presidente, o comoquiera que se autodefina, de la Lega della Moralità? —preguntó Padovani ahuecando la voz al pronunciar las últimas palabras.

—Sí.

—Sé de él lo suficiente como para decirte que, en ciertos ambientes, el anuncio de la creación de la Liga y su finalidad se recibieron con un regocijo parecido al que antes nos producía ver a Rock Hudson atentar contra la virtud de Doris Day o, ahora, las actuaciones más beligerantes de algunos actores, tanto nuestros como norteamericanos.

—¿Quieres decir que es de dominio público?

—Lo es y no lo es. Para la mayoría de nosotros, lo es, pero nosotros, a diferencia de los políticos, aún acatamos las reglas de la caballerosidad y no andamos por ahí contando chismes unos de otros. Si lo hiciéramos, no iba a quedar títere con cabeza en el gobierno, ni tampoco en el Vaticano.

Brunetti se alegró de ver surgir por fin al auténtico Padovani o, por lo menos, al desenfadado conversador que él consideraba el auténtico Padovani.

—Pero, ¿y la Liga? ¿Cómo pudo Santomauro situarse al frente de una asociación como ésa?

—Excelente pregunta. Pero, si repasamos la historia de la Liga, verás que en la época de su fundación, Santomauro no era más que la *éminence grise* de la organización. No creo que su nombre se asociara con ella, por lo menos oficialmente, hasta hace dos años, y él no alcanzó la preeminencia hasta hace un año, en que fue elegido camarero, rector o como se llame al jefe. *Grand priore*? Un título rimbombante, en todo caso.

—Pero, ¿por qué nadie dijo nada entonces?

—Supongo que porque la mayoría de nosotros preferimos tomar a broma la Liga, lo cual me parece un grave error.

Había en su voz una nota de seriedad insólita.

—¿Por qué lo dices?

—Porque creo que los grupos como la Liga configuran la tendencia política del futuro; grupos que tienden a la fragmentación, al desmembramiento. Fíjate en lo que está ocurriendo en la Europa oriental y en Yugoslavia. Y en nuestra propia Italia, a la que las ligas políticas quieren desmenuzar en pequeñas unidades independientes.

—¿No es posible que exageres, Damiano?

—Desde luego. La Lega della Moralità también podría ser un puñado de inofensivas viejecitas que quieren reunirse para rememorar con nostalgia los viejos tiempos. Pero ¿quién sabe cuántos miembros la componen? ¿Cuáles son sus objetivos?

En Italia, las sospechas acerca de posibles conspiraciones se maman con la leche materna, y no hay italiano que esté exento del impulso de ver una conspiración en todo. Por consiguiente, cualquier grupo remiso a definirse resulta sospechoso, como les ocurrió a los jesuitas y les ocurre a los Testigos de Jehová. «Y sigue ocurriéndoles a los jesuitas», añadió Brunetti. La conspiración engendra el secreto, desde luego, pero Brunetti no estaba dispuesto a aceptar la proposición inversa, de que el secreto indefectiblemente alimentara la conspiración.

—¿Tú qué dices? —inquirió Padovani.

—¿Qué digo de qué?

—De la Liga.

—Es muy poco lo que puedo decir —reconoció Brunetti—. Pero, si tuviera que sospechar de ellos, no miraría sus objetivos; miraría sus finanzas.

Una de las pocas reglas que Brunetti había podido comprobar durante sus veinte años de trabajo policial era la de que ni los principios éticos ni los ideales políticos mueven a la gente con tanta fuerza como el afán de lucro.

—No creo que Santomauro pueda interesarse por algo tan prosaico como el dinero.

—Dami, el dinero interesa a todo el mundo, y motiva a la mayoría.

—Dejando aparte motivos y objetivos, puedes estar seguro de que, si a Santomauro le interesa dirigirlo, no puede ser bueno. Es poco, pero cierto.

—¿Qué sabes de su vida privada? —preguntó Brunetti, pensando que «privada» sonaba mejor que «sexual», que era lo que quería decir.

—Lo único que sé es lo que se sugiere e insinúa en observaciones y comentarios. Ya sabes lo que son estas cosas. —Brunetti asintió. Lo sabía, efectivamente—. Lo único que sé y que, repito, no lo sé realmente, aunque me consta, es que le gustan los chicos, cuanto más jóvenes, mejor. Si indagas en su pasado, verás que solía ir a Bangkok por lo menos una vez al año. Sin la inefable *signora* Santomauro, por descontado. Pero desde hace varios años ha dejado de ir. No tengo la explicación, pero sé que esas aficiones no se pierden fácilmente, no se borran de la noche a la mañana, y que para satisfacerlas no hay sucedáneo que valga.

—¿Aquí también se encuentra... de eso?

¿Por qué hablar de ciertas cosas le resultaba tan fácil con Paola y tan difícil con otras personas?

—Bastante, aunque no tanto como en Roma o en Milán.

Brunetti había leído informes de la policía sobre la cuestión.

—¿Películas?

—Películas y lo que no son películas, para los que pueden pagar. Iba a decir: y están dispuestos a correr el riesgo, pero en realidad hoy ya no puede hablarse de riesgo.

Brunetti miró su plato y vio el melocotón, pelado pero entero. Ya no le apetecía.

—Damiano, al decir «chicos», ¿a qué edad te refieres?

Padovani sonrió repentinamente.

—Guido, tengo la curiosa impresión de que te violenta hablar de esto. —Brunetti no contestó—. Chicos de doce años, incluso de diez.

—Oh. —Una pausa larga, y Brunetti preguntó—: ¿Estás seguro de lo de Santomauro?

—Estoy seguro de que es lo que se dice de él, y no es probable que sea mentira. Pero no tengo pruebas, ni testigos, nadie que estuviera dispuesto a jurarlo.

Padovani se levantó y se acercó a un aparador bajo con varias botellas agrupadas a un extremo.

—¿*Grappa*?

—Encantado.

—Tengo una muy buena con sabor a pera. ¿Quieres probarla?

—Sí.

Brunetti se reunió con él en el extremo de la habitación, tomó el vasito que se le ofrecía y se sentó en el sofá. Padovani volvió a su butaca de antes, llevándose la botella.

Brunetti bebió. No era pera sino néctar.

—Es muy tenue.

—¿La *grappa*? —preguntó Padovani, realmente perplejo.

—No, no; me refiero a la relación entre Crespo y Santomauro. Si lo que le gusta a Santomauro son los niños, Crespo podría ser su cliente y nada más.

—Perfectamente posible —dijo Padovani con una voz que sugería que pensaba todo lo contrario.

—¿Conoces a alguien que pudiera darte más información sobre cualquiera de ellos? —preguntó Brunetti.

—¿Santomauro y Crespo?

—Sí. Y también sobre Leonardo Mascari, si existe alguna relación.

Padovani miró su reloj.

—Ya es tarde para llamar a mis conocidos. —Brunetti miró el reloj a su vez y vio que no eran más que las diez y cuarto. ¿Monjas? Padovani, observando su gesto, se echó a reír—. Guido, me refiero a que a esta hora ya estarán todos fuera de casa. Pero mañana los llamaré desde Roma, a ver qué saben o qué pueden averiguar.

—Preferiría que ninguno de los dos se enterase de que se indaga sobre ellos.

Era una forma de hablar cortés pero también rígida y forzada.

—La operación será discreta, Guido. Todo el que conozca a Santomauro estará encantado de revelar cuanto sepa de él, tanto por experiencia propia como de oídas, y puedes estar seguro de que nada de esto llegará a sus oídos. La sola idea de que pueda estar envuelto en algo feo llenará de regocijo a las personas en las que estoy pensando.

—Eso es lo malo, Damiano. No quiero comentarios, y mucho menos, que se diga que pueda estar mezclado en algo feo.

Comprendió que había utilizado un tono muy severo, y sonrió extendiendo el vasito para pedir más *grappa*.

Entonces se esfumó la loca y apareció el periodista.

—De acuerdo, Guido. Nada de chismorreos. Haré varias llamadas y quizá el martes o miércoles ya sepa algo. —Padovani se sirvió otro vasito de *grappa* y tomó un sorbo—. Tú deberías investigar la Liga, Guido, por lo menos, a los socios.

—A ti te preocupa, ¿verdad?

—Me preocupa cualquier grupo que actúe desde una pretendida superioridad sobre otras personas.

—¿Como la policía, por ejemplo? —sonrió Brunetti, tratando de animar a su interlocutor.

—No, como la policía, no, Guido. Nadie os cree superiores, y tengo la impresión de que la mayoría de vuestros hombres tampoco se lo cree. —Apuró el vaso, pero no se sirvió más licor. Dejó el vaso y la botella en el suelo, al lado de la butaca—. Esa gente me hace pensar en Savonarola —dijo—. Él quería un mundo mejor, pero para conseguirlo sólo se le ocurrió destruir todo aquello que no le gustaba. Me parece que, en el fondo, todos los fanáticos son iguales, incluidos los ecologistas y las feministas. Empiezan por desear un mundo mejor y acaban tratando de conseguirlo eliminando del mundo todo aquello que no casa con su idea del mundo. Lo mismo que Savonarola, todos acabarán en la hoguera.

—¿Y entonces qué? —preguntó Brunetti.

—Pues supongo que los demás conseguiremos salir adelante, a trancas y barrancas.

No podía decirse que esto fuera una gran afirmación filosófica, pero a Brunetti le pareció una nota lo bastante optimista como para que sirviera de cierre a la velada. Se levantó, dijo a su anfitrión las frases de rigor y se fue a casa, a su cama vacía.

15

Otra de las razones por las que Brunetti no se había decidido a ir a las montañas era que aquél era el domingo de la visita a su madre; él y su hermano Sergio se alternaban para ir a verla los fines de semana, o se cambiaban el turno si era necesario. Pero Sergio y su familia se habían ido de vacaciones a Cerdeña, y Brunetti no podía pedirle que fuera en su lugar. A pesar de que daba lo mismo que fueran o no, uno u otro seguían visitándola cada fin de semana. La madre estaba en Mira, a unos diez kilómetros de Venecia, por lo que había que tomar un autobús y luego un taxi o caminar un buen trecho hasta la *casa di riposo*.

Aquella noche, con aquella visita en perspectiva, los recuerdos le impedían conciliar el sueño, además del calor y los mosquitos, a los que no había manera de mantener a raya. Despertó a eso de las ocho, ante la misma disyuntiva que se le planteaba domingo sí y domingo no: ir a Mira antes o después de comer. No tenía más importancia la hora que la visita en sí, y hoy el único factor que podía influir en su decisión era el calor. Por la tarde sería más infernal todavía, y optó por no demorar la marcha.

Salió de casa antes de las nueve, fue andando hasta *piazzale* Roma y tuvo la suerte de llegar pocos minutos antes de que saliera el autobús de Mira. Como fue de los últimos en subir, tuvo que hacer el viaje de pie y dejarse zarandear por el autobús mientras cruzaban el puente y entraban en la intrincada red de pasos elevados que conducían el tráfico por encima o por los lados de Mestre.

En el autobús había caras conocidas; a veces, algunos pasajeros compartían el taxi desde la terminal de Mira o, si hacía buen tiempo, iban andando en grupo hasta el sanatorio, sin hablar casi nunca de algo que no fuera el tiempo. En la estación de autobuses se apearon seis personas, dos de las cuales eran mujeres a las que él conocía de otros viajes, y los tres acordaron rápidamente compartir el taxi. Como el vehículo no tenía aire acondicionado, el tiempo les dio motivo de conversación para rato, y todos se alegraron de la distracción.

Al llegar a la *casa di riposo*, cada uno sacó cinco mil liras. El coche no tenía taxímetro; pero todo el que hacía aquel trayecto conocía la tarifa.

Brunetti y las dos mujeres entraron juntos, todavía manifestando la esperanza de que pronto cambiara el viento o que viniera lluvia, comentando que hacía muchos años que no era tan riguroso el verano y preguntando qué pasaría con las cosechas si no llovía pronto.

Él conocía el camino, tenía que subir al tercer piso. Las dos mujeres se quedaron en el segundo, donde estaban los hombres, aunque se fueron en direcciones distintas. En lo alto de la escalera, vio a *suor'* Immacolata, su monja favorita.

—*Buon giorno, dottore* —dijo ella con una sonrisa acercándose por el pasillo.

—*Buen giorno*, hermana —respondió—. La veo muy fresca, como si no sintiera el calor.

Ella sonrió, como siempre que él bromeaba sobre la temperatura.

—Ah, ustedes, los del norte, no saben lo que es el calor. Esto no es nada, apenas un soplo de primavera.

Suor' Immacolata era de un pueblo de las montañas de Sicilia y su comunidad la había destinado aquí hacía dos años. En medio de la angustia, la demencia y el sufrimiento que eran su pan de cada día, lo que peor soportaba ella era el frío, pero sus quejas eran siempre irónicas y displicentes, dando a entender que era absurdo hablar de aquella pequeña mortificación, frente a tanto dolor verdadero. Al verla sonreír, él volvió a reparar en lo bonita que era, con sus ojos castaños almendrados, sus labios suaves y su nariz fina y elegante. Ésta era una de las cosas que Brunetti no comprendía. Él se consideraba un hombre realista y sensual, y en la vocación religiosa sólo podía ver el renunciamiento, no el amor que la inspiraba.

—¿Cómo está?

—Ha pasado buena semana, *dottore*.

Brunetti sabía que la semana sólo podía haber sido buena por omisión: su madre no había atacado a nadie, no había roto nada ni se había hecho daño a sí misma.

—¿Come?

—Sí, *dottore*. El miércoles hasta almorzó con las otras señoras.

Él esperaba que ahora le contara el desastre que ello había provocado, pero *suor' Immacolata* no dijo más.

—¿Puedo entrar a verla? —preguntó.

—Desde luego ¿Quiere que entre con usted?

Qué delicia, el tacto de la mujer, qué dulce su caridad.

—Gracias, hermana. Quizá ella se sienta más cómoda si la ve a usted conmigo, por lo menos, al entrar.

—Sí, eso podría mitigar la sorpresa. Una vez se acostumbra a cada persona, todo va bien. Y una vez intuye quién es usted, *dottore*, está contenta.

Era mentira, Brunetti lo sabía y *suor' Immacolata* también. Su religión le decía que mentir es pecado y, no obstante, cada semana, ella decía esta mentira a Brunetti o a su hermano. Después, de rodillas, pedía perdón por un pecado que no podía evitar y que sabía que volvería a cometer. En invierno, al acostarse, después de las oraciones, abría la ventana de su celda y quitaba de la cama la única manta con la que se le permitía abrigarse. Pero semana tras semana reincidía en la mentira.

La hermana dio media vuelta y lo llevó por el camino

que tan bien conocía él, hacia la habitación 308. A la derecha del pasillo, arrimadas a la pared, había tres mujeres en silla de ruedas. Dos golpeaban rítmicamente los brazos de la silla musitando incoherencias y la tercera se balanceaba de un lado al otro, como un metrónomo humano. Al pasar él, la que siempre olía a orina, extendió el brazo tratando de agarrarlo.

—¿Eres Giulio? ¿Eres Giulio? —preguntó.

—No, *signora* Antonia —dijo *suor'* Immacolata inclinándose a acariciar el corto cabello blanco de la anciana—. Giulio ya estuvo aquí, ¿no se acuerda? Le trajo este precioso animalito —dijo tomando un osito de felpa con señales de haber sido mordido y poniéndoselo en las manos.

La anciana la miró con desconcierto en unos ojos de los que sólo la muerte podría borrar la confusión y preguntó:

—¿Giulio?

—Eso es. Giulio le trajo el *orsetto,* ¿verdad que es bonito? —dijo sosteniendo el muñeco.

La anciana lo tomó y miró a Brunetti.

—¿Eres Giulio?

Suor' Immacolata se lo llevó del brazo diciendo:

—Su madre tomó la comunión esta semana. Eso pareció ayudarla mucho.

—Estoy seguro de ello —dijo Brunetti.

Le parecía que, cada vez que venía a esta casa, hacía lo que suele hacer el que sabe que va a experimentar una brusca impresión física, un pinchazo o una ducha de agua fría: tensar los músculos y concentrarse por completo en resistir el dolor, excluyendo cualquier otra sensación. Sólo que, en lugar de tensar los músculos del cuerpo, a él le parecía estar tensando los del alma.

Se pararon delante de la puerta de la habitación de su madre, y entonces llegaron los recuerdos, golpeando como furias: comidas alegres, risas, canciones, con la clara voz de soprano de la madre dominando a las demás; su madre, prorrumpiendo en un llanto histérico cuando él le dijo que se casaba con Paola, y luego, la misma noche, entrando en su cuarto a darle la pulsera de oro, el único regalo que le quedaba de su marido, y diciendo que se la diera Paola, que siempre había sido para la esposa del primogénito.

Con un esfuerzo, Brunetti ahuyentó los recuerdos y sólo vio la puerta blanca y el hábito blanco de *suor'* Immacolata que abría la puerta y entraba delante de él dejándola abierta.

—*Signora* —dijo la monja—, *signora*, su hijo ha venido a verla. —Cruzó la habitación y se inclinó hacia la anciana encorvada que estaba al lado de la ventana—. Qué alegría, ¿verdad? Ha venido su hijo.

Brunetti se había quedado en la puerta. *Suor'* Immacolata le hizo una seña con la cabeza y entró, absteniéndose de cerrar, como era lo obligado.

—Buenos días, *dottore* —dijo la monja recalcando las sílabas—. Me alegro de que haya podido venir a ver a su madre. ¿Verdad que tiene buen aspecto?

Él dio unos pasos y se detuvo, manteniendo las manos apartadas del cuerpo.

—*Buen di', mamma* —dijo—. Soy Guido. Vengo a verte. ¿Cómo estás, *mamma*? —Le sonreía.

La anciana, sin apartar la mirada de Brunetti, asió el brazo de la monja obligándola a agacharse y le cuchicheó al oído.

—Oh, no, *signora*. No diga eso. Es un hombre bueno. Es su hijo, Guido. Ha venido a ver cómo está.

Acariciaba la mano de la anciana y ahora se arrodilló para estar más cerca. La anciana miró a la monja, dijo varias palabras más y levantó los ojos hacia Brunetti, que no se había movido.

—Es el hombre que mató a mi niño —gritó de repente—. Lo conozco. Lo conozco. El que mató a mi niño. —Movía el cuerpo de un lado al otro, y empezó a chillar—: Socoro, socorro, ha vuelto y matará a mis niños.

Suor' Immacolata abrazaba a la anciana y le hablaba al

oído, pero no podía calmar el miedo ni el furor de la mujer que, de un fuerte empujón, la tiró al suelo.

La monja se alzó rápidamente sobre las rodillas y mirando a Brunetti sacudió la cabeza señalando la puerta. Brunetti, con las manos bien visibles ante sí, salió de la habitación andando lentamente hacia atrás y cerró la puerta. Desde fuera, oía los gritos furiosos de su madre y el grave contrapunto de la voz suave y un poco grave de la joven que, con su arrullo, fue apaciguando a la anciana hasta que, poco a poco, cesaron los gritos. En el pasillo no había ventanas, y Brunetti no podía mirar sino la puerta.

Al cabo de unos diez minutos, *suor'* Immacolata salió de la habitación y se paró a su lado.

—Lo siento, *dottore*. Creí que esta semana estaba mejor. Ha estado muy tranquila desde que tomó la comunión.

—No se apure, hermana. Esto no se puede prever. ¿Le ha hecho daño?

—Oh, no, estoy bien. No sabía lo que hacía, pobrecita.

—¿Le hace falta algo?

—No, no, tiene todo lo que necesita.

A Brunetti le parecía que su madre no tenía nada de lo que necesitaba, o quizá que ya no necesitaba ni volvería a necesitar nada.

—Es usted muy buena, hermana.

—Es bueno el Señor, *dottore*. Nosotras sólo hacemos su obra.

Brunetti no supo qué decir. Estrechó la mano de la monja, la retuvo varios segundos y la envolvió con su otra mano.

—Gracias, hermana.

—Que Dios le bendiga y le dé fuerzas, *dottore*.

16

Había transcurrido una semana, y el asunto de Maria Lucrezia Patta ya no era el sol en torno al cual giraba la *questura* de Venecia. Aquel fin de semana habían dimitido otros dos ministros del gobierno entre vehementes protestas de que su decisión en modo alguno obedecía a la circunstancia de haber sido relacionados con los más recientes escándalos de soborno y corrupción. Habitualmente, el personal de la *questura*, al igual que toda Italia, hubiera bostezado al leerlo y buscado la página de deportes, pero como uno de los dimisionarios era el ministro de Justicia, el caso tenía un interés especial para el Cuerpo, aunque sólo fuera porque daba pábulo a especular sobre qué otras cabezas rodarían a no tardar por las escaleras del Quirinale.

A pesar de que era uno de los mayores escándalos que se habían producido en décadas —¿y cuándo había sido pequeño un escándalo?—, la opinión popular era que pronto estaría todo *insabbiata*, sepultado en la arena, tapado, junto con todos los escándalos del pasado. Cuando un italiano la emprende con el tema no hay quien lo pare, y te da una lista de todos los casos que han sido enterrados para siempre: Ustica, PG2, la muerte del papa Juan Pablo I, Sindona... Maria Lucrezia Patta, por sonada que hubiera sido su marcha de la ciudad, no podía competir con cuestiones de tanto fuste, por lo que las aguas habían vuelto a su cauce, y la única novedad era que el travesti hallado en Mestre hacía una semana había resultado ser el director de la Banca di Verona, ¿y quién iba a esperar algo así de un director de banco, por Dios?

Una de las empleadas de la oficina de pasaportes que estaba unas puertas más arriba de la *questura* había oído decir esta mañana en el bar que el tal Mascari era muy conocido en Mestre y que lo que hacía durante sus viajes de negocios había sido un secreto a voces durante muchos años. En otro bar se comentaba que su matrimonio era una tapadera, para disimular, ya que trabajaba en un banco. Alguien dijo entonces que seguramente se habría buscado una esposa de su misma talla, para ponerse su ropa: ¿por qué iba a casarse con ella si no? Una verdulera de Rialto sabía de buena tinta que Mascari había sido así desde que iba al colegio.

A última hora de la mañana, la opinión pública tuvo que tomarse un respiro, pero por la tarde era de dominio público no sólo que Mascari había muerto a causa de la «mala vida» que llevaba pese a los consejos de los pocos amigos que conocían su vicio secreto, sino que su esposa se negaba a reclamar el cuerpo y a darle cristiana sepultura.

Brunetti tenía una cita con la viuda a las once, y acudió a ella ignorante de los rumores que circulaban por la ciudad. Llamó a la Banca di Verona y le informaron de que, hacía una semana, su oficina en Mesina había recibido una llamada telefónica de un hombre que dijo ser Mascari, que les avisó de que tenía que aplazar la visita dos semanas o quizá un mes. No; no se habían preocupado de confirmar la llamada, ya que no había razones para dudar de su autenticidad.

El apartamento de Mascari estaba en el tercer piso de un edificio próximo a *via* Garibaldi, la arteria principal de Castello. Cuando la viuda le abrió la puerta, él comprobó que tenía el mismo aspecto que dos días antes, salvo que ahora vestía de negro y tenía las ojeras más pronunciadas.

—Pase, por favor —dijo la mujer, dando un paso atrás. Él, después del preceptivo «con permiso», entró en el apartamento y tuvo la extraña sensación de que ya había estado allí otra vez. Cuando miró más atentamente, descubrió que ello se debía a que este apartamento era casi igual al de la anciana de *campo* San Bartolomeo, la típica casa que ha sido habitada por varias generaciones de la misma familia. En la pared del fondo, una gran cómoda, idéntica a la de la anciana y, en el tresillo y las butacas, una tapicería similar de pana verde. También estas ventanas tenían las persianas cerradas, por el calor o las miradas curiosas.

—¿Quiere beber algo? —preguntó ella, por formulismo, evidentemente.

—No, *signora*, muchas gracias. Sólo deseo pedirle un poco de su tiempo. Debo hacerle varias preguntas.

—Sí, comprendo —dijo ella retrocediendo a la habitación. Se sentó en una de las mullidas butacas y Brunetti en la otra. La mujer retiró un hilo del brazo de la butaca, hizo con él una bolita y la guardó cuidadosamente en el bolsillo de la chaqueta.

—No sé si habrá oído los rumores que rodean la muerte de su marido, *signora*.

—Sé que lo encontraron vestido de mujer —dijo ella con voz ahogada.

—Si sabe eso, comprenderá que debo hacerle ciertas preguntas.

Ella asintió mirándose las manos.

Él podía preguntar con brutalidad o con rodeos, y optó por los rodeos.

—¿Tiene o ha tenido alguna vez razones para creer que su marido incurriera en prácticas semejantes?

—No sé a qué se refiere —dijo ella, aunque lo que él quería decir no podía estar más claro.

—Me refiero al travestismo.

¿Por qué no decir que era un travesti, sencillamente?

—Eso es imposible.

Brunetti no dijo nada, sólo esperó a que ella siguiera hablando. Pero ella sólo repitió, imperturbable:

—Eso es imposible.

—¿Su marido recibía llamadas telefónicas extrañas?

—No sé qué quiere decir.

—¿Recibió su marido alguna llamada después de la cual pareciera preocupado o decaído? ¿O una carta? ¿Estaba tenso últimamente?

—En absoluto.

—Si me permite volver sobre mi primera pregunta, ¿dio su marido algún indicio de tener esa orientación?

—¿Hacia los hombres? —dijo ella con voz áspera de incredulidad y de algo más. ¿Repugnancia?

—Sí.

—No, nunca. Es horroroso, execrable. No le consiento que diga eso de mi marido. Leonardo era un hombre.

Brunetti observó que apretaba los puños.

—Le ruego que tenga paciencia conmigo, *signora*. Sólo trato de entender las cosas y por eso tengo que hacerle estas preguntas acerca de su marido. Ello no significa que yo sospeche de él.

—¿Por qué pregunta entonces? —preguntó ella con voz destemplada.

—Para que podamos descubrir la verdad acerca de la muerte de su marido, *signora*.

—No contestaré esas preguntas. Es una indecencia.

Él deseaba decirle que el asesinato también es una indecencia, pero se limitó a preguntar:

—Durante las últimas semanas, ¿parecía diferente su marido?

Como era de esperar, ella dijo:

—No sé a qué se refiere.

—Por ejemplo, ¿dijo algo acerca del viaje a Mesina? ¿Parecía complacido o reacio a hacer el viaje?

—No; parecía como siempre.

—¿Y cómo estaba siempre?

—Tenía que ir. Era su trabajo y tenía que hacerlo.

—¿Le dijo algo del viaje?

—No; sólo que tenía que irse.

—¿Y durante estos viajes nunca la llamaba por teléfono?

—No.

—¿Por qué, *signora*?

Ella pareció comprender que él no pensaba desistir, y contestó:

—El banco no autorizaba a Leonardo a cargar las llamadas particulares a su cuenta de gastos. A veces llamaba a un amigo al despacho y le pedía que me llamara de su parte, pero no siempre.

—Comprendo —dijo Brunetti. Director de banco, y no podía pagar de su bolsillo una llamada a su mujer.

—¿Tuvieron hijos usted y su marido, *signora*?

—No —respondió ella rápidamente.

Brunetti abandonó esta vía y preguntó:

—¿Tenía su marido alguien de confianza en el banco? Antes se ha referido usted a un amigo. ¿Podría darme su nombre?

—¿Por qué quiere hablar con él?

—Quizá su marido le dijera algo, o quizá dejara traslucir lo que sentía acerca del viaje a Mesina. Me gustaría hablar con el amigo de su marido, para averiguar si observó algo raro en su conducta.

—Estoy segura de que no.

—De todos modos, deseo hablar con él y le agradeceré que me dé su nombre, *signora*.

—Marco Ravanello. Pero no podrá decirle nada. A mi marido no le pasaba nada raro. —Lanzó a Brunetti una mirada llameante y repitió—: Mi marido no tenía nada raro.

—No la molesto más, *signora* —dijo Brunetti levantándose y yendo hacia la puerta—. ¿Ya se han hecho los preparativos para el funeral?

—Sí; la misa es mañana. A las diez.

No dijo dónde, ni Brunetti preguntó. Era una información fácil de conseguir, y tenía intención de asistir.

El comisario se paró en la puerta.

—Muchas gracias por todo, *signora*. Le ruego que acepte mi pésame y tenga la seguridad de que haremos cuanto esté en nuestra mano para encontrar al culpable de la muerte de su marido.

¿Por qué suena mejor «muerte» que «asesinato»?

—Mi marido no era de ésos. Ya lo verá. Él era un hombre.

Brunetti no le dio la mano sino que se limitó a inclinar la cabeza antes de abrir la puerta para marcharse. Mientras bajaba la escalera, pensaba en la última escena de *La casa de Bernarda Alba*, en que la madre, desde el centro del escenario, grita al público y al mundo que su hija ha muerto virgen, que ha muerto virgen. Para Brunetti sólo tenía importancia la muerte en sí; todo lo demás era accesorio.

Al llegar a la *questura*, pidió a Vianello que subiera a su despacho. Como estaba dos pisos más arriba, allí podría captarse más fácilmente cualquier asomo de brisa. Cuando llegaron arriba, Brunetti abrió las ventanas, se quitó la chaqueta y preguntó al sargento:

—Vamos a ver, ¿ha podido averiguar algo sobre la Liga?

—Nadia dice que tendríamos que ponerla en nómina por esto, *dottore* —dijo Vianello sentándose—. Este fin de semana se ha pasado dos horas al teléfono hablando con sus amigas. Muy interesante, esta Lega della Moralità.

Vianello tenía que contarlo a su manera, Brunetti lo sabía, pero, para suavizar el proceso, dijo:

—Mañana por la mañana me acercaré a Rialto a comprarle unas flores. ¿Cree que será suficiente?

—Ella preferiría tenerme en casa el sábado —dijo Vianello.

—¿Qué servicio tiene?

—En principio, debo estar en el barco que ha de traer del aeropuerto al ministro del Medio Ambiente. Pero todo el mundo sabe que el ministro no vendrá a Venecia, que anulará el viaje en el último minuto. ¿Imagina que va a venir en pleno agosto, con la ciudad apestando a algas podridas, para hablar de proyectos medioambientales? —Vianello rió burlonamente; su interés por el nuevo partido Verde era otra de las consecuencias de sus recientes experiencias médicas—. Así que me gustaría no tener que perder la mañana en el aeropuerto para que luego resulte que él no viene.

Su razonamiento parecía a Brunetti completamente lógico. El ministro, en palabras de Vianello, no se atrevería a presentarse en Venecia en el mes en que la mitad de las playas de la costa adriática estaban cerradas a los bañistas a causa de la contaminación, una ciudad en la que se acababa de saber que el pescado que constituía la base de la alimentación de su población contenía unos índices peligrosos de mercurio y otros metales pesados.

—Veré lo que puedo hacer —dijo Brunetti.

Satisfecho con la perspectiva de conseguir algo más que unas flores, que sabía que Brunetti no dejaría de comprar, Vianello sacó la libretita y empezó a leer el informe redactado con los datos recogidos por su esposa.

—La Liga se fundó hará unos ocho años, nadie sabe exactamente por quién ni para qué. Puesto que se supone que se dedica a las buenas obras, tales como llevar juguetes a los orfanatos y comidas a domicilio a los ancianos, siempre ha tenido buena reputación. Con los años, el municipio y algunas de las iglesias le han cedido la administración de apartamentos vacantes que alquila a bajo precio o cede gratuitamente a ancianos o disminuidos. —Vianello interrumpió un momento la lectura y explicó—: Como todos sus empleados son voluntarios, se le concedió el título de institución benéfica.

—Lo cual significa —apostilló Brunetti— que no está obligada a pagar impuestos y que el Gobierno la hará objeto de la cortesía habitual de no inspeccionar sus cuentas o, si acaso, sólo someramente.

—Somos dos corazones que laten al unísono, *dottore*. —Brunetti ya sabía que Vianello había cambiado de filiación política, pero ¿también de retórica?—. Lo más curioso, *dottore*, es que Nadia no ha podido hablar con alguien que perteneciera a la Liga. Porque resulta que ni siquiera la mujer del banco es miembro. Muchos decían que conocían a alguien que creían que era miembro y luego resultaba que no estaban seguros. Habló con dos de estos presuntos miembros y dijeron que no lo eran.

—¿Y las obras benéficas? —preguntó Brunetti.

—También muy vagas. Llamó a los hospitales, y ninguno había tenido contacto con la Liga. Yo pregunté en la agencia de asistencia a los ancianos, y nadie había oído decir que la Liga hiciera algo por los viejos.

—¿Y los orfanatos?

—Nadia habló con la madre superiora de la orden que regenta los tres más importantes. Dijo que había oído hablar de la Liga, pero nunca había recibido ayuda.

—¿Y la mujer del banco? ¿Por qué pensaba Nadia que era miembro?

—Porque vive en un apartamento administrado por la Liga. Pero ni ha sido miembro ni, según dice, conoce a ninguno. Nadia sigue buscando.

Si Nadia esperaba retribución por todo este tiempo, probablemente Vianello acabaría pidiéndole el resto del mes de permiso.

—¿Y Santomauro? —preguntó Brunetti.

—Al parecer, todo el mundo sabe que es el jefe, pero no cómo ha llegado a serlo. Y, lo que es aún más interesante, nadie tiene idea de qué significa ser el jefe.

—¿No celebran reuniones?

—Se dice que sí. En salas parroquiales o en casas particulares. Pero Nadia tampoco pudo encontrar a alguien que hubiera asistido a alguna.

—¿Ha preguntado a los del departamento de Finanzas?

—No; pensé que lo haría Elettra.

¿Cómo, «Elettra»? ¿Qué era esto, la familiaridad del converso?

—Yo pedí a la *signorina* Elettra que viera qué información podía encontrar en el ordenador, pero esta mañana aún no la he visto.

—Me parece que está abajo, en el archivo —dijo Vianello.

—¿Qué hay de la vida profesional de Santomauro?

—Éxitos y sólo éxitos. Representa a dos de las inmobiliarias más importantes de la ciudad, a dos concejales y por lo menos a tres bancos.

—¿Es uno de ellos la Banca di Verona?

Vianello miró la libreta y volvió una página.

—Sí. ¿Cómo lo ha sabido?

—No lo sabía, pero es donde trabajaba Mascari.

—Dos y dos, cuatro, ¿verdad? —dijo Vianello.

—¿Relaciones políticas? —preguntó Brunetti.

—¿Con dos concejales entre sus clientes? —dijo Vianello, respondiendo con otra pregunta.

—¿Y la esposa?

—Al parecer, nadie sabe mucho de ella, pero todo el mundo está convencido de que es la que manda en la familia.

—¿Hay más familia?

—Dos hijos. Uno, arquitecto y el otro, médico.

—La familia italiana perfecta —observó Brunetti, y preguntó—: ¿Y de Crespo? ¿Qué se sabe?

—¿Ha visto su ficha de Mestre?

—Sí. Lo de costumbre. Drogas. Intento de extorsión a un cliente. Nada de violencia. Ninguna sorpresa. ¿Ha descubierto usted algo más?

—No mucho más —respondió Vianello—. Le han atacado dos veces, pero las dos veces dijo que no sabía quién había sido. Rectifico: la segunda vez. —Vianello pasó varias páginas de la libreta—. Aquí está. Dijo que había sido «asaltado por unos ladrones».

—¿«Asaltado»?

—Es lo que ponía el informe. Lo copié palabra por palabra.

—El *signor* Crespo debe de leer muchas novelas.

—Demasiadas, diría yo.

—¿Ha encontrado algo más? ¿A nombre de quién está extendido el contrato del apartamento?

—No, señor. Lo comprobaré.

—Y diga a la *signorina* Elettra que mire si encuentra algo acerca de las finanzas de la Liga, o de Santomauro, Crespo o Mascari. Declaración de impuestos, extractos bancarios, préstamos. Esta información tiene que estar disponible.

—Ella sabrá cómo conseguirla —dijo Vianello tomando notas—. ¿Desea algo más, comisario?

—Nada más. Tan pronto como sepa algo, comuníquemelo. O si Nadia encuentra a algún miembro.

—Sí, señor —dijo Vianello poniéndose en pie—. Esto es lo mejor que podía ocurrir.

—¿A qué se refiere?

—Nadia empieza a interesarse por mi trabajo. Ya sabe cómo ha estado durante estos últimos años, siempre gruñendo cuando yo salía tarde o tenía que trabajar el fin de semana. Pero, nada más probarlo, se ha lanzado como un sabueso. Tendría usted que oírla hablar por teléfono, cómo sonsaca a la gente. Lástima que en el Cuerpo no tengamos eventuales.

17

Brunetti calculó que, si se daba prisa, podría llegar a la Banca di Verona antes de que cerrara, siempre y cuando una oficina que actuaba desde un primer piso y que no parecía tener un lugar para desarrollar las funciones públicas propias de un banco tuviera un horario regular. Llegó a las doce y veinte y, al encontrar cerrada la puerta de la calle, apretó el botón situado junto a la sencilla placa de latón que tenía grabado el nombre del banco. La puerta se abrió con un chasquido, y Brunetti se encontró en el pequeño zaguán en el que había estado el sábado con la anciana.

En lo alto de la escalera, Brunetti vio que la puerta del banco estaba cerrada, por lo que tuvo que pulsar otro timbre. Al cabo de un momento oyó acercarse unos pasos, se abrió la puerta y apareció un joven alto y rubio que, evidentemente, no era el hombre al que había visto salir el sábado por la tarde.

El comisario sacó del bolsillo su carnet y lo mostró al joven.

—*Buon giorno*. Comisario Brunetti, de la *questura* de Venecia. Deseo hablar con el *signor* Ravanello.

—Un momento, por favor —dijo el joven, y cerró la puerta rápidamente, antes de que Brunetti pudiera impedírselo. Pasó un minuto largo, la puerta volvió a abrirse, y el comisario se encontró frente a otro hombre, ni rubio ni alto, pero tampoco el que él había visto en la escalera.

—¿Sí? —preguntó a Brunetti, como si el anterior hubiera sido un espejismo.

—Deseo hablar con el *signor* Ravanello.

—¿De parte de quién?

—Ya se lo he dicho a su compañero. Comisario Guido Brunetti.

—Ah, sí, un momento.

Esta vez, Brunetti estaba preparado, ya tenía el pie levantado, para interponerlo en el umbral a la primera señal de que el hombre fuera a cerrar la puerta. Había aprendido el truco en las novelas de intriga y nunca había tenido ocasión de ponerlo en práctica

Tampoco ahora pudo probarlo. El hombre acabó de abrir la puerta y dijo:

—Por favor, comisario, pase. El *signor* Ravanello lo recibirá con mucho gusto.

Parecía una suposición un tanto temeraria, pero no sería Brunetti quien le negara el derecho a opinar.

Las oficinas parecían ocupar la misma superficie que el apartamento de la anciana. El hombre lo llevó por un despacho que correspondía a la sala de estar, también con cuatro ventanas que daban al *campo*. Había tres hombres con traje oscuro sentados ante sendos escritorios, pero ninguno de ellos se molestó en apartar la mirada de la pantalla de su ordenador cuando Brunetti cruzó el despacho. Su acompañante se paró delante de una puerta que, en casa de la anciana, era la de la cocina. Llamó y entró sin esperar respuesta.

El despacho tenía las mismas dimensiones que la cocina, pero aquí, en el lugar del fregadero, había cuatro archivadores y, en el de la mesa de mármol, un gran escritorio de roble, detrás del cual estaba sentado un hombre alto, de pelo negro, complexión mediana, camisa blanca y traje oscuro. Brunetti no tuvo necesidad de verlo de espaldas para reconocer en él al hombre que había salido del banco el sábado por la tarde y al que luego había visto en el *vaporetto*.

En el *vaporetto* estaba lejos y llevaba gafas oscuras, pero no cabía duda de que era él. Tenía la boca pequeña, los ojos hundidos, las cejas muy pobladas y una nariz larga, de patricio, que atraía al centro de la cara la mirada del observador que, en un primer momento, no se fijaba en el cabello, muy espeso y rizado.

—*Signor* Ravanello, soy el comisario Guido Brunetti.

Ravanello se levantó y le tendió la mano.

—Ah, sí, sin duda viene usted por este terrible asunto de Mascari. —Volviéndose hacia el otro hombre, dijo—: Gracias, Aldo. —El empleado salió del despacho y cerró la puerta—. Por favor, siéntese —le invitó Ravanello, y rodeó la mesa para situar una de las dos sillas que había al otro lado frente a la suya. Cuando Brunetti se hubo sentado, Ravanello volvió a ocupar su lugar—. Esto es terrible, es terrible. He hablado con la dirección del banco en Verona. Ninguno de nosotros tiene ni idea de lo que se puede hacer al respecto.

—¿Para reemplazar a Mascari? Porque él era el director de la sucursal, ¿verdad?

—Sí, en efecto. Pero no, la dificultad no está en sustituirle. Esto ya está decidido.

Ravanello hizo una pausa antes de decir cuál era la causa de la preocupación del banco, pero Brunetti aprovechó la interrupción para preguntar:

—¿Quién va a sustituirle?

Ravanello levantó la mirada, sorprendido por la pregunta.

—Yo le sustituyo, ya que era su subdirector. Pero, como le digo, no es esto lo que preocupa al banco.

Que Brunetti supiera —y la experiencia no había demostrado que estuviera equivocado—, lo único que preocupaba a un banco era cuánto dinero ganaba o perdía. Con una sonrisa de curiosidad, preguntó:

—¿Y qué es, *signor* Ravanello?

—El escándalo. Este espantoso escándalo. Usted debe de saber que una persona que ocupa un cargo de responsabilidad en un banco ha de ser prudente. La discreción es imprescindible.

Brunetti sabía que si un empleado de banca era visto en

una sala de juego o firmaba un cheque sin fondos podía ser despedido; pero no le parecía que esto fuera una servidumbre excesiva para una persona a quien la gente confiaba su dinero.

—¿A qué escándalo se refiere?

—Siendo comisario de policía, debe de saber las circunstancias en las que fue hallado el cadáver de Leonardo.

Brunetti asintió.

—Por desgracia, eso ha pasado a ser de dominio público, tanto aquí como en Verona. Hemos recibido numerosas llamadas de nuestros clientes, personas que habían tratado con Leonardo durante muchos años. Tres de ellos han retirado sus fondos del banco. Dos tenían cuentas considerables, lo que supone una fuerte pérdida para el banco. Y hoy es sólo el primer día.

—¿Cree que esas decisiones son consecuencia de las circunstancias en que fue hallado el cadáver del *signor* Mascari?

—Eso me parece obvio. Yo diría que no puede estar más claro —dijo Ravanello, pero parecía más preocupado que indignado.

—¿Cree que habrá más cancelaciones de cuentas por esta causa?

—Quizá. O quizá no. Estos casos representan pérdidas reales que podemos atribuir directamente a la muerte de Leonardo. Pero nos preocupan mucho más las pérdidas potenciales.

—¿Por ejemplo?

—Las personas que opten por no trabajar con nosotros. Personas que, al enterarse de esto, decidan confiar su cuenta a otro banco.

Brunetti reflexionó y reparó una vez más en que los banqueros siempre evitaban utilizar la palabra «dinero», y pensó en la amplia variedad de palabras que habían inventado para sustituir esa voz más vulgar: fondos, inversiones, líquido, activo. Por regla general, los eufemismos se utilizaban para cosas más elementales, como la muerte y las funciones corporales. ¿Significaba esto que había algo intrínsecamente sórdido en el dinero y que el lenguaje de los banqueros trataba de enmascarar o negar su inmundicia? Volvió a mirar a Ravanello.

—¿Tiene idea de la cantidad que eso pueda suponer?

—No —dijo Ravanello, moviendo la cabeza, como si hablaran de la muerte o de una grave enfermedad—. Imposible calcularlo.

—Y lo que llama usted pérdidas reales, ¿a cuánto ascienden?

La expresión de Ravanello reflejó ahora cautela.

—¿Podría decirme para qué necesita esa información, comisario?

—No es que yo necesite esa información en concreto, *signor* Ravanello. Aún nos encontramos en la fase inicial de esta investigación y deseo reunir la mayor cantidad de información posible, del mayor número de fuentes posible. No estoy seguro de qué información resultará importante, y eso no podremos determinarlo hasta que sepamos todo lo que haya que saber acerca del *signor* Mascari.

—Comprendo —dijo Ravanello. Extendió el brazo y se acercó una carpeta—. Tengo aquí esas cifras, comisario. Precisamente estaba estudiándolas. —Abrió la carpeta y recorrió con el dedo una columna de nombres y números extraída de un ordenador—. La cuantía de las dos cuentas principales rescindidas; la tercera es insignificante, es de unos ocho mil millones de liras.

—Y eso, ¿porque estaba vestido de mujer? —dijo Brunetti, exagerando intencionadamente su reacción.

Ravanello apenas pudo disimular el desagrado que le producía esta frivolidad.

—No, comisario, no es porque estuviera vestido de mujer. Es porque esa conducta sugiere una gran irresponsabilidad, y nuestros inversores, quizá justificadamente, temen que esa irresponsabilidad marcara tanto su vida privada como su actividad profesional.

—¿Y los clientes retiran sus fondos porque temen que haya arruinado al banco para comprarse medias y ropa interior de encaje?

—No veo la necesidad de bromear sobre eso, comisario —dijo Ravanello con una voz que debía de haber puesto de rodillas a innumerables acreedores.

—Sólo trato de sugerir que me parece una reacción exagerada frente a la muerte de ese hombre.

—Es muy comprometedora.

—¿Para quién?

—Para el banco, por supuesto. Pero mucho más para el propio Leonardo.

—*Signor* Ravanello, por muy comprometedora que parezca la muerte del *signor* Mascari, aún no tenemos constancia de las circunstancias en que se produjo.

—¿Es que no se le encontró vestido de mujer?

—*Signor* Ravanello, si yo le visto a usted de mono, ello no significa que sea usted un mono.

—¿Qué quiere decir con eso? —preguntó Ravanello, ya sin disimular la irritación.

—Quiero decir lo que he dicho, ni más ni menos: el que el *signor* Mascari estuviera vestido de mujer en el momento de su muerte no significa necesariamente que fuera un travesti. En realidad, no significa que hubiera en su vida ni la menor irregularidad.

—Eso no puedo creerlo —dijo Ravanello.

—Por lo visto, sus inversores tampoco.

—No puedo creerlo por otras razones, comisario —dijo Ravanello, que miró la carpeta, la cerró y la apartó a un lado de la mesa.

—¿Sí?

—Es difícil hablar de esto —dijo el hombre, como si hablara con la carpeta, que ahora trasladó al otro lado del escritorio.

En vista de que no decía más, Brunetti instó, con voz más suave:

—Siga, *signor* Ravanello.

—Yo era amigo de Leonardo. Quizá su único amigo. —Levantó la cara y luego volvió a mirarse las manos—. Yo sabía lo que hacía —dijo a media voz.

—¿Qué sabía, *signor* Ravanello?

—Que se disfrazaba. Y que iba con chicos.

Se sonrojó al decirlo, pero siguió mirándose las manos.

—¿Cómo se enteró?

—Leonardo me lo dijo. —Hizo una pausa y aspiró profundamente—. Hemos trabajado juntos durante diez años. Nuestras familias se conocen. Leonardo era padrino de mi hijo. No creo que tuviera otros amigos, lo que se dice amigos.

Ravanello dejó de hablar, como si fuera esto lo único que podía decir.

Brunetti esperó un momento antes de preguntar:

—¿Cómo se lo dijo? ¿Y qué le dijo exactamente?

—Era domingo, estábamos aquí, trabajando, solos él y yo. Los ordenadores habían estado bloqueados el viernes y el sábado y no habíamos podido empezar a trabajar con ellos hasta el domingo. Estábamos sentados en las terminales del despacho general, y él, sencillamente, se volvió hacia mí y me lo dijo.

—¿Qué le dijo?

—Fue muy extraño, comisario. Se me quedó mirando. Al ver que había dejado de trabajar, pensé que quería decirme algo, preguntar algo acerca de la transacción que estaba pasando. —Ravanello hizo una pausa, rememorando la escena. Me dijo—: «¿Sabes, Marco? A mí me gustan los chicos.» Y siguió trabajando, como si acabara de darme el número de una operación o la cotización de unas acciones. Fue muy extraño.

Brunetti dejó que se hiciera un silencio antes de preguntar:

—¿Dio alguna explicación a estas palabras o agregó algo?

—Sí; aquella tarde, cuando terminamos el trabajo, le pregunté qué había querido decir, y me lo explicó.

—¿Qué dijo?

—Que le gustaban los chicos, no las mujeres.

—¿Los chicos o los hombres?

—*Ragazzi*. Los chicos.

—¿Le habló de travestismo?

—Aquel día, no. Pero me habló al cabo de un mes. Íbamos en el tren, a la central de Verona, y en el andén de la estación de Padua había un grupo de ellos. Entonces me lo dijo.

—¿Cómo reaccionó usted?

—Me quedé helado, como puede figurarse. Nunca hubiera podido sospechar eso de Leonardo.

—¿Usted le advirtió?

—¿De qué?

—Del peligro que suponía para su posición en el banco.

—Naturalmente. Le dije que, si alguien se enteraba, su carrera estaba acabada.

—¿Por qué? Estoy seguro de que hay homosexuales que trabajan en bancos.

—No es eso. Era lo de vestirse de mujer y de ir con chaperos.

—¿Le dijo él eso?

—Sí. Me dijo que recurría a ellos y que a veces él también lo hacía.

—¿Hacía qué?

—Dedicarse a la prostitución. Por dinero. Le dije que eso podía destruirlo. —Ravanello hizo una pausa y agregó—: Y lo ha destruido.

—*Signor* Ravanello, ¿por qué no había contado esto a la policía?

—Acabo de contárselo, comisario. Se lo he contado todo.

—Sí; porque he venido a preguntar. Usted no nos ha llamado.

—No vi la razón para destruir su reputación —dijo Ravanello al fin.

—Por lo que me ha dicho acerca de la reacción de sus clientes, no parece quedar mucho por destruir.

—No me pareció importante. —Al observar el gesto de Brunetti, dijo—: Verá, todo el mundo parecía estar enterado. No vi razón para traicionar su confianza.

—Sospecho que aún hay algo que no me ha dicho, *signor* Ravanello.

El hombre sostuvo la mirada de Brunetti sólo un momento.

—También quería proteger al banco. Quería averiguar si Leonardo... si Leonardo había cometido alguna irregularidad.

—¿Así llaman los banqueros al desfalco?

Una vez más, Ravanello manifestó con un rictus de los labios la opinión que le merecían las expresiones de Brunetti.

—Quería estar seguro de que el banco no había sido afectado por sus indiscreciones.

—¿Y eso quiere decir...?

—Está bien, comisario —dijo Ravanello inclinándose hacia adelante y hablando con impaciencia—. Quería estar seguro de que sus cuentas estaban en orden, de que no faltaba nada de los fondos que él manejaba.

—Habrá tenido una mañana muy atareada.

—No; estuve aquí el fin de semana. He pasado casi todo el sábado y el domingo delante del ordenador, revisando sus archivos de los tres últimos años. No he tenido tiempo para comprobar más.

—¿Y qué ha encontrado?

—Absolutamente nada. Todo está en perfecto orden. Por muy irregular que fuera la conducta de Leonardo en su vida privada, en su trabajo era irreprochable.

—¿Y si no hubiera sido así?

—Entonces les hubiera llamado.

—Ya. ¿Puede darnos copia de esos archivos?

—Desde luego —accedió Ravanello, sorprendiendo a

Brunetti por la rapidez de su asentimiento. La experiencia le había enseñado que los bancos son más reacios a dar información que a dar dinero. Generalmente, para conseguirla hacía falta un mandamiento judicial. Qué detalle tan agradable y complaciente el del *signor* Ravanello.

—Muchas gracias, *signor* Ravanello. Uno de nuestros especialistas en contabilidad vendrá a recoger esos datos, quizá mañana.

—Los tendré preparados.

—También le agradecería que tratara de recordar si hay algo más que el *signor* Mascari le hubiera revelado acerca de su otra vida, su vida secreta.

—Así lo haré. Pero creo que se lo he dicho todo.

—Bien, quizá la impresión del momento le impida recordar otras cosas, detalles. Le quedaría muy agradecido si anotara todo cuanto consiga recordar. Me pondré en contacto con usted dentro de un par de días.

—Está bien —repitió Ravanello, más amable, al percibir que la entrevista tocaba a su fin.

—Creo que eso es todo por hoy —dijo Brunetti poniéndose en pie—. Le agradezco su tiempo y su sinceridad, *signor* Ravanello. Sé lo difícil que ha de ser para usted este trance. Ha perdido no sólo a un colega sino a un amigo.

—En efecto —convino Ravanello.

—Una vez más —dijo Brunetti extendiendo la mano—, quiero darle las gracias por su tiempo y su colaboración. —Hizo una pausa y agregó—: Y por su honradez.

Ravanello levantó rápidamente la mirada al oírlo, pero dijo:

—A su disposición, comisario.

Rodeó la mesa y precedió a Brunetti hasta la puerta. Salió del despacho con Brunetti y lo acompañó a la entrada de las oficinas. Allí volvieron a estrecharse la mano, y Brunetti salió a la escalera por la que había seguido a Ravanello el sábado por la tarde.

18

Ya que estaba cerca de Rialto, hubiera podido ir a comer a casa, pero no quería cocinar ni arriesgarse con el resto de la *insalata di calamari* que, al cuarto día, ya no le ofrecía garantías. De modo que bajó hasta Corte dei Milion y almorzó satisfactoriamente en la pequeña *trattoria* que parece acurrucarse en un rincón del pequeño *campo*.

A eso de las tres, regresó a su despacho, y pensó que sería preferible bajar a hablar con Patta a esperar a que éste lo llamara. En el pequeño antedespacho encontró a la *signorina* Elettra al lado de la mesita auxiliar, echando agua de una botella de plástico en un gran jarro de cristal que contenía seis altos lirios de agua blancos, aunque no tanto como la blusa de algodón que ella llevaba con la falda de su traje chaqueta color púrpura. Al ver a Brunetti, sonrió y dijo:

—Es asombrosa la cantidad de agua que llegan a beber.

Brunetti, que no encontró nada que responder a esto, se contentó con devolverle la sonrisa y preguntar:

—¿Está?

—Sí. Acaba de volver de almorzar. Tiene una visita a las cuatro y media, por lo que, si tiene que hablar con él, más vale que entre ahora.

—¿Sabe de qué visita se trata?

—Comisario, ¿pretende que le haga una confidencia sobre la vida privada del *vicequestore*? —preguntó ella, en tono escandalizado, y prosiguió—: No me considero autorizada a revelar que la visita que espera es la de su abogado particular.

—Ah, ¿sí? —dijo Brunetti, observando que los zapatos tenían el mismo tono púrpura que la falda. Hacía menos de una semana que ella trabajaba para Patta—. Entonces entraré ahora. —Se hizo un poco hacia un lado, llamó a la puerta de Patta con los nudillos, esperó el «*Avanti*» que respondía a su llamada y entró.

Puesto que aquel hombre estaba sentado al escritorio del despacho de Patta, tenía que ser el *vicequestore* Giuseppe Patta, pero se le parecía tanto como un retrato robot a la persona que pretende representar. Habitualmente, a estas alturas del verano, Patta tenía la piel de un color caoba claro, y ahora estaba descolorido, una palidez extraña se le había comido el bronceado. La robusta mandíbula, que Brunetti no podía mirar sin recordar las fotos de Mussolini que había visto en los libros de historia, había perdido pugnacidad, como si se hubiera ablandado y en cuestión de días fuera a quedar completamente flácida. El nudo de la corbata estaba bien hecho, pero el cuello de la chaqueta necesitaba un cepillado. Había desaparecido el alfiler de la corbata, lo mismo que la flor de la solapa, lo que daba la extraña impresión de que el *vicequestore* había venido al despacho a medio vestir.

—Ah, Brunetti —dijo al ver entrar a su subordinado—. Siéntese. Siéntese, por favor.

En los cinco años largos que Brunetti llevaba trabajando para Patta, ésta era la primera vez que oía al *vicequestore* utilizar la fórmula de «por favor» como no fuera para reforzar un imperativo, apretando los dientes.

Brunetti obedeció y aguardó nuevos prodigios.

—Quería darle las gracias por su gestión —empezó diciendo Patta, mirando a Brunetti durante un segundo y desviando la mirada, como si siguiera el vuelo de un pájaro que cruzara el despacho por detrás de Brunetti.

Como no estaba Paola, no había en casa ningún ejemplar de *Gente* ni *Oggi*, por lo que Brunetti no podía estar seguro de que no se hubieran publicado más chismes acerca de la *signora* Patta y Tito Burrasca, pero supuso que ésta era la causa de la gratitud de Patta. Si Patta quería atribuirlo a las supuestas relaciones de Brunetti con el mundo de la prensa antes que a la relativa intrascendencia de la conducta de su esposa, no sería Brunetti quien le desengañara.

—No hay de qué darlas, señor —dijo con total veracidad.

Patta movió la cabeza de arriba abajo.

—¿Y qué hay de ese asunto de Mestre?

Brunetti le hizo un breve resumen de lo averiguado hasta el momento, que terminó con el informe de su visita a Ravanello de aquella mañana y la manifestación de éste de que conocía las inclinaciones y los gustos de Mascari.

—Entonces parece claro que el asesino tiene que ser uno de sus, digamos, «amiguitos» —dijo Patta, demostrando su infalible instinto por la obviedad.

—Eso, suponiendo que los hombres de nuestra edad puedan resultar sexualmente atractivos para otros hombres.

—No sé a qué se refiere, comisario —dijo Patta, recuperando un tono con el que Brunetti estaba más familiarizado.

—Todos suponemos que Mascari era un travesti o un chapero y que lo mataron por eso. Sin embargo, las únicas pruebas que tenemos son la circunstancia de que estaba vestido de mujer y las palabras del hombre que ha ocupado su puesto.

—Un hombre que es director de banco, Brunetti —dijo Patta con su habitual deferencia hacia tales títulos.

—Cargo que ha de agradecer a la desaparición del otro.

—Los altos empleados de banca no se matan entre sí, Brunetti —dijo Patta con la aplastante seguridad que lo caracterizaba.

Brunetti advirtió el peligro cuando ya era tarde. Si Patta descubría las ventajas de atribuir la muerte de Mascari a un violento episodio de su turbulenta vida privada, se sentiría justificado para dejar que fuera la policía de Mestre la que buscara al responsable y retirar a Brunetti del caso.

—Sin duda tiene usted razón, señor —concedió Brunetti—, pero no creo que podamos arriesgarnos a dar a la prensa la impresión de que no hemos explorado a fondo todas y cada una de las posibilidades.

Patta reaccionó a esta alusión a los medios de comunicación como el toro a un buen capotazo.

—¿Qué sugiere entonces?

—Creo que, por supuesto, deberíamos concentrarnos en examinar el mundo de los travestis de Mestre, pero me parece que por lo menos hay que dar la impresión de que se investiga la posible implicación del banco en los hechos, por remota que usted y yo la consideremos.

Casi con regia dignidad, Patta dijo:

—No imagine que no lo comprendo, comisario. Si quiere investigar la hipotética relación entre la muerte de ese hombre y el banco, no seré yo quien se lo impida, pero recuerde usted con quién está tratando y dispénseles el respeto que su posición merece.

—Por supuesto.

—Entonces adelante, pero no haga nada sin antes consultarme.

—Sí, señor. ¿Desea algo más?

—Nada más.

Brunetti se levantó, acercó la silla al escritorio y salió del despacho sin otra palabra. La *signorina* Elettra estaba hojeando una carpeta.

—*Signorina*, ¿ha conseguido ya esos informes financieros?

—¿Sobre cuál de los dos? —preguntó ella con una sonrisita.

—¿Eh? —hizo Brunetti, desconcertado.

—¿El *avvocato* Santomauro o el *signor* Burrasca? —Brunetti estaba tan absorto en el el caso de la muerte de Mascari que había olvidado que se había encargado a la *signorina* Elettra que también buscara información sobre el director de cine.

—Ah, lo había olvidado —reconoció Brunetti. El que

ella hubiera mencionado a Burrasca indicaba que quería hablar de él—. ¿Qué ha encontrado sobre él?

La mujer dejó la carpeta a un lado de la mesa y miró a Brunetti como si su pregunta la sorprendiera.

—Que su apartamento de Milán está en venta, que con sus tres últimas películas ha perdido dinero y que los acreedores se han quedado con su casa de Mónaco. —Sonrió—. ¿Desea algo más?

Brunetti asintió. ¿Cómo diantre lo había conseguido?

—Se han presentado cargos criminales contra él en Estados Unidos, donde es ilegal utilizar a niños en películas pornográficas. Y todas las copias de su última película han sido confiscadas por la policía de Mónaco, aunque no he podido descubrir por qué.

—¿Y los impuestos? ¿Son copias de sus declaraciones lo que estaba mirando?

—Oh, no —respondió ella en tono de reprobación—. Ya sabe lo difícil que es conseguir información de la oficina de Impuestos. —Hizo una pausa y agregó, como él esperaba—: A no ser que conozcas a alguien. No la tendré hasta mañana.

—¿Y entonces la pasará al *vicequestore*?

La *signorina* Elettra le obsequió con una mirada severa.

—No, comisario; esperaré por lo menos varios días antes de dársela.

—¿Habla en serio?

—Yo, cuando se trata del *vicequestore*, no bromeo.

—Pero, ¿por qué hacerle esperar?

—¿Y por qué no?

A Brunetti le hubiera gustado saber qué cúmulo de pequeñas ruindades había descargado Patta sobre la cabeza de esta mujer durante una semana, para hacerse acreedor a semejante represalia.

—¿Y de Santomauro, qué ha encontrado?

—Ah, el del *avvocato* es un caso totalmente distinto. Sus finanzas no podrían estar mejor. Tiene una cartera de acciones y bonos por valor de más de quinientos millones de liras, que es por lo menos el doble de lo que normalmente declararía un hombre de su posición.

—¿Y los impuestos?

—Eso es lo más extraño. Parece que lo declara todo. No hay pruebas de fraude.

—Da la impresión de que usted no lo cree.

—Por favor, comisario —dijo ella con otra mirada de reproche, aunque ésta no tan severa como la anterior—. No creerá que alguien pone la verdad en su declaración de la renta. Y esto es lo curioso. Si declara todo lo que gana, a la fuerza ha de tener otra fuente de ingresos frente a la cual sus ganancias oficiales sean tan insignificantes que hacen que no merezca la pena defraudar.

Brunetti reflexionó. Con las leyes tributarias existentes, no cabía otra explicación.

—¿Su ordenador le da algún indicio de la procedencia de ese dinero?

—No; pero me dice que es presidente de la Lega della Moralità. Por lo tanto, lo lógico es buscar ahí.

—¿Podrían ustedes —empezó a decir hablando en plural y señalando a la pantalla con el mentón— indagar en la Liga?

—En eso estaba, comisario. Pero hasta el momento la liga se muestra tan escurridiza como las declaraciones del *signor* Burrasca.

—Estoy seguro de que conseguirá usted solventar todas las dificultades, *signorina*.

Ella inclinó la cabeza, aceptando el cumplido como justo. Él decidió preguntar:

—¿Cómo es que se mueve con tanta seguridad por la red informática?

—¿Cuál de ellas? —preguntó ella levantando la mirada.

—La financiera.

—Es que la utilizaba en mi anterior empleo —dijo ella, volviendo a fijar la atención en la pantalla.

—¿Y dónde era eso, si me permite la pregunta? —dijo él, pensando en una agencia de seguros o, quizá, el despacho de un contable.

—En la Banca d'Italia —respondió ella dirigiéndose tanto a la pantalla como a Brunetti.

Él alzó las cejas. Ella levantó la mirada y, al ver su expresión, explicó:

—Era secretaria del presidente.

No había que ser empleado del sector para calcular la pérdida salarial que el cambio suponía. Por otra parte, para la mayoría de los italianos, un empleo en un banco representaba la seguridad absoluta: la gente pasaba años esperando ser admitida en un banco cualquiera, y no digamos en la Banca d'Italia, indiscutiblemente la mejor de estas instituciones. ¿Y había dejado ese empleo por un trabajo de secretaria en la policía? Incomprensible, incluso con flores de Fantin dos veces a la semana. Además, no trabajaba simplemente para la policía, sino para Patta. Parecía un solemne disparate.

—Comprendo —dijo él, aunque no era así—. Espero que se sienta a gusto entre nosotros.

—Estoy segura de ello, comisário —dijo la *signorina* Elettra—. ¿Desea alguna otra información?

—De momento, no, gracias —dijo Brunetti, y la dejó para volver a su despacho.

Por la línea directa marcó el número del hotel de Bolzano y pidió por la *signora* Brunetti. La *signora* Brunetti, le dijeron, había salido a dar un paseo y no regresaría hasta la hora de cenar. No dejó mensaje, sólo se identificó y colgó.

El teléfono sonó casi inmediatamente. Era Padovani, que le llamaba desde Roma, excusándose por no haber podido averiguar nada nuevo acerca de Santomauro. Había llamado a varias personas, tanto en Roma como en Venecia, pero todas estaban fuera, de vacaciones, y sólo había podido dejar una serie de mensajes en contestadores, rogando a sus amigos que le llamasen, pero sin explicar por qué deseaba hablar con ellos. Brunetti le dio las gracias y le pidió que le llamara si descubría algo nuevo.

Después de colgar, Brunetti revolvió entre los papeles que tenía encima de la mesa hasta encontrar el que buscaba: el informe de la autopsia de Mascari, y volvió a leerlo atentamente. En la página cuatro estaba lo que le interesaba. «Pequeños arañazos y cortes en las piernas, sin efusión de sangre. Arañazos producidos sin duda por las afiladas hojas de la...» Aquí el forense, alardeando de sus conocimientos de botánica, daba el nombre latino de la hierba entre la que se hallaba escondido el cadáver de Mascari.

Los muertos no sangran; no hay presión que haga brotar la sangre. Éste era uno de los principios de medicina forense que había aprendido Brunetti. Si los arañazos habían sido causados por la —repitió en voz alta las sonoras sílabas del nombre latino—, no habrían sangrado, porque Mascari estaba muerto cuando su cuerpo fue arañado por esas hojas. Pero los cortes tampoco hubieran sangrado, si le habían afeitado las piernas después de muerto.

Brunetti nunca se había afeitado nada más que la cara, pero durante muchos años había visto a Paola pasarse la maquinilla por las pantorrillas, los tobillos y las rodillas, y había perdido la cuenta de las veces que la había oído renegar en voz baja en el cuarto de baño y visto salir con un trocito de papel higiénico pegado a la piel. Paola se había afeitado las piernas periódicamente desde que él la conocía, y aún se cortaba. No parecía probable que Mascari se hubiera afeitado las piernas sin que su esposa lo notara, aunque no la llamara por teléfono cuando estaba de viaje.

Volvió a mirar el informe de la autopsia: «No se observan indicios de que los cortes de las piernas hayan sangrado.» No; a pesar del vestido rojo y los zapatos rojos, a pesar del maquillaje y de la ropa interior, el *signor* Mascari no se había afeitado las piernas. Y eso significaba que tenía que habérselas afeitado otra persona, una vez muerto.

19

Brunetti estaba sentado ante la mesa de su despacho, con la esperanza de que, al atardecer, se levantara un poco de aire que mitigara el calor, pero su esperanza resultó tan vana como sus esfuerzos por descubrir una relación entre los incoherentes datos que había conseguido reunir. Le parecía evidente que lo del travestismo era un montaje *post mortem* que tenía por objeto desviar la atención del verdadero móvil del asesinato de Mascari. Esto quería decir que Ravanello, la única persona que había oído la «confesión» de Mascari, mentía y, probablemente, sabía algo del asesinato. Pero, si bien a Brunetti no le costaba ningún trabajo creer que los altos empleados de banca pueden matar, no llegaba a convencerse de que utilizaran este procedimiento para acelerar su ascenso.

Ravanello no sólo no había tenido inconveniente en reconocer que aquel fin de semana había estado en la oficina sino que, en realidad, lo había manifestado espontáneamente. Y, una vez identificado Mascari, su reacción parecía lógica, era lo que haría un buen amigo. Y lo que haría también un buen empleado.

Sin embargo, ¿por qué no se había identificado por teléfono el sábado? ¿Por qué ocultar, ni que fuera a un desconocido, que él estaba en el banco aquella tarde?

Sonó el teléfono y, todavía absorto en estos pensamientos y embotado por el calor, dio su nombre:

—Brunetti.

—Tengo que hablar con usted —dijo una voz masculina—. Personalmente.

—¿Quién es? —preguntó Brunetti con calma.

—Prefiero no decirlo —respondió la voz.

—En tal caso, yo prefiero no hablar —dijo Brunetti, y colgó.

Esta reacción solía desconcertar a la gente de tal modo que invariablemente no podían resistir el impulso de volver a llamar. A los pocos minutos, el teléfono volvió a sonar y Brunetti contestó lo mismo que antes.

—Es muy importante —dijo la voz.

—También lo es para mí saber con quién hablo —respondió Brunetti con indiferencia.

—Hablamos la semana pasada.

—La semana pasada hablé con mucha gente, *signor* Crespo, pero son muy pocas las personas que me han llamado para decirme que quieren verme.

Crespo tardó en responder, y cuando Brunetti ya empezaba a temer que ahora fuera el otro el que colgara, el joven dijo:

—Quiero verle y hablar con usted.

—Ya estamos hablando, *signor* Crespo.

—No; quiero darle algo, fotos y papeles.

—¿Qué clase de papeles y de fotos?

—Lo sabrá cuando los vea.

—¿De qué se trata, *signor* Crespo?

—De Mascari. La policía está equivocada respecto a él.

Brunetti opinaba lo mismo que Crespo, pero decidió reservarse esta opinión.

—¿En qué estamos equivocados?

—Se lo diré cuando nos veamos.

Brunetti le notó en la voz que estaba perdiendo el valor o el impulso que le había hecho llamarle.

—¿Dónde quiere que nos veamos?

—¿Conoce Mestre?

—Bastante bien.

Además, siempre podría preguntar a Gallo o a Vianello.

—¿Conoce el aparcamiento que hay a la entrada del túnel que va a la estación?

Era uno de los pocos sitios próximos a Venecia en los que aún se podía aparcar gratis. Dejabas el coche en el aparcamiento o en la calle arbolada que conducía al túnel, cruzabas éste y salías al andén de los trenes de Venecia. Diez minutos de tren y te ahorrabas tener que hacer cola y pagar en Tronchetto.

—Lo conozco.

—Lo espero allí esta noche.

—¿A qué hora?

—Tarde. Antes tengo cosas que hacer, y no sé cuándo terminaré.

—¿A qué hora?

—Estaré allí a la una de la madrugada.

—¿Estará dónde?

—Al salir del túnel, la primera calle a la derecha. Estaré aparcado a la derecha, en un Panda azul claro.

—¿Por qué me ha preguntado si conocía el aparcamiento?

—Por nada. Sólo quería saber si conocía el sitio. No quiero esperar en el aparcamiento. Demasiada luz.

—De acuerdo, *signor* Crespo, allí nos veremos.

—Bien —dijo Crespo, y colgó sin dar tiempo a Brunetti a decir más.

Vaya, se preguntaba Brunetti, ¿quién habría inducido al *signor* Crespo a hacer esta llamada? Ni por un momento pensó que Crespo le hubiera llamado espontáneamente; de una persona como Crespo nunca partiría semejante iniciativa. Pero ello no mermaba su curiosidad por averiguar a qué obedecía la llamada. Lo más probable era que alguien quisiera hacerle llegar una amenaza, o quizá algo más fuerte, y para ello, ¿qué mejor medio que atraerlo a una calle apartada a la una de la madrugada?

Llamó a la *questura* de Mestre y preguntó por el sargento Gallo, y le dijeron que el sargento había sido enviado a

Milán, donde permanecería varios días, para declarar en un juicio. ¿Deseaba hablar con con el sargento Buffo, que sustituía al sargento Gallo? Brunetti dijo que no y colgó.

Llamó a Vianello a su despacho. Cuando entró el sargento, Brunetti le pidió que se sentara y le informó de la llamada de Crespo y de la suya a Gallo.

—¿Usted qué opina? —preguntó Brunetti.

—Yo diría que, en fin, alguien quiere sacarlo de Venecia y atraerlo a un lugar en el que no esté bien protegido. Y, si ha de tener protección, tendrán que dársela nuestros hombres.

—¿Qué medios cree que utilizarían?

—Alguien que dispare desde un coche estacionado. Pero se imaginarán que tendremos allí a nuestra gente. También podrían utilizar un coche o una moto en marcha, para atropellarlo o dispararle.

—¿Y una bomba? —preguntó Brunetti con un involuntario escalofrío, al pensar en los destrozos que producían las bombas utilizadas contra políticos y jueces.

—No; no creo que sea usted lo bastante importante —dijo Vianello.

Triste consuelo, pero consuelo al fin.

—Gracias. Supongo que lo intentarán desde algún coche o moto en marcha.

—¿Y qué dispone usted, comisario?

—Quiero agentes, por lo menos, en dos casas, uno a cada extremo de la calle. Y alguien en la parte trasera de un coche, entre los asientos, pero tendría que ser un voluntario. Un coche cerrado, con este calor, será un infierno. Tres personas en total. No creo poder asignar a nadie más.

—Yo no quepo entre los asientos de un coche, y no me seduce quedarme quieto en una casa, vigilando. Lo que me gustaría es aparcar a la vuelta de la esquina, si consigo convencer a una de las agentes para que me haga compañía y nos arrullemos un rato.

—Quizá la *signorina* Elettra se ofrezca voluntaria —rió Brunetti.

La voz de Vianello tenía una sequedad insólita al decir:

—No bromeo, comisario. Conozco esa calle; mi tía de Treviso siempre deja el coche allí cuando viene a vernos, y al regreso yo la acompaño. He visto allí a muchas parejas en coches, por lo que una más no llamará la atención.

Brunetti fue a preguntar qué pensaría Nadia de esto, pero reflexionó y optó por callar.

—De acuerdo, pero tiene que ser una voluntaria. No me gusta hacer intervenir a una mujer en una misión peligrosa. —Antes de que Vianello pudiera hacer alguna objeción, Brunetti agregó—: Aunque sea agente de policía.

¿Había mirado al techo Vianello al oírlo? A Brunetti le parecía que sí, pero no hizo ningún comentario.

—¿Algo más, sargento?

—¿Le ha dicho que esté allí a la una?

—Sí.

—No hay trenes a esa hora. Tendrá que ir en autobús y cruzar la estación y el túnel a pie.

—¿Y cómo regreso a Venecia?

—Eso depende de lo que ocurra, supongo.

—Sí, naturalmente.

—Veré si encuentro a alguien que quiera meterse entre los asientos del coche —dijo Vianello.

—¿Quiénes tienen el turno de noche esta semana?

—Riverre y Alvise.

—Ah —hizo Brunetti tan sólo, pero la exclamación no podía ser más elocuente.

—Son los que están en la lista.

—Pues vale más que los sitúe en las casas. —Ninguno de los dos quería decir que, si los ponían en la parte trasera de un coche, era probable que tanto Riverre como Alvise se quedaran dormidos. Naturalmente, también en la casa podían dormirse, pero allí quizá la curiosidad de los dueños contribuyera a mantenerlos despiertos.

—¿Y los otros? ¿Cree que podrá conseguir voluntarios?

—No habrá dificultades —le aseguró Vianello—. Rallo

no tendrá inconveniente, y también hablaré con Maria Nardi. Quizá ella quiera venir. Su marido estará en Milán una semana, haciendo un cursillo. Además, son horas extras, ¿verdad?

Brunetti asintió y dijo:

—Pero dígales que puede haber peligro.

—¿Peligro? ¿En Mestre? —rió Vianello descartando la idea, y añadió—: ¿Quiere llevar radio?

—No creo que haga falta, si puedo contar con ustedes cuatro.

—Por lo menos, con dos —puntualizó Vianello, ahorrándole la violencia de tener que hablar mal de sus subalternos.

—Si vamos a tener que estar de pie toda la noche, vale más que ahora nos vayamos un rato a casa —dijo Brunetti mirando el reloj.

—Hasta la noche, comisario —dijo Vianello poniéndose de pie.

Como había dicho Vianello, a la hora en que Brunetti tenía que estar en la estación de Mestre no circulaban trenes, por lo que el comisario tuvo que tomar el autobús de la línea 1. Cuando el vehículo se detuvo en la parada situada frente a la estación, él fue el único pasajero que se apeó.

Subió la escalinata de la estación, luego bajó al paso subterráneo para cruzar las vías y salió a una calle tranquila, bordeada de árboles. A su espalda quedaba el aparcamiento, bien iluminado y lleno de los coches que allí pasaban la noche. En la calle que tenía delante había coches aparcados a uno y otro lado, a la luz difusa de las escasas farolas que se filtraba a través de los árboles. Brunetti permaneció en el lado derecho de la calle, en el que había menos árboles y más luz. Fue hasta la primera bocacalle, se paró y miró a derecha e izquierda. Unos cuatro coches más abajo, al otro lado de la calle, vio una pareja que se abrazaba con ansia, pero la cabeza de la mujer le tapaba la cara del hombre, y no hubiera podido decir si era Vianello o algún otro padre de familia que hurtaba una hora a sus obligaciones.

Brunetti miró calle abajo, examinando las casas de uno y otro lado. A media manzana, por la ventana de una planta baja, se filtraba el leve resplandor grisáceo de un televisor. Todas las demás estaban oscuras. Riverre y Alvise estarían en dos de estas ventanas, pero no deseaba mirar en dirección a ellos; temía que pudieran tomarlo como una señal y salir corriendo en su ayuda.

Torció por la primera bocacalle, buscando en el lado derecho un Panda azul claro. Fue hasta el final de la calle, sin ver ningún coche que se ajustara a esta descripción, dio media vuelta y retrocedió. Nada. Observó que en la esquina había un gran contenedor de desperdicios, y cruzó al otro lado, pensando una vez más en las fotografías de los restos del coche del juez Falcone. Un coche entró en la calle desde la rotonda, aminoró la marcha, yendo hacia Brunetti, que retrocedió buscando la protección de los coches aparcados, pero el recién llegado pasó y entró en el aparcamiento. El conductor salió, cerró la puerta y desapareció por el túnel de la estación.

Diez minutos después, Brunetti volvió a bajar por la misma calle. Ahora miraba al interior de cada coche. En uno había una manta en el suelo entre los asientos y, sintiendo el calor que hacía al aire libre, compadeció a quienquiera que estuviera debajo.

Al cabo de media hora, Brunetti comprendió que Crespo no se presentaría. Volvió a la calle transversal, giró a la izquierda y bajó hasta el coche en el que seguía arrullándose la pareja. Brunetti dio unos golpecitos con los nudillos en el capó y Vianello soltó a la sofocada agente Maria Nardi y bajó del coche.

—Nada —dijo Brunetti mirando su reloj—. Son casi las dos.

—Qué se le va a hacer —suspiró Vianello—. Regresemos. —Se agachó para decir a la mujer—: Llame a Riverre y Alvise. Nos volvemos. Que nos sigan.

—¿Y el que está en el coche? —preguntó Brunetti.

—Ha venido con Riverre y Alvise. Se irán juntos.

Dentro del coche, la agente Nardi decía por radio a los otros dos agentes que nadie había acudido a la cita y que regresaban todos a Venecia. Miró a Vianello:

—Ya está, sargento. Ahora salen.

Dicho esto, la mujer salió del coche y abrió la puerta trasera.

—No; quédese ahí —dijo Brunetti—. Yo iré detrás.

—No importa, comisario —dijo ella con una sonrisa tímida, y agregó—: Además, me gustaría alejarme un poco del sargento.

Subió al coche y cerró la puerta.

Brunetti y Vianello se miraron por encima del coche. Vianello esbozó una sonrisa tímida. Entraron en el coche. Vianello hizo girar la llave del contacto. El motor arrancó y se oyó un agudo zumbido.

—¿Qué es eso? —preguntó Brunetti. Para él, como para la mayoría de venecianos, los coches eran objetos extraños.

—El cinturón de seguridad —dijo Vianello tirando de la cinta y abrochándola al lado de la palanca del cambio.

Brunetti no hizo nada. Seguía oyéndose el zumbido.

—¿No puede parar eso, Vianello?

—Se parará solo, en cuanto usted se ponga el cinturón.

Brunetti rezongó entre dientes que no le gustaba que una máquina le dijera lo que tenía que hacer, pero se abrochó el cinturón, y luego murmuró que estaba seguro de que esto debía de ser otra de las chorradas ecológicas de Vianello. Haciendo como si no le oyera, el sargento metió la primera y apartó el coche del bordillo. Al llegar al extremo de la calle esperaron unos minutos hasta que el otro coche se unió a ellos. El agente Riverre iba sentado al volante, Alvise, a su lado y, al volverse a hacerles una seña, Brunetti vio otro bulto detrás, con la cabeza apoyada en el respaldo.

A esa hora apenas circulaban coches, y no tardaron en llegar a la carretera que conducía a Ponte della Libertà.

—¿Qué cree que ha podido ocurrir? —preguntó Vianello.

—Creí que era una encerrona o que alguien pretendía

intimidarme, pero quizá me equivocaba y Crespo realmente quería verme.

—¿Y ahora qué hará?

—Mañana iré a verlo, para enterarme de por qué no se ha presentado.

Entraron en el puente. Al frente se veían las luces de la ciudad y a cada lado se extendía un agua negra y lisa, moteada a la izquierda por puntos luminosos de las lejanas islas de Murano y Burano. Vianello aceleró, deseoso de llegar al garaje y, luego, a casa. Todos estaban cansados y defraudados. El segundo coche, que les seguía de cerca, se desvió de pronto al carril central y Riverre aceleró y los adelantó. Alvise asomó la cabeza por la ventanilla y saludó con la mano alegremente.

Al verlos, la agente Nardi se inclinó hacia adelante y puso la mano en el hombro de Vianello.

—Sargento —dijo y se interrumpió levantando la mirada hacia el retrovisor en el que de pronto habían aparecido unos faros deslumbrantes. La agente Nardi le clavó los dedos en el hombro y sólo pudo decir—: «¡Cuidado!» —antes de que el coche que les seguía se desviara al carril central, se situara a su lado y golpeara deliberadamente el guardabarros delantero izquierdo de su coche. La fuerza del impacto los lanzó hacia la derecha haciéndoles chocar contra la barandilla del puente.

Vianello hizo girar el volante hacia la izquierda, pero su reacción fue lenta, las ruedas traseras derraparon y el coche se desplazó al carril central. Otro coche que venía detrás a toda velocidad hizo un quiebro y pasó por el espacio que quedaba a la derecha, entre ellos y la barandilla. Entonces chocaron con la barandilla de la izquierda y el coche giró sobre sí mismo y quedó en el carril central, de cara a Mestre.

Atontado, sin saber si le dolía algo, Brunetti miró a través del destrozado parabrisas y sólo vio la refracción de potentes faros que se acercaban y pasaban a su derecha, primero un par y luego otro. Se volvió hacia su izquierda y vio a Vianello inclinado hacia adelante, con el cuerpo sujeto por el cinturón. Brunetti soltó el suyo, se volvió y agarró del hombro a Vianello.

—Lorenzo, ¿está bien?

El sargento abrió los ojos y miró a Brunetti.

—Creo que sí.

Brunetti soltó el otro cinturón. Vianello siguió erguido.

—Fuera de aquí —dijo Brunetti tirando de la palanca de la puerta—. Salgamos antes de que uno de esos locos nos embista.

Señalaba por lo que quedaba del parabrisas las luces que venían de Mestre.

—Llamaré a Riverre —dijo Vianello inclinándose hacia la radio.

—No; han pasado otros coches. Ya habrán avisado a los *carabinieri* de *piazzale* Roma.

Como confirmando sus palabras, empezó a oírse una sirena en el extremo del puente y a lo lejos parpadearon las luces azules del coche de los *carabinieri* que se acercaba rápidamente circulando en dirección contraria.

Brunetti se apeó y abrió la puerta trasera. La subagente Maria Nardi yacía en el asiento posterior, con el cuello doblado en un ángulo inverosímil.

20

El efecto fue tan deprimente como es de suponer. Ninguno de los dos había visto al coche que los embestía, no sabían ni el color ni el tamaño, aunque, por la violencia del impacto, tenía que ser grande y potente. No había otro coche lo bastante cerca como para que alguien viera lo ocurrido y, si lo vio, no lo denunció. Era evidente que, después de golpearlos, su atacante había seguido hacia *piazzale* Roma, dado la vuelta rápidamente y regresado al continente, incluso antes de que se avisara a los *carabinieri*.

Allí mismo se certificó la defunción de la agente Nardi, cuyos restos fueron trasladados al *hospedale civile*, donde la autopsia confirmaría lo que era claramente visible por la posición de la cabeza.

—Tenía veintitrés años —dijo Vianello sin mirar a Brunetti—. Se casó hace seis meses. Su marido está fuera, haciendo un cursillo de informática. En el coche me decía cómo deseaba que Franco volviera a casa y lo mucho que lo echaba de menos. Durante la hora que hemos estado esperando no sabía hablar más que de él. Era una criatura.

Brunetti no supo qué decir.

—Debí obligarla a ponerse el cinturón. Aún viviría.

—Basta, Lorenzo —dijo Brunetti con voz áspera, pero no de cólera. Estaban en la *questura*, en el despacho de Vianello, esperando a que pasaran a máquina sus informes del incidente, para firmarlos antes de marcharse a casa—. Podríamos seguir así toda la noche. Yo no debí acudir a la cita de Crespo. Debí comprender que era demasiado fácil, debí desconfiar, cuando en Mestre no ocurría nada. No faltaría sino lamentarnos de no haber llevado un coche blindado.

Vianello estaba sentado a un lado de su escritorio, mirando por encima del hombro de Brunetti. Tenía un bulto en el lado derecho de la frente, que empezaba a amoratarse.

—Lo hecho, hecho está, y ella ha muerto —dijo con voz incolora.

Brunetti se inclinó hacia adelante y le oprimió el brazo.

—No la hemos matado nosotros, Lorenzo. Han sido los de ese otro coche. No podemos hacer nada más que tratar de encontrarlos.

—Pero eso no va a ayudar a Maria —dijo Vianello con amargura.

—En este mundo, ya nada puede ayudar a Maria Nardi, Lorenzo. Los dos lo sabemos. Pero quiero encontrar a los hombres que iban en ese coche y a quienquiera que los haya enviado.

Vianello asintió, pero no tenía nada que decir a esto.

—¿Y quién se lo dirá al marido?

—¿Dónde está?

—En el hotel Imperio de Milán.

—Yo lo llamaré por la mañana —dijo Brunetti—. De nada serviría llamar ahora, como no fuera para adelantarle el sufrimiento.

Un agente de uniforme entró en el despacho con los originales de sus informes y dos fotocopias de cada uno. Los dos hombres leyeron atentamente el texto, firmaron el original y las copias y los devolvieron al agente. Cuando éste se fue, Brunetti se puso en pie y dijo:

—Creo que ya es hora de irse a casa, Lorenzo. Son más de las cuatro. ¿Ha llamado a Nadia?

Vianello asintió. La había llamado desde la *questura* hacía una hora.

—Éste era el único empleo que había podido conseguir.

Su padre era policía, y alguien la recomendó para que le dieran la plaza. ¿Sabe lo que ella quería ser en realidad, comisario?

—No quiero hablar de esto, Lorenzo.

—¿Sabe lo que quería ser ella?

—Lorenzo... —dijo Brunetti en voz baja, en tono de advertencia.

—Quería ser maestra de escuela primaria, pero sabía que no encontraría trabajo y por eso entró en la policía.

Mientras hablaban, bajaban lentamente la escalera y ahora cruzaban el vestíbulo en dirección a la puerta doble. El agente de guardia, al ver a Brunetti, saludó. Los dos hombres salieron a la calle. Del otro lado del canal, de los árboles de *campo* San Lorenzo, les llegó la algarabía casi ensordecedora de los pájaros que presentían el amanecer. Ya no era noche cerrada, pero la luz era apenas una insinuación que, en lo que antes fuera oscuridad impenetrable, sugería un mundo de posibilidades infinitas.

Se pararon al borde del canal, de cara a los árboles, atraída la mirada por lo que percibía el oído. Los dos tenían las manos en los bolsillos y sentían el repentino enfriamiento del aire que precede al amanecer.

—Esto no tenía que ocurrir —dijo Vianello, que dio media vuelta y se alejó con un—: «*Arrivederci*, comisario.»

Brunetti echó a andar en sentido opuesto, hacia Rialto y las calles que lo llevarían a su casa. La habían matado como a una mosca, alargaron la mano para aplastarlo a él y la habían destruido a ella. Una joven que se inclinaba hacia adelante para decir algo a un amigo, poniéndole una mano en el hombro con ademán cordial y confiado. ¿Qué quería decir? ¿Una frase jocosa? ¿Que bromeaba cuando se negó a quedarse a su lado? ¿O algo sobre Franco, unas palabras de añoranza? Nadie lo sabría. Un pensamiento fugaz que había muerto con ella.

Llamaría a Franco, pero todavía no. Que durmiera antes del gran dolor. Brunetti sabía que ahora no podría hablar al joven de la última hora de Maria, en el coche, con Vianello;

ahora, no. Se lo diría más adelante, cuando el joven pudiera oírlo, después del gran dolor.

Cuando llegó a Rialto, miró hacia la izquierda y vio acercarse un *vaporetto* a la parada, y esto le decidió. Corrió y tomó el barco que lo dejó en la estación antes de la salida del primer tren que cruzaba la carretera elevada. Sabía que Gallo no estaría hoy en la *questura*, por lo que en la estación de Mestre tomó un taxi y se hizo llevar directamente a casa de Crespo.

La luz del día había llegado sin que él lo advirtiera, y con ella volvía el calor, que quizá se dejaba sentir aún más en esta ciudad de piedra, cemento, asfalto y casas altas. Brunetti casi se alegraba de la creciente mortificación del calor y la humedad, que lo distraía del recuerdo de lo que había visto aquella noche y de lo que empezaba a temer que encontraría en el domicilio de Crespo.

El ascensor estaba climatizado, lo mismo que la última vez, lo que ya resultaba necesario incluso a hora tan temprana. Oprimió el botón y la cabina, rápida y silenciosa, subió hasta la séptima planta. Llamó al timbre de Crespo, pero esta vez nadie contestó desde dentro. Volvió a llamar, insistió, dejando el dedo en el pulsador. Ni pasos, ni voces, ni señales de vida.

Sacó la cartera y extrajo una fina placa de metal. Vianello había pasado toda una tarde enseñándole a hacer esto y, aunque en aquella ocasión el comisario no se mostró un alumno muy hábil, ahora tardó menos de diez segundos en abrir la puerta de Crespo. Cruzó el umbral gritando:

—*Signor* Crespo. La puerta estaba abierta. ¿Está en casa?

No estaría de más ser precavido.

No había nadie en la sala. La cocina resplandecía de tan limpia. Encontró a Crespo en el dormitorio, en la cama, con un pijama de seda amarilla. Tenía un cable telefónico atado al cuello y la cara hinchada, convertida en una horrible parodia de sí misma.

Brunetti no se entretuvo en examinar la habitación sino que fue al apartamento de al lado y estuvo llamando a la puerta hasta que un hombre adormilado y furioso la abrió gritando. Cuando llegó el equipo del laboratorio de la *questura* de Mestre, Brunetti ya había tenido tiempo para llamar al marido de Maria Nardi a Milán y comunicarle lo sucedido. A diferencia del vecino de al lado, Nardi no gritó, y Brunetti no hubiera podido decir si esto era mejor o peor.

Fue a la *questura* de Mestre, puso al corriente de lo ocurrido a Gallo, que acababa de regresar, y le encargó del examen del cadáver y el apartamento de Crespo, diciendo que aquella mañana él tenía que estar en Venecia. No dijo a Gallo que regresaba para asistir al funeral de Mascari; demasiada muerte flotaba ya en el aire.

Aunque venía de un escenario de muerte violenta, para presentarse en un acto que era consecuencia de otra muerte violenta, no pudo reprimir un suspiro al ver los campanarios y las fachadas color pastel que aparecieron ante sus ojos cuando el coche de la policía cruzaba la carretera elevada. Él sabía que la belleza no cambia nada, y quizá el consuelo que ofrecía fuera sólo ilusorio, pero aun así agradecía la ilusión.

El funeral fue deprimente; palabras huecas, pronunciadas por personas que estaban muy escandalizadas por las circunstancias de la muerte de Mascari como para tratar siquiera de fingir sinceridad. La viuda se mantuvo rígida y con los ojos secos y salió de la iglesia inmediatamente detrás del féretro, muda y sola.

Los periódicos, como era de prever, enloquecieron al olfatear la muerte de Crespo. La primera noticia apareció en *La Notte* de aquella misma tarde, un periódico muy aficionado a los titulares rojos y al empleo del presente de indicativo. Describía a Francesco Crespo como «travesti cortesano». Daba su biografía y hacía resaltar que había bailado en una discoteca gay de Vicenza, a pesar de que su trabajo allí duró menos de una semana. El autor del artículo establecía la inevitable asociación con el asesinato de Leonardo Mascari, ocurrido menos de una semana antes, y sugería que la similitud de las víctimas apuntaba a una persona que sintiera un especial odio hacia los travestis. El periodista no consideraba necesario explicar la causa.

Los periódicos de la mañana recogían la idea. El *Gazzettino* hacía referencia a las más de diez prostitutas que habían sido asesinadas en la provincia de Pordenone durante los últimos años y trataba de asociar estos crímenes con los asesinatos de los dos travestis. *Il Manifesto* dedicaba al caso dos columnas de la página cuatro, y el periodista aprovechaba la ocasión para tildar a Crespo de «otro de los parásitos que pululan por el cuerpo putrefacto de la sociedad burguesa italiana».

En su magistral tratamiento del crimen, *Il Corriere della Sera* se desviaba rápidamente del asesinato de un chapero relativamente insignificante para referirse al de un conocido banquero veneciano. El artículo aludía a «fuentes locales» que informaban de que, en ciertos ámbitos, era conocida la «doble vida» de Mascari. Su muerte, por lo tanto, era el resultado inevitable de la «espiral de vicio» en la que su debilidad había transformado su vida.

Brunetti, interesado por la alusión a las «fuentes», llamó a la oficina en Roma del periódico y pidió que le pusieran con el autor del artículo. Éste, al enterarse de que Brunetti era un comisario de policía que quería saber a quién se refería en su artículo, dijo que no podía revelar sus fuentes de información, que la confianza que debe existir entre un periodista, sus lectores y sus informadores ha de ser total y absoluta. Además, revelar sus fuentes sería faltar a los más altos principios de su profesión. Brunetti tardó por lo menos tres minutos en comprender que el hombre hablaba en serio; que realmente creía lo que decía.

—¿Cuánto hace que trabaja para el periódico? —le interrumpió Brunetti.

Sorprendido al ver cortada tan bruscamente la exposición de sus conceptos, objetivos e ideales, el reportero respondió tras una pausa:

—Cuatro meses. ¿Por qué?

—¿Puede ponerme con la centralita o tengo que volver a marcar? —preguntó Brunetti.

—Puedo pasarle. ¿Por qué?

—Me gustaría hablar con su redactor jefe.

La voz del hombre perdió firmeza y adquirió una nota de recelo, al percibir este primer indicio de lo insidiosos que eran los poderes del Estado.

—Debo advertirle, comisario, que cualquier intento de desmentir o cuestionar los hechos que he revelado en mi información será expuesto a mis lectores. No sé si se habrá percatado de que en este país nace una nueva era y que la necesidad de información del público no puede seguir siendo...

Brunetti oprimió el botón del aparato y, cuando volvió a oír la señal, marcó de nuevo el número de la centralita del periódico. No quería que la *questura* tuviera que pagar por tanta tontería y, menos, siendo conferencia.

Cuando por fin le pusieron con el redactor jefe de la sección local, éste resultó ser Giulio Testa, un hombre al que Brunetti había tratado cuando ambos sufrían exilio en Nápoles.

—Giulio, soy Guido Brunetti.

—*Ciao*, Guido, me enteré de que habías vuelto a Venecia.

—Sí. Por eso te llamo. Uno de tus redactores —Brunetti leyó la firma—, Lino Cavaliere, publica esta mañana un artículo sobre el travesti que fue asesinado en Mestre.

—Sí. Anoche lo repasé muy por encima. ¿Qué ocurre?

—Habla de «fuentes locales», según las cuales algunas personas de esta ciudad sabían que Mascari, la otra víctima, que fue asesinado hace una semana, llevaba una «doble vida». —Brunetti hizo una pausa y repitió—: Doble vida. Bonita frase, Giulio. Doble vida.

—El muy imbécil, ¿eso ha escrito?

—Aquí lo tengo, Giulio. Fuentes locales. Doble vida.

—A ése me lo cargo —gritó Testa al teléfono y repitió la frase entre dientes.

—¿Quieres decir con eso que no hay tales «fuentes locales»?

—No; recibió una llamada telefónica anónima de un hombre que decía haber sido cliente, o comoquiera que se diga, de Mascari.

—¿Qué dijo?

—Que conocía a Mascari desde hacía años y que le había advertido acerca de algunas de las cosas que hacía y de los clientes que tenía. Dijo que allí esto era un secreto a voces.

—Giulio, Mascari tenía casi cincuenta años.

—Lo mato. Créeme, Guido, yo no sabía nada de esto. Le dije que no lo utilizara. A ese mequetrefe lo mato.

—¿Cómo se puede ser tan estúpido? —preguntó Brunetti, aunque sabía que las razones de la estupidez humana eran legión.

—Es un cretino. No tiene remedio —dijo Testa con acento de cansancio, como si todos los días tuviera nuevas pruebas del hecho.

—Entonces, ¿qué hace en tu periódico? Aún se os considera el mejor del país.

La frase era un prodigio de expresividad: dejaba adivinar el escepticismo de Brunetti al respecto, pero de un modo subliminal.

—Está casado con la hija del dueño de la tienda de muebles que inserta todas las semanas un anuncio a doble página. No tuvimos más remedio. Estaba en Deportes, pero un día se le ocurrió mencionar su sorpresa al enterarse de que el fútbol americano es distinto del europeo. Y me lo endosaron a mí. —Testa calló y los dos hombres quedaron pensativos. Brunetti sentía un extraño consuelo al enterarse de que él no era el único que tenía que pechar con elementos como Riverre y Alvise. Testa, que no parecía encontrar algo que lo reconfortara, agregó lúgubremente—: Estoy intentando hacer que lo trasladen a la sección de Política.

—El destino ideal, Giulio. Suerte —dijo Brunetti, dio las gracias por la información y colgó.

Aunque él ya esperaba algo así, no dejaba de sorprenderle la evidente torpeza del intento. Sólo gracias a la suerte, la «fuente local» había podido encontrar a un periodista lo bastante crédulo como para repetir el rumor acerca de Mascari sin preocuparse de comprobar si tenía fundamento. Y sólo una persona muy audaz —o que estuviera muy asustada— podía tratar de colocar la historia, como si con ello pudiera impedir que se descubriera el elaborado intento de atribuir a Mascari aquella falsa personalidad.

Los resultados de la investigación del asesinato de Crespo eran, hasta el momento, tan poco satisfactorios como la información aparecida en la prensa. En el edificio, nadie conocía la profesión de Crespo; unos pensaban que era camarero de un bar y otros, portero de noche de un hotel de Venecia. Nadie había visto algo sospechoso durante los días anteriores al asesinato, ni recordaba que en el edificio hubieran ocurrido hechos extraños. Sí, el *signor* Crespo recibía muchas visitas, pero era una persona afable y cordial, y era lógico que viniera a verle gente, ¿no?

El examen forense había sido un poco más explícito: muerte por estrangulamiento. El asesino le había atacado por la espalda, probablemente por sorpresa. No había señales de actividad sexual reciente, nada en las uñas y, en la casa, huellas dactilares suficientes como para tener ocupados a los peritos durante varios días.

Había llamado a Bolzano dos veces, pero la primera, el teléfono del hotel comunicaba y la segunda, Paola no estaba en la habitación. Descolgó el teléfono con intención de volver a llamar, pero en aquel momento sonó un golpecito en la puerta.

—*Avanti* —gritó el comisario, y entró la *signorina* Elettra con una carpeta en la mano, que dejó encima de la mesa.

—*Dottore*, me parece que abajo hay alguien que desea verlo. —La secretaria reparó en su sorpresa porque ella se hubiera molestado en venir a decírselo, más aún, porque estuviera enterada de la circunstancia, y se apresuró a explicar—: Yo había ido a llevar unos papeles a Anita, y le oí hablar con el guardia.

—¿Qué aspecto tiene?

Ella sonrió.

—Joven. Muy bien vestido. —Esto, en boca de la *signorina* Elettra, que llevaba un conjunto de seda malva que parecía fabricada por unos gusanos superdotados, era un gran elogio, indudablemente—. Y muy guapo —agregó con una sonrisa que revelaba su pesar porque el joven quisiera hablar con Brunetti y no con ella.

—¿Podría usted bajar a buscarlo? —preguntó Brunetti, movido tanto por el afán de acelerar el momento de ver aquella maravilla como por el deseo de proporcionar a la *signorina* Elettra la excusa de hablar con el visitante.

Ella transformó su sonrisa de tristeza en la que reservaba para los simples mortales y se fue a cumplir el encargo. Al cabo de unos minutos volvió a llamar a la puerta y entró diciendo:

—Comisario, este caballero desea hablar con usted.

La seguía un joven, y la *signorina* Elettra se hizo a un lado para dejarlo acercarse a la mesa de Brunetti, que se levantó y le dio la mano.

El joven la estrechó con un apretón firme. Tenía una mano ancha y carnosa.

—Siéntese, por favor —dijo Brunetti y, a la secretaria—: Muchas gracias, *signorina*.

Ella miró a Brunetti con una sonrisa vaga y luego al joven de un modo parecido a como Parsifal debió de mirar el Santo Grial en el momento en que desaparecía.

—Si desea alguna cosa, comisario, llámeme.

Lanzó una última mirada al visitante y salió del despacho cerrando la puerta con suavidad.

Brunetti miró al joven sentado al otro lado de la mesa. El pelo, oscuro, rizado y corto, le enmarcaba la frente y rozaba las orejas. La nariz era fina y los ojos, castaños y separados, parecían casi negros, por el contraste con la palidez de la cara. Llevaba traje gris oscuro y corbata azul, pulcramente anudada. Sostuvo la mirada de Brunetti un momento y sonrió enseñando una dentadura perfecta.

—¿No me reconoce, *dottore*?

—No; lo siento.

—Habló usted conmigo hace una semana, pero en circunstancias muy distintas.

De pronto, Brunetti recordó la peluca roja y los zapatos de tacón alto.

—*Signor* Canale, no lo había reconocido. Le ruego que me perdone.

Canale volvió a sonreír.

—En realidad, me alegro de que no me haya reconocido. Ello quiere decir que mi yo profesional es una persona diferente.

Brunetti no estaba seguro de qué quería decir con esto, por lo que optó por no hacer comentarios y preguntó:

—¿Qué desea, *signor* Canale?

—¿Recuerda que cuando me enseñó aquel dibujo le dije que el hombre me resultaba familiar?

Brunetti asintió. ¿Este joven no leía los periódicos? Mascari había sido identificado hacía días.

—Cuando leí la noticia en los periódicos y vi su foto, recordé dónde lo había visto. El retrato que me enseñó usted no era muy bueno.

—No lo era —convino Brunetti, sin explicar la magnitud del daño que había impedido hacer una reconstrucción más fiel de la cara de Mascari—. ¿Dónde lo vio?

—Se me acercó hará unas dos semanas. —Al observar la sorpresa de Brunetti, Canale explicó—: No se trataba de lo que imagina, comisario. No se interesaba por mi trabajo. Es decir, no se interesaba por mí profesionalmente sino personalmente.

—¿Qué quiere decir?

—Verá, yo estaba en la calle. Acababa de apearme de un coche, el coche de un cliente, ¿comprende? Aún no me había reunido con las chicas, bueno, con los chicos, cuando él se me acercó y me preguntó si era Roberto Canale, de *viale* Canova treinta y cinco.

»En un primer momento pensé que era policía. Tenía toda la pinta. —Brunetti prefirió no preguntar, pero Canale se lo explicó de todos modos—. Ya sabe: chaqueta y corbata y cara seria, para evitar malas interpretaciones. Bien, él me preguntó eso y yo le contesté que sí. Todavía pensaba que era policía. En realidad, no me dijo que no lo fuera, sino que me dejó seguir pensando que lo era.

—¿Qué más deseaba saber, *signor* Canale?

—Me preguntó por mi apartamento.

—¿Su apartamento?

—Sí; quería saber quién pagaba el alquiler. Le dije que lo pagaba yo, y entonces me preguntó cómo lo pagaba. Le contesté que depositaba el dinero en un banco, en la cuenta corriente del propietario, pero entonces me dijo que no mintiera, que él sabía lo que ocurría, y tuve que decírselo.

—¿Qué es eso de que «él sabía lo que ocurría»?

—Cómo pago el alquiler.

—¿Y cómo lo paga?

—Me encuentro con un hombre en un bar y le doy el dinero.

—¿Cuánto?

—Millón y medio. En efectivo.

—¿Quién es ese hombre?

—Eso mismo me preguntó él. Le dije que era un hombre al que veo todos los meses en un bar. Él me llama durante la última semana del mes, me dice dónde tengo que reunirme con él, yo acudo, le doy el millón y medio y listos.

—¿Sin recibo? —preguntó Brunetti.

Canale se rió de buena gana.

—Por supuesto. Es dinero contante y sonante.

Y, por consiguiente, eso lo sabían los dos, no constaba como ingresos. Y no pagaba impuestos. Era un fraude bastante corriente: probablemente, muchos arrendatarios hacían algo similar.

—Pero, además, pago otro alquiler —dijo Canale.

—¿Sí?

—Ciento diez mil liras.

—¿A quién?

—Lo deposito en una cuenta bancaria, y el recibo que me dan no lleva nombre, de modo que no sé de quién es la cuenta.

—¿Qué banco? —preguntó Brunetti, aunque creía saberlo.

—Banca di Verona. Está en...

—Ya sé dónde está —cortó Brunetti—. ¿Es grande el apartamento?

—Cuatro habitaciones.

—Un millón y medio parece un alquiler muy alto.

—Sí; pero incluye ciertas cosas —dijo Canale, y se revolvió en la silla.

—¿Por ejemplo?

—Pues que no se me molestará.

—¿No se le molestará en sus actividades? —preguntó Brunetti.

—Sí. A nosotros nos es difícil encontrar vivienda. En cuanto la gente se entera de lo que somos y lo que hacemos, quieren que nos marchemos de la casa. Me aseguraron que allí no me ocurriría esto. Y no me ha ocurrido. Los vecinos están convencidos de que estoy en el ferrocarril y por eso trabajo de noche.

—¿Por qué lo creen así?

—No lo sé. Ya parecían tener esa idea cuando fui a vivir allí.

—¿Cuánto hace de eso?

—Dos años.

—¿Y siempre ha pagado el alquiler de este modo?

—Sí; desde el primer día.

—¿Cómo encontró el apartamento?

—Me habló de él una de las chicas.

Brunetti se permitió una leve sonrisa.

—¿Una persona a la que usted llama chica o a la que se lo llamaría yo, *signor* Canale?

—Una persona a la que yo llamo chica.

—¿Su nombre? —preguntó Brunetti.

—Su nombre no le serviría de nada. Murió hace un año. Sobredosis.

—¿Otros de sus amigos... colegas... utilizan una modalidad similar?

—Algunos, los más afortunados.

Brunetti reflexionó sobre el sistema y sus posibles consecuencias.

—¿Dónde se cambia, *signor* Canale?

—¿Me cambio?

—Me refiero a dónde se pone su... —Brunetti buscó la definición— ...su ropa de trabajo. Los vecinos lo consideran un empleado del ferrocarril.

—Oh, en un coche o detrás de un arbusto. Con el tiempo adquieres práctica y no te lleva ni un minuto.

—¿Le contó esto al *signor* Mascari? —preguntó Brunetti.

—Una parte. Él quería saber lo del alquiler. Y las direcciones de los otros.

—¿Se las dio?

—Sí. Como le he dicho, creí que era policía, y se las di.

—¿Le pidió algo más?

—No; sólo las direcciones. —Canale hizo una pausa y agregó—: Sí, me preguntó una cosa más, pero me parece que fue para dar a entender que se interesaba por mí. Como ser humano, quiero decir.

—¿Qué le preguntó?

—Me preguntó si aún vivían mis padres.

—¿Y qué le contestó?

—La verdad. Los dos han muerto. Murieron hace años.

—¿Dónde?

—En Cerdeña. Yo soy de allí.

—¿Le preguntó algo más?

—No, nada más.

—¿Cuál fue su reacción ante lo que usted le dijo?

—No entiendo qué quiere decir.

—¿Le pareció que le sorprendía lo que usted le dijo? ¿Que le enfurecía? ¿Que era lo que esperaba oír?

Canale meditó la respuesta.

—Al principio, pareció sorprenderse un poco, pero siguió haciendo preguntas sin parar. Como si se hubiera preparado una lista.

—¿Le hizo algún comentario?

—No; me dio las gracias por la información. Esto me sorprendió, porque creí que era un policía y generalmente los policías no son muy... —Buscó la expresión menos dura— ...no nos tratan muy bien.

—¿Cuándo recordó quién era él?

—Ya se lo he dicho, cuando vi su foto en el periódico. Un director de banco, era director de banco. ¿Cree que por eso estaba tan interesado en los alquileres?

—Es posible. Una posibilidad que comprobaremos, *signor* Canale.

—Bien. Ojalá encuentren al que lo hizo. No se merecía eso. Era un hombre muy amable. Me trató con educación. Lo mismo que usted.

—Gracias. Me gustaría que mis colegas hicieran otro tanto.

—Eso estaría bien —dijo Canale con una sonrisa seductora.

—¿Podría darme la lista de los nombres y direcciones que le dio a él? Y, a ser posible, las fechas en que sus amigos se instalaron en los apartamentos.

—Desde luego —dijo el joven, y Brunetti le acercó un papel y un bolígrafo. Mientras su visitante escribía, Brunetti observó la robusta mano que sostenía el bolígrafo como si fuera un objeto extraño. La lista era corta. Cuando acabó de escribir, Canale dejó el bolígrafo en la mesa y se levantó.

Brunetti se puso en pie a su vez, rodeó la mesa y fue con Canale hasta la puerta. Una vez allí, preguntó:

—¿Y de Crespo, sabía algo?

—No; nunca he trabajado con él.

—¿Tiene idea de lo que puede haberle ocurrido?

—Muy estúpido tendría que ser para pensar que su muerte no tiene que ver con la del otro.

Esto era tan evidente que Brunetti ni se molestó en asentir.

—En realidad, puestos a hacer conjeturas, yo diría que lo mataron por haber hablado con usted. —Al ver la expresión de Brunetti, explicó—: No me refería a usted personalmente, sino a la policía. Creo que sabía algo sobre el otro asesinato y por eso lo eliminaron.

—¿Y, a pesar de todo, usted ha venido a verme?

—Verá, él me habló como si yo fuera una persona normal. Y usted también, comisario. Me habló como si fuera un hombre como los demás, ¿no? —Cuando Brunetti asintió, Canale dijo—: Tenía que venir a decírselo, comisario, tenía que venir.

Los dos hombres volvieron a estrecharse la mano y Canale se alejó por el pasillo. Brunetti lo siguió con la mirada hasta que su oscura cabeza desapareció por la escalera. Tenía razón la *signorina* Elettra: era un hombre muy guapo.

21

Brunetti volvió a su despacho y marcó el número de la *signorina* Elettra.

—¿Tendría la bondad de subir a mi despacho, *signorina*? —preguntó—. Y traiga toda la información que haya podido reunir acerca de los hombres que le indiqué.

Ella dijo que estaría encantada de subir, y a él no le cabía la menor duda de que era verdad. No obstante, Brunetti estaba preparado para observar su desencanto cuando ella, después de llamar a la puerta, entró y descubrió que el joven ya se había marchado.

—Mi visitante se ha ido —dijo Brunetti en respuesta a su implícita pregunta.

La *signorina* Elettra reaccionó de inmediato.

—Ah, ¿sí? —dijo con voz átona de indiferencia, y le entregó dos carpetas—. La primera es del *avvocato* Santomauro. —Pero, antes de que él pudiera abrirla, explicó—: No hay absolutamente nada de particular. Natural de Venecia. Licenciado en derecho por Ca'Foscari. Siempre ha trabajado aquí. Es miembro de todas las organizaciones profesionales. Contrajo matrimonio en San Zaccaria. Encontrará declaraciones de impuestos, solicitudes de pasaporte y hasta el permiso para cambiar el tejado de su casa.

Brunetti hojeó la carpeta y encontró exactamente lo que decía la mujer y nada más. Volvió su atención a la segunda carpeta, bastante más gruesa.

—La otra carpeta es de la Lega della Moralità —dijo, y Brunetti se preguntó si todo el mundo que pronunciaba este nombre le imprimía el mismo acento de sarcasmo o si tal vez eso distinguía únicamente a la clase de personas con las que él trataba habitualmente—. Aquí hay cosas más interesantes. Cuando la repase verá a qué me refiero. ¿Desea algo más?

—No, *signorina*, muchas gracias.

La mujer se fue y él abrió la carpeta y empezó a leer. La Lega della Moralità había sido constituida hacía nueve años como institución benéfica, con objeto, según su acta fundacional, de promover «la mejora de las condiciones de vida de los menos favorecidos, a fin de que, mitigadas sus preocupaciones materiales, pudieran dedicar sus pensamientos y afanes a la vida espiritual». Tales preocupaciones materiales debían mitigarse mediante viviendas subvencionadas propiedad de diversas parroquias de Mestre, Marghera y Venecia, cuya administración se había encomendado a la Liga, la cual asignaba los apartamentos, a cambio de una renta mínima, a los feligreses de tales parroquias que cumplían los requisitos fijados de común acuerdo por las parroquias y la Liga. Entre tales requisitos figuraba el de la regular asistencia a la iglesia, el certificado de bautismo de todos los hijos y una carta del párroco en la que se hiciera constar que eran personas de «recta moral» y se encontraban en situación de penuria económica.

Los estatutos de la Liga atribuían la facultad de elegir a los beneficiados al consejo directivo de la misma Liga, cuyos miembros, a fin de eliminar toda posibilidad de favoritismo de la autoridad eclesiástica, debían ser laicos. También ellos debían ser personas de intachable moralidad y haber conseguido cierta preeminencia en la comunidad. Del actual consejo de seis miembros, dos eran de carácter «honorario». De los otros cuatro, uno vivía en Roma, otro, en París y un tercero en el monasterio de la isla de San Francesco del Deserto. Por consiguiente, el único miembro activo del consejo residente en Venecia era el *avvocato* Giancarlo Santomauro.

En el acta fundacional se hacía constar el traspaso de cincuenta y dos apartamentos a la administración de la Liga. Al cabo de tres años, el sistema había resultado tan satisfactorio, a juzgar por las cartas y declaraciones de los arrendatarios y los miembros de las parroquias que los habían entrevistado, que se amplió a otras seis parroquias, con lo que cuarenta y tres apartamentos más pasaron a ser administrados por la Liga. Lo mismo sucedió tres años después, y sesenta y siete apartamentos, la mayoría situados en el centro histórico de Venecia y la zona comercial de Mestre, se sumaron a ellos.

Dado que los estatutos por los que se regía la Liga y que le otorgaban el control de los apartamentos que administraba debían ser refrendados cada tres años, Brunetti calculó que el proceso debía repetirse el año en curso. Volvió atrás y leyó los dos primeros informes de las comisiones consultivas. Miró las firmas: el *avvocato* Giancarlo Santomauro figuraba en ambas y había firmado los informes, el último en calidad de presidente —cargo totalmente honorario— de la Lega della Moralità.

Acompañaba al informe una lista de las direcciones de los ciento sesenta y dos apartamentos actualmente administrados por la Liga, con indicación de superficie y número de habitaciones de cada uno. Brunetti acercó el papel que le había dejado Canale y buscó las direcciones. Las cuatro estaban en las listas. Brunetti se preciaba de ser hombre de miras amplias y estar relativamente exento de prejuicios, a pesar de lo cual no creía que se pudiera considerar a cinco travestis que se prostituían como personas de «los más altos principios morales» ni aunque habitaran apartamentos que se adjudicaban con la finalidad de ayudar a los inquilinos a «dedicar sus pensamientos y afanes a la vida espiritual».

De la lista de direcciones volvió a pasar al informe. Tal como sospechaba, todos los arrendatarios de los apartamentos de la Liga debían pagar el alquiler, que era puramente nominal, a una cuenta de la oficina en Venecia de la Banca di Verona, la cual gestionaba también los donativos que la Liga destinaba a «ayudas a viudas y huérfanos», y que se hacían con los fondos de los mínimos alquileres recaudados. Hasta Brunetti se sorprendió de que se permitieran una fórmula de una retórica tan rancia como «ayudas a viudas y huérfanos», y descubrió que esta modalidad concreta de beneficencia no se había practicado hasta que el *avvocato* Santomauro fue nombrado presidente. Casi parecía que, al haber alcanzado esta posición, se sintiera facultado para actuar con entera libertad.

Al llegar a este punto, Brunetti interrumpió la lectura, se levantó y se acercó a la ventana del despacho. Hacía ya un par de meses que habían quitado los andamios de la fachada de ladrillo de San Lorenzo, pero la iglesia permanecía cerrada. Mientras la contemplaba, se dijo que él estaba cometiendo el mismo error contra el que prevenía a otros policías: daba por descontada la culpabilidad de un sospechoso antes de tener ni la más pequeña prueba que lo asociara al crimen. Pero, del mismo modo que sabía que él no volvería a ver abierta aquella iglesia, estaba seguro de que Santomauro era responsable de los asesinatos de Mascari y de Crespo y de la muerte de Maria Nardi. Él y, probablemente, Ravanello. Ciento sesenta y dos apartamentos. ¿Cuántos de ellos podían haberse alquilado a personas como Canale, dispuestas a pagar el alquiler en efectivo y sin hacer preguntas? ¿La mitad? Aunque sólo fuera una tercera parte, ello les reportaría más de setenta millones de liras al mes, casi mil millones al año. Pensó en las viudas y huérfanos y se preguntó si Santomauro no habría llegado hasta el extremo de incluirlos también a ellos en el plan, y los mínimos alquileres que entraban en las arcas de la Liga se volatilizaban, distribuidos entre viudas y huérfanos imaginarios.

Volvió a la mesa y hojeó el informe hasta que encontró la referencia a los pagos efectuados a las personas consideradas dignas de la ayuda de la Liga. En efecto, los pagos se hacían a través de la Banca di Verona. Se quedó de pie, con las manos apoyadas en la mesa y la cabeza inclinada sobre los papeles, y se dijo que una cosa es la certeza y otra, pruebas. Pero tenía la certeza.

Ravanello había prometido enviarle copia de las cuentas que Mascari gestionaba en el banco, seguramente extractos de las inversiones que supervisaba y de los préstamos que aprobaba. Desde luego, si Ravanello no tenía inconveniente en proporcionarle estos datos, lo que Brunetti buscaba no estaría reflejado en ellos. Para tener acceso a los archivos completos del banco y de la Liga, Brunetti necesitaría una orden judicial, y ésta sólo podría conseguirla una autoridad superior.

A través de la puerta sonó el «*Avanti*» de Patta, y Brunetti entró en el despacho de su superior. Patta levantó la mirada y, al ver quién era, volvió a bajarla a los papeles que tenía delante. Brunetti observó con sorpresa que Patta parecía estar leyéndolos, en lugar de utilizarlos como pretexto para simular que trabajaba.

—*Buon giorno, vicequestore* —dijo Brunetti al acercarse a la mesa.

Patta volvió a levantar la mirada y señaló la silla situada frente a él. Cuando Brunetti se hubo sentado, Patta preguntó señalando con el índice los papeles que tenía ante sí:

—¿Esto debo agradecérselo a usted?

Brunetti no tenía ni idea de lo que contenían aquellos papeles, y no quería comprometerse con una afirmación antes de analizar el tono del *vicequestore*. Normalmente, el sarcasmo de Patta era grueso, y ahora no había en su voz ni asomo de él. Pero, por otra parte, Brunetti no había tenido ocasión de familiarizarse con la gratitud de Patta, es más, sólo podía especular acerca de ella como el teólogo, acerca de la existencia de los ángeles de la guarda, por lo que no estaba seguro de que el tono de Patta estuviera impregnado de este sentimiento.

—¿Se trata de la información que le ha dado la *signorina* Elettra? —se aventuró Brunetti, tratando de ganar tiempo.

—Sí —dijo Patta acariciándolos como se acaricia la cabeza de un perro querido.

Esto fue suficiente para Brunetti.

—La *signorina* Elettra ha hecho todo el trabajo, yo sólo le indiqué un par de sitios en los que podía mirar —dijo bajando los ojos con falsa modestia, para dar a entender que no osaría esperar elogios por hacer algo tan natural como ser útil al *vicequestore* Patta.

—Lo arrestarán esta noche —dijo Patta con regodeo.

—¿Quiénes lo arrestarán?

—Los de Delitos Monetarios. Mintió en su solicitud de la ciudadanía monegasca y, por lo tanto, no es válida. Ello quiere decir que sigue siendo súbdito italiano y hace siete años que no paga impuestos. Lo crucificarán. Lo colgarán cabeza abajo.

Al pensar en las evasiones de impuestos que habían perpetrado impunemente ex ministros y actuales ministros del gobierno, Brunetti dudó que los sueños de Patta pudieran hacerse realidad, pero no le pareció oportuno manifestarlo. No sabía cómo hacer la pregunta inmediata, y la formuló con toda la delicadeza de que era capaz:

—¿Estará solo cuando lo arresten?

—Eso es lo malo —dijo Patta mirándolo fijamente—. El arresto es secreto. Irán a las ocho de la noche. Si yo lo sé es porque me ha avisado un amigo que tengo en Delitos Monetarios. —La preocupación ensombreció el semblante de Patta—. Si la llamo, ella se lo dirá y él huirá de Milán. Pero, si no digo nada, estará allí cuando lo arresten.

Y entonces, no hacía falta que lo dijera, no habría manera de evitar que su nombre apareciera en los periódicos. Y el de Patta. Brunetti observaba la cara de Patta, fascinado por las emociones que reflejaba, la pugna entre el deseo de venganza y el amor propio.

Tal como esperaba Brunetti, ganó el amor propio.

—No se me ocurre la manera de hacerla salir de allí sin advertirle a él.

—Quizá, eso siempre que a usted le parezca bien, quizá su abogado podría llamarla por teléfono para pedirle que fuera a verle a su despacho de Milán. Esto la obligaría a salir de... de donde ahora se encuentra antes de que llegara la policía.

—¿Por qué había de querer verla mi abogado?

—Quizá podría decirle que está usted dispuesto a discutir las condiciones. Eso bastaría para que no la encontraran allí.

—Ella detesta a mi abogado.

—¿Estaría dispuesta a hablar con usted, señor? ¿Si le dijera que va a Milán para tener una entrevista?

—Ella... —empezó a decir Patta, pero entonces echó el sillón hacia atrás y se levantó dejando la frase sin terminar. Se acercó a la ventana e inspeccionó a su vez, en silencio, la fachada de San Lorenzo.

Estuvo un minuto entero sin decir nada, y Brunetti adivinó el peligro del momento. Si ahora Patta se volvía y, cediendo a la emoción, confesaba que quería a su mujer y que deseaba que volviera, nunca le perdonaría que hubiera sido testigo de su debilidad y sería implacable en su venganza.

Con voz serena y firme, como si ya hubiera dejado de pensar en Patta y sus problemas personales, Brunetti dijo:

—Yo he bajado para hablarle del caso Mascari. Debo informarle de varias cosas.

Patta levantó y bajó los hombros con un profundo suspiro, giró sobre sí mismo y volvió a la mesa.

—¿Qué ha sucedido?

Rápidamente, con voz desapasionada, interesado sólo en este asunto, Brunetti le habló del dossier de la Liga, de los apartamentos que administraba, uno de los cuales había habitado Crespo y de las sumas que mensualmente se distribuían entre los necesitados.

—¿Millón y medio al mes? —dijo Patta cuando Brunetti acabó de relatarle la visita de Canale—. ¿Qué alquiler percibe la Liga teóricamente?

—Por el apartamento de Canale, ciento diez mil liras al mes. Y ninguno de los que están en la lista paga más de doscientas mil. Es decir, según los libros de la Liga, no se cobra más por ninguno de los apartamentos.

—¿Cómo son esos apartamentos?

—El de Crespo tiene cuatro habitaciones y el edificio es moderno. Es el único que he visto, pero, por las direcciones que figuran en la lista, por lo menos las de Venecia y por el número de habitaciones, yo diría que muchos han de ser apartamentos muy apetecibles.

—¿Tiene idea de cuántos son como el de Canale y cuántos inquilinos pagan el alquiler en efectivo?

—No, señor. Ahora necesito hablar con la gente que vive allí, para averiguar a cuántos afecta este asunto. Tengo que ver las cuentas de la Liga en el banco. Y necesito la lista de las viudas y huérfanos que supuestamente reciben dinero todos los meses.

—Eso significa una orden judicial, ¿eh? —dijo Patta, en un tono que recuperaba su innata cautela.

No había inconveniente en proceder contra personas como Canale o Crespo, y a nadie importaba cómo se hiciera. Pero un banco... un banco era muy distinto.

—Supongo que allí encontraremos el enlace con Santomauro y que la investigación de la muerte de Mascari nos conducirá a él.

Cabía en lo posible que Patta quisiera desahogarse con Santomauro, cuya esposa no había dado motivo de escándalo.

—Es posible —dijo Patta, titubeando.

A la primera señal de debilidad de un argumento verdadero, Brunetti no vacilaba en recurrir a uno falso.

—Quizá las cuentas del banco estén en regla y el banco no tenga nada que ver con el caso, quizá todo sea un chanchullo de Santomauro. Una vez descartemos la posibilidad de irregularidades en el banco podremos actuar contra Santomauro con libertad.

Patta no necesitaba más para dejarse convencer.

—Está bien. Pediré al juez de instrucción una orden para examinar las cuentas del banco.

—Y la documentación de la Liga —aventuró Brunetti,

que iba a mencionar otra vez a Santomauro pero, después de pensarlo, desistió.

—De acuerdo —accedió Patta, pero con una voz que dejaba bien claro que Brunetti no iba a conseguir más.

—Muchas gracias, señor —dijo Brunetti poniéndose en pie—. Pondremos manos a la obra inmediatamente. Enviaré a los hombres a hablar con la gente de la lista.

—Está bien —dijo Patta, que, perdido ya todo interés en el asunto, se inclinó otra vez sobre los papeles que tenía encima de la mesa, los alisó con ademán afectuoso y, levantando la mirada, pareció sorprenderse de ver allí a Brunetti—. ¿Algo más, comisario?

—No, señor, nada más —dijo Brunetti. Cuando cerraba la puerta, vio a Patta alargar la mano hacia el teléfono.

Al llegar a su despacho, llamó a Bolzano y preguntó por la *signora* Brunetti.

Después de varios chasquidos y silencios, le llegó la voz de Paola.

—*Ciao, Guido. Come stai?* Te llamé a casa el lunes por la noche. ¿Por qué no has llamado antes?

—Mucho trabajo, Paola. ¿Has leído los periódicos?

—Guido, ya sabes que estoy de vacaciones. He leído al maestro. *La fuente sagrada* es una maravilla. No pasa *nada*, absolutamente nada.

—Paola, no he llamado para hablar de Henry James.

Ella había oído antes palabras como éstas, pero nunca en este tono.

—¿Qué te pasa, Guido?

Él recordó que su mujer nunca leía los periódicos cuando estaba de vacaciones, y le pesó no haberse esforzado más por llamarla antes.

—Hemos tenido contratiempos —dijo, procurando restar importancia a sus palabras.

Ella, inquieta, preguntó rápidamente:

—¿Qué contratiempos?

—Un accidente.

Con voz más suave, ella dijo:

—Cuenta, Guido.

—Cuando volvíamos de Mestre, alguien trató de tirarnos del puente.

—¿Tiraros?

—Vianello estaba conmigo. —Hizo una pausa y agregó—: Y Maria Nardi.

—¿La chica de Canareggio? ¿La nueva?

—Sí.

—¿Qué pasó?

—Nos embistieron con su coche y chocamos contra la barandilla de protección. Ella no se había puesto el cinturón de seguridad, fue proyectada contra la puerta y se desnucó.

—Pobre muchacha —murmuró Paola—. ¿Tú estás bien, Guido?

—Magullado, lo mismo que Vianello, pero estamos bien. —Buscó un tono más ligero—: Ningún hueso roto.

—No me refiero a los huesos —dijo sin levantar la voz, pero hablando con rapidez, por impaciencia o por inquietud—. Te pregunto si estás bien tú.

—Creo que sí. Pero Vianello se siente culpable. Conducía él.

—Sí; muy propio de él sentirse culpable. Tenlo ocupado, Guido. —Una pausa y añadió—: ¿Quieres que regrese?

—No, Paola, si casi acabáis de llegar. Sólo quería que supieras que estoy bien. Por si lo leías en el periódico. O por si alguien te preguntaba.

Se oía hablar a sí mismo, se oía tratar de culparla a ella por no haberle llamado, por no leer los periódicos.

—¿Se lo digo a los niños?

—Quizá sea preferible que se lo digas a que lo lean o lo oigan comentar. Pero procura quitarle importancia, si es posible.

—Lo intentaré, Guido. ¿Cuándo es el funeral?

Momentáneamente, no supo a qué funeral se refería, si

al de Mascari, al de Crespo o al de Maria Nardi. No; sólo podía ser el de la muchacha.

—Me parece que el viernes por la mañana.

—¿Iréis todos?

—Tantos como podamos. Llevaba poco tiempo en la policía, pero tenía muchos amigos.

—¿Quién fue? —preguntó ella, simplemente.

—No lo sé. El coche había desaparecido antes de que pudiéramos darnos cuenta de lo que ocurría. Pero yo había ido a Mestre a ver a una persona, un travesti, por lo que quienquiera que haya sido sabía dónde estaba. Tenía que ser muy fácil seguirnos. Sólo hay un camino de vuelta.

—¿Y el travesti? ¿Pudiste hablar con él?

—Llegué tarde. Ya lo habían matado.

—¿La misma mano? —preguntó ella en el lenguaje telegráfico que habían desarrollado a lo largo de dos décadas.

—Sí. Tiene que serlo.

—¿Y el primero? El que apareció en el descampado.

—Todo está relacionado.

La oyó decir algo a otra persona, luego su voz volvió a acercarse.

—Guido, aquí está Chiara, que quiere hablar contigo.

—*Ciao*, papá, ¿cómo estás? ¿Me echas de menos?

—Estoy estupendamente, cielo, y os echo mucho de menos a todos.

—¿A mí más que a nadie?

—A todos lo mismo.

—Eso es imposible. No puedes echar de menos a Raffi, que nunca está en casa. Y mamá no hace más que leer todo el día, así que ¿quién va a echarla de menos? Eso quiere decir que tienes que acordarte de mí más que de nadie, ¿no?

—Quizá tengas razón, cielo.

—¿Lo ves? Lo sabía. Sólo hay que pensarlo un poco, ¿no?

—Sí, y me alegro de que me lo hayas recordado.

Se oían ruidos en el otro extremo del hilo, y Chiara dijo:

—Papá, tengo que pasarte a mamá. ¿Le dirás que venga

a pasear conmigo? Se pasa todo el día sentada en la terraza leyendo. ¡Me gustaría saber qué vacaciones son éstas!

Con esta queja, se fue y se oyó la voz de Paola.

—Guido, si quieres, regresamos hoy mismo.

Oyó el aullido de protesta de Chiara, y contestó:

—No, Paola; no es necesario. Procuraré ir este fin de semana.

Ella ya había oído promesas parecidas, y no le pidió que fuera más concreto.

—¿Puedes contarme algo más, Guido?

—No, Paola; te lo diré cuando nos veamos.

—¿Aquí?

—Así lo espero. Si no, te llamaré. Mejor dicho, te llamaré en cualquier caso, tanto si voy como si no. ¿De acuerdo?

—De acuerdo, Guido. Y, por Dios, ten cuidado.

—Lo tendré, Paola. Y tú también.

—¿Cuidado? ¿Cuidado de qué, en medio del paraíso?

—Cuidado de no terminar el libro, como te ocurrió en Cortina. —Los dos rieron al recordarlo. Aquella vez, ella se había llevado *La copa dorada*, pero lo terminó a la primera semana y se quedó sin lectura, es decir, sin ocupación para los siete días restantes, aparte de caminar por las montañas, nadar, tumbarse al sol y charlar con su marido. Y lo pasó francamente mal.

—Oh, no hay cuidado. Estoy deseando terminarlo para poder volver a empezar.

Durante un momento, Brunetti pensó en la posibilidad de que si no le ascendían a *vicequestore* podría deberse a que era del dominio público que estaba casado con una loca. No; seguramente, no.

Con mutuas exhortaciones a la cautela, se despidieron.

22

Brunetti llamó a la *signorina* Elettra, pero ella no se encontraba en su puesto, y el teléfono estuvo sonando sin que nadie contestara. Marcó después la extensión de Vianello y pidió al sargento que subiera a su despacho. Vianello se presentó al cabo de un minuto, con el mismo aire sombrío que tenía la antevíspera por la mañana, al separarse de Brunetti delante de la *questura*.

—*Buon di, dottore* —dijo sentándose en su lugar habitual, la silla situada frente a la mesa de Brunetti.

—Buenos días, Vianello. —Para evitar volver sobre su conversación de la otra mañana, Brunetti preguntó—: ¿Cuántos hombres tenemos disponibles hoy?

Vianello pensó un momento y respondió:

—Cuatro, contando a Riverre y Alvise.

Brunetti tampoco quería hablar de ellos, por lo que dijo, pasando a Vianello la primera lista que había sacado de la carpeta de la Liga.

—Estas personas tienen alquilados apartamentos a la Lega della Moralità. Le agradeceré que divida las direcciones correspondientes a Venecia entre esos cuatro hombres.

Vianello, mientras recorría con la mirada los nombres y direcciones de la lista, preguntó:

—¿Con qué objeto, comisario?

—Quiero saber a quién pagan el alquiler y cómo. —Vianello le dedicó una mirada cargada de curiosidad, y Brunetti le explicó lo que le había dicho Canale, de que pagaba el alquiler en efectivo, lo mismo que sus amigos—. Me gustaría saber cuántas de las personas de esta lista pagan el alquiler de esta forma y cuánto pagan. Y, lo que es más importante, si alguna de ellas conoce a la persona o personas a las que dan el dinero.

—¿Así que era esto? —preguntó Vianello, comprendiendo inmediatamente. Hojeó la lista—. ¿Cuántos son? Diría que bastantes más de cien.

—Ciento sesenta y dos.

Vianello silbó.

—¿Y dice que Canale pagaba un millón y medio al mes?

—Sí.

Brunetti observó a Vianello mientras éste hacía el mismo cálculo que había hecho él al ver la lista.

—Aunque no afecte más que a una tercera parte, pueden recaudar más de quinientos millones al año, ¿verdad?

Vianello sacudió la cabeza, y tampoco esta vez Brunetti pudo adivinar si su reacción era de asombro o de admiración ante la magnitud del negocio.

—¿Conoce a alguien de esa lista? —preguntó Brunetti.

—Está el dueño del bar que hay en la esquina de la calle de mi madre. Es su nombre, pero de la dirección no estoy seguro.

—Si fuera él, quizá podría hablarle en confianza.

—¿Quiere decir sin ir de uniforme? —preguntó Vianello con una sonrisa que recordaba a la de antes.

—O enviar a Nadia —bromeó Brunetti.

Pero apenas lo dijo comprendió que podía ser buena idea. El que fueran policías uniformados quienes interrogaban a personas que podían estar ocupando un apartamento ilegalmente tenía que influir en las respuestas. Brunetti estaba seguro de que las cuentas cuadrarían todas, de que existirían los comprobantes que acreditaran que el importe de los alquileres había sido ingresado mensualmente en la cuenta pertinente, y no dudaba de que encontrarían los recibos correspondientes. En Italia nunca faltaban pruebas documentales; a menudo, lo ilusorio era la realidad que pretendían reflejar.

Así lo comprendió también Vianello, que dijo:

—Me parece que habría que hacerlo de un modo más indirecto.

—¿Quiere decir preguntar a los vecinos?

—Sí, señor. Nadie va a confesar que está implicado en algo así. Podría costarles el apartamento, y mentirán.

Vianello mentiría para salvar su apartamento y, después de reflexionar, Brunetti comprendió que él también. Lo mismo que cualquier veneciano.

—Sí; vale más preguntar a los vecinos. Envíe a agentes femeninos.

La sonrisa de Vianello era beatífica.

—Y llévese también esta otra lista, que será más fácil de comprobar. Son personas que reciben cantidades mensuales de la Liga. Trate de averiguar cuántas de ellas viven en las direcciones que se indican y cuántas están necesitadas de ayuda.

—Si yo fuera aficionado a las apuestas —dijo Vianello, que lo era—, apostaría diez mil liras a que la mayoría no viven en estas direcciones. —Hizo una pausa, pellizcó las hojas y agregó—: Y aún haría otra apuesta, a que la mayoría no necesitan ayuda.

—No se admiten apuestas, Vianello.

—Era un decir. ¿Qué hay de Santomauro?

—Por lo que ha podido averiguar la *signorina* Elettra, está limpio.

—Nadie está limpio —sentenció Vianello.

—Entonces es precavido.

—Eso está mejor.

—Otra cosa. Gallo habló con el fabricante de los zapatos que llevaba Mascari y le dio la lista de las zapaterías que los venden. Mande a alguien, a ver si algún vendedor recuerda quién compró un par del cuarenta y uno. Es un número muy grande para unos zapatos de mujer, por lo que es fácil que se fijara en el cliente.

—¿Y el vestido? —preguntó Vianello.

Brunetti había recibido el informe hacía dos días, y el resultado de la investigación era el que se temía.

—Es un vestido barato de los que se venden en los mercados callejeros, rojo, de fibra sintética. No habrá costado más de cuarenta mil liras. Le habían arrancado las etiquetas. Gallo está tratando de encontrar el taller de confección.

—¿Tiene alguna posibilidad?

Brunetti se encogió de hombros.

—Tengo más confianza en los zapatos. Por lo menos, tenemos el fabricante y las zapaterías.

Vianello asintió.

—¿Desea algo más, comisario?

—Sí. Diga a Delitos Monetarios que necesitaremos a uno de sus agentes, mejor dicho, a uno de sus mejores especialistas, para que examine los papeles que traigan de la Banca di Verona y de la Liga.

Vianello lo miró, sorprendido.

—¿Ha conseguido que Patta pida un mandamiento judicial? ¿Para hacer que un banco nos dé papeles?

—En efecto —dijo Brunetti esforzándose por no sonreír ni ufanarse.

—Este asunto ha debido de afectarlo más de lo que yo imaginaba. Un mandamiento judicial... —Vianello sacudía la cabeza, admirado.

—¿Podría decir a la *signorina* Elettra que haga el favor de subir?

—Por supuesto —dijo Vianello poniéndose de pie. Levantó las listas—. Repartiré estos nombres y pondré a la gente a trabajar. —Fue hacia la puerta, pero, antes de salir, hizo la misma pregunta que Brunetti había estado haciéndose toda la mañana—: ¿Cómo han podido arriesgarse de este modo? Bastaba una persona, una sola fuga, para que todo el tejemaneje se descubriera.

—No tengo ni idea. Por lo menos, una idea plausible.

Para sí, se decía que tal vez esto no fuera sino una de tantas manifestaciones de una especie de locura colectiva, un vértigo de audacia que renegaba de toda razón. Durante los últimos años habían convulsionado al país arrestos y acusaciones de corrupción a todos los niveles, desde el de industriales y constructores hasta el de ministros del gobierno. Se habían pagado sobornos de miles de millones, decenas, centenares de miles de millones de liras, y los italianos habían llegado a creer que, en política, la corrupción era la norma. Por ello, el proceder de los dirigentes de la Lega della Moralità podía considerarse completamente normal en un país de venalidad rampante.

Brunetti ahuyentó estas cavilaciones y, al mirar a la puerta, vio que Vianello se había ido. Por la puerta que Vianello había dejado abierta no tardó en aparecer la *signorina* Elettra.

—¿Me ha llamado, comisario?

—Sí, *signorina* —dijo él señalando la silla situada al lado de la mesa—. Vianello acaba de bajar con las listas que usted me facilitó. Parece ser que algunas de las personas que aparecen en una de ellas pagan alquileres mucho más altos que los declarados por la Liga, y ahora me gustaría saber si las personas de la otra lista reciben realmente el dinero que la Liga dice pagarles.

Mientras él hablaba, la *signorina* Elettra escribía rápidamente en el bloc.

—Me gustaría pedirle, si no está trabajando en otra cosa... por cierto, ¿qué es lo que la ha tenido tan ocupada durante toda la semana abajo, en el archivo? —preguntó.

—¿Qué? —dijo ella levantándose a medias. El bloc cayó al suelo y se agachó a recogerlo—. Perdón, comisario —dijo cuando volvió a tenerlo abierto en el regazo—. ¿En el archivo? Miraba si había algo sobre el *avvocato* Santomauro o, quizá, el *signor* Mascari.

—¿Y ha tenido suerte?

—Por desgracia, no. Ninguno de los dos ha tenido problemas con la policía. Absolutamente nada.

—En esta casa, nadie tiene ni la más remota idea de cómo están archivadas las cosas ahí abajo, *signorina*, pero le agradeceré que vea si puede encontrar algo sobre las personas de esas listas.

—¿De las dos, *dottore*?

Las había hecho ella, por lo que sabía que contenían más de doscientos nombres.

—Quizá deberíamos empezar por la segunda, la de los que reciben dinero. La lista indica nombres y direcciones, y en el Ayuntamiento podrá comprobar cuántos están empadronados aquí. —La ley que obligaba a todos los ciudadanos a inscribirse en el padrón de la ciudad y notificar a las autoridades cualquier cambio de domicilio era una reliquia del pasado, pero facilitaba mucho la labor de seguir los movimientos de toda persona por la que se interesara la policía—. Compruebe si algunas de esas personas tienen antecedentes, aquí o en otras ciudades. Incluso en otros países, aunque no sé qué podrá encontrar. —La *signorina* Elettra tomaba nota y movía la cabeza de arriba abajo, como dando a entender que esto era juego de niños—. Una vez Vianello haya podido averiguar quiénes pagan alquileres extra, me gustaría que tome nota de los nombres y los investigue. —Ella levantó la cabeza segundos después de que él acabara de hablar—. ¿Cree que podrá hacerlo, *signorina*? No sé qué ha sido de los archivos antiguos desde que empezamos a utilizar los ordenadores.

—La mayoría de las viejas carpetas siguen abajo —dijo ella—. Están un poco revueltas, pero aún es posible encontrar algo.

—¿Cree que podrá?

Hacía menos de dos semanas que ella había empezado a trabajar en la *questura*, y a Brunetti ya le parecía que llevaba allí varios años.

—Desde luego. Hoy dispongo de mucho tiempo libre —dijo ella, dando pie a Brunetti para que sacara el otro tema.

Brunetti aprovechó la ocasión para preguntar:

—¿Qué novedades hay?

—Esta noche cenan juntos. En Milán. Él se va esta tarde en el coche.

—¿Usted qué cree que pasará? —preguntó Brunetti a pesar de que sabía que no debía preguntar.

—Cuando arresten a Burrasca, ella tomará el primer avión. O quizá él se ofrezca a acompañarla a casa de Burrasca después de la cena... a él le encantaría, imagino, llegar con ella y ver en la calle los coches de la policía. Probablemente, volvería con él esta misma noche.

—¿Por qué querrá él que vuelva? —preguntó Brunetti al fin.

La *signorina* Elettra lo miró, sorprendida de que fuera tan obtuso.

—Él la quiere, comisario. Debe usted comprenderlo.

23

Habitualmente, el calor quitaba a Brunetti el apetito, pero esta noche, por primera vez desde que había cenado con Padovani, tenía hambre. Camino de casa, paró en Rialto, sorprendido al encontrar algunos puestos de fruta y verdura abiertos después de las ocho. Compró un kilo de tomates pera muy maduros, y la vendedora le dijo que los llevara con cuidado y no pusiera nada encima. En otro puesto compró un kilo de higos y oyó la misma recomendación. Afortunadamente, cada consejo estaba acompañado de una bolsa de plástico, y Brunetti llegó a casa con una bolsa en cada mano y la mercancía en perfecto estado.

Abrió todas las ventanas del apartamento, se puso un pantalón de algodón holgado y una camiseta de manga corta, y se fue a la cocina. Picó cebollas, escaldó los tomates para pelarlos con facilidad y salió a la terraza a buscar unas hojas de albahaca. Con movimientos mecánicos, sin prestar atención a lo que hacía, preparó una sencilla salsa y puso agua para cocer la pasta. Cuando el agua ya salada empezó a hervir a borbotones, echó medio paquete de *penne rigatte* y los removió con una cuchara.

Mientras cocinaba, pensaba en las personas que habían intervenido en los sucesos de los diez últimos días, aunque sin buscar una cohesión entre aquella pléyade de nombres y caras. Cuando estuvo hervida la pasta, la escurrió, la volcó en una fuente honda y le echó la salsa por encima. La revolvió con un cucharón y la sacó a la terraza, donde ya tenía un tenedor, una copa y una botella de Cabernet. Comió directamente de la fuente. La terraza era alta y nadie podía verlo, como no estuviera en lo alto del campanario de San Polo. Se comió toda la pasta, rebañó la salsa con un trozo de pan, llevó la fuente a la cocina y salió con un plato de higos recién lavados.

Antes de emprenderla con ellos, volvió a entrar a buscar los *Anales de la Roma imperial* de Tácito. Brunetti buscó el punto en que había terminado la lectura, el relato de la miríada de horrores del reinado de Tiberio, emperador al que Tácito parecía tener especial antipatía. Aquellos romanos asesinaban, traicionaban, deshonraban y se deshonraban. «Cómo se parecían a nosotros», se dijo. Prosiguió la lectura, sin descubrir algo que le hiciera cambiar de opinión, hasta que los mosquitos empezaron a atacar y le obligaron a entrar en casa. Siguió leyendo en el sofá hasta mucho después de la medianoche, sin que se le ocurriera pensar que este catálogo de crímenes y atropellos cometidos hacía dos mil años servía para distraerlo de los que se cometían ahora alrededor de él. Durmió profundamente y sin soñar, y se despertó fresco, como si creyera que la fiera y rigurosa moralidad de Tácito le ayudaría a acometer la tarea del día.

Al llegar a la *questura* descubrió con sorpresa que, antes de salir para Milán, Patta había encontrado tiempo para solicitar al juez de instrucción un mandamiento que les permitiría llevarse los archivos de la Lega della Moralità y de la Banca di Verona. Y, además, la orden había sido entregada aquella mañana a ambas instituciones, cuyos responsables habían prometido cumplirlas. Ambas instituciones habían manifestado que necesitarían tiempo para preparar los documentos solicitados, sin que ninguna concretara cuánto.

Las once, y Patta no había llegado. La mayoría de los funcionarios que trabajaban en la *questura* habían comprado el periódico aquella mañana, pero en ninguno se mencionaba el arresto de Burrasca. Esto no sorprendió a Brunetti ni al resto del personal, pero contribuyó a aumentar el interés y, ni que decir tiene, las especulaciones acerca del resultado del viaje que la víspera había hecho a Milán el *vicequestore*. Brunetti, situándose en un plano más elevado, se limitó a llamar a la Guardia di Finanza, para preguntar si había sido atendida su solicitud de personal especializado para revisar las cuentas de la Liga. Con sorpresa, descubrió que Luca Benedetti, el juez de instrucción, ya había llamado para pedir que los papeles fueran examinados por los de Finanza tan pronto como se recibieran.

Cuando, poco antes de la hora del almuerzo, Vianello entró en su despacho, Brunetti pensó que venía a decirle que los papeles no habían llegado o, lo que era más probable, que el banco y la Liga habían descubierto un obstáculo burocrático que retrasaría la entrega quizá indefinidamente.

—*Buon giorno*, comisario.

—¿Qué hay, sargento? —preguntó Brunetti levantando la mirada de los papeles que tenía en la mesa.

—Unas personas desean hablar con usted.

—¿Quiénes son? —preguntó Brunetti dejando el bolígrafo sobre el papel que tenía delante.

—El *professore* Luigi Ratti y su esposa —dijo Vianello sin más explicaciones que un escueto «de Milán».

—¿Y puedo preguntar quiénes son el *professore* y su esposa?

—Son, desde hace dos años, los inquilinos de uno de los apartamentos que administra la Liga.

—Siga, Vianello —dijo Brunetti, interesado.

—El apartamento del profesor estaba en mi lista, por lo que esta mañana he ido a hablar con él. Cuando le he preguntado cómo consiguió el apartamento, me ha dicho que las decisiones de la Liga eran privadas. También le he preguntado cómo paga el alquiler y me ha respondido que ingresa mensualmente doscientas veinte mil liras en la cuenta de la Liga en la Banca di Verona. Cuando le he pedido que me dejara ver los recibos, ha dicho que no conserva ninguno.

—¿No? —preguntó Brunetti, más interesado aún.

Como nunca se sabía si a un organismo oficial iba a darle por dudar de que se hubiera pagado una factura, liquidado un impuesto o presentado un documento, en Italia nadie tiraba documentos y, menos, los comprobantes de que se había hecho un pago. Brunetti y Paola tenían dos cajones llenos de recibos que se remontaban a una década, más tres cajas repletas de documentos en el trastero. La persona que decía que había tirado un recibo del alquiler, o estaba loca o mentía.

—¿Dónde está situado el apartamento del profesor?

—En el Zattere, con vistas a la Giudecca —dijo Vianello, mencionando una de las zonas más codiciadas de la ciudad. Y agregó—: Calculo que tiene seis habitaciones, aunque no he pasado del recibidor.

—¿Doscientas veinte mil liras? —preguntó Brunetti, pensando que era lo que había pagado Raffi por unos Timberland hacía un mes.

—Sí, señor.

—Haga el favor de decir al profesor y su esposa que pasen, sargento. A propósito, ¿de qué es profesor el profesor?

—Yo diría que de nada.

—Entiendo —dijo Brunetti, poniendo el capuchón al bolígrafo.

Vianello se acercó a la puerta, la abrió y retrocedió para dejar paso al profesor y a la *signora* Ratti.

El profesor Ratti debía de tener más de cincuenta años, pero procuraba disimularlo lo mejor que podía. A ello le ayudaban los cuidados de un peluquero que le cortaba el pelo tan corto que el gris casi se confundía con el rubio. Un traje de Gianni Versace de seda gris tórtola acentuaba su aire juvenil, al igual que la camisa de seda color burdeos con el cuello desabrochado. Los zapatos, que llevaba sin calcetines, eran del mismo tono que la camisa y estaban fabricados con un cuero trenzado que no podía proceder más que de Bottega Veneta. Alguien debía de haberle puesto en guardia contra un incipiente doble mentón, porque llevaba un *foulard* de seda blanca anudado bajo la barbilla y levantaba la cabeza, como si tratara de compensar el defecto de unas lentes bifocales malogradas por un óptico incompetente.

Si el profesor se mantenía a la defensiva frente a la edad, su esposa hacía una guerra sin cuartel. Su cabello guardaba un curioso parecido con la camisa del marido, y su cara tenía la tersura que sólo proporcionan una juventud pimpante o el bisturí de un buen cirujano. Era delgada como una espátula y vestía un conjunto de hilo blanco, con la chaqueta abierta para mostrar una blusa de seda verde esmeralda. Brunetti, al verlos no pudo menos que preguntarse cómo podían tener un aspecto tan pulcro y tan fresco, con aquel calor. Lo más frío de su persona eran los ojos.

—¿Quería hablar conmigo, *professore*? —preguntó Brunetti levantándose pero sin extender la mano,

—En efecto —dijo Ratti indicando a su mujer que se sentara en la silla que estaba frente a la mesa de Brunetti y acercando otra de la pared, sin pedir permiso. Cuando los dos estuvieron instalados, prosiguió—: He venido para decirle lo mucho que me desagrada que la policía invada la intimidad de mi hogar. Más aún, deseo formular una queja por las insinuaciones que se me han hecho—. Ratti, como tantos milaneses, se comía las erres, con lo que producía un sonido que Brunetti asociaba inconscientemente al de ciertas actrices de las más exuberantes.

—¿Y qué insinuaciones son ésas, *professore*? —preguntó Brunetti, volviendo a sentarse e indicando a Vianello con una seña que se quedara donde estaba, al lado de la puerta.

—Que existen irregularidades en el arriendo de mi apartamento.

Brunetti miró a Vianello y vio que el sargento alzaba la mirada al techo. No sólo acento milanés sino también un lenguaje relamido.

—¿Qué le hace pensar que se haya hecho tal insinuación? —preguntó Brunetti.

—Bien, ¿por qué si no iba su policía a irrumpir en mi apartamento exigiendo que le enseñe los recibos del alquiler?

Mientras el profesor hablaba, su esposa examinaba el despacho.

—¿«Irrumpir», *professore*? —preguntó Brunetti en tono afable—. ¿«Exigir»? —Y a Vianello—: Sargento, ¿cómo entró en la propiedad que el profesor tiene... en arriendo?

—Me abrieron la puerta.

—¿Y qué dijo usted a la persona que le abrió la puerta?

—Que deseaba hablar con el *professore* Ratti.

—Comprendo —dijo Brunetti y se volvió de nuevo hacia Ratti—. ¿Y cómo se le formuló la «exigencia», *professore*?

—Su sargento me pidió que le enseñara los recibos del alquiler. Como si yo fuera a guardar eso.

—¿Usted no acostumbra guardar recibos, *professore*?

Ratti agitó una mano y su esposa lanzó a Brunetti una mirada de estudiada sorpresa, dando a entender que consideraba una pérdida de tiempo guardar comprobantes de sumas tan pequeñas.

—¿Y qué haría si un día el propietario del apartamento dijera que no había pagado el alquiler? ¿Qué pruebas podría presentar usted? —preguntó Brunetti.

Ahora el ademán de Ratti indicaba que había que descartar semejante posibilidad, mientras la mirada de la esposa daba a entender que nadie podría pensar siquiera en dudar de la palabra de su marido.

—¿Puede decirme cómo paga el alquiler, *professore*?

—No creo que eso sea asunto de la policía —dijo Ratti, combativo—. No estoy acostumbrado a que se me trate de este modo.

—¿De qué modo, *professore*? —preguntó Brunetti con auténtica curiosidad.

—Como se trata a un sospechoso.

—¿Le han tratado como a un sospechoso antes de ahora otros policías, para que esté familiarizado con ese trato?

Ratti se levantó a medias mirando a su mujer.

—No tengo por qué aguantar esto. Tengo un amigo que es concejal de la ciudad.

La mujer hizo un ligero ademán y él volvió a sentarse lentamente.

—¿Podría decirme cómo paga el alquiler, *professore* Ratti?

Ratti lo miró de frente.

—Lo ingreso en la Banca di Verona.

—¿En San Bartolomeo?

—Sí.

—¿Y a cuánto asciende el alquiler, *professore*?

—No es nada —dijo el profesor con displicencia.

—¿Son doscientas veinte mil liras?

—Sí.

Brunetti asintió.

—Y el apartamento, ¿cuántos metros cuadrados tiene?

Ahora intervino la *signora* Ratti, como si ya no pudiera seguir soportando tanta idiotez.

—No tenemos ni idea. Lo suficiente para nuestras necesidades.

Brunetti se acercó la lista de los apartamentos administrados por la Liga, buscó la tercera página y deslizó el índice por la columna de nombres hasta llegar al de Ratti.

—Me parece que son trescientos doce metros cuadrados —dijo—. Repartidos entre seis habitaciones. Sí, imagino que eso será suficiente para las necesidades de cualquiera.

La *signora* Ratti saltó:

—¿Qué quiere decir?

Brunetti la miró fríamente.

—Lo que he dicho, *signora*, ni más ni menos. Que seis habitaciones han de ser suficientes para dos personas, porque son dos, ¿verdad?

—Y la criada.

—Tres —concedió Brunetti—. Pero siguen siendo suficientes. —Desvió la mirada hacia el marido, con la cara impasible—. ¿Cómo consiguió un apartamento de la Liga, *professore*?

—Muy sencillo —empezó a decir Ratti, pero a Brunetti le pareció que estaba nervioso y trataba de disimularlo dando énfasis a sus palabras—. Lo solicité por el procedimiento habitual y me fue concedido.

—¿A quién lo solicitó?

—A la Lega della Moralità, por supuesto.

—¿Y cómo sabía que la Liga alquilaba apartamentos?

—Es de dominio público en la ciudad, ¿no, comisario?

—Si aún no lo es, no tardará en serlo, *professore*.

Los Ratti no contestaron a esto, pero la *signora* Ratti miró rápidamente a su marido y después a Brunetti.

—¿Recuerdan si alguien en particular les habló de los apartamentos?

Los dos respondieron instantáneamente.

—No.

Brunetti se permitió una sonrisa levemente sardónica.

—Parecen muy seguros. —Hizo un garabato en la lista al lado de sus nombres—. ¿Les hicieron una entrevista antes de concederles el apartamento?

—No —dijo Ratti—, rellenamos el formulario y lo enviamos. Luego nos dijeron que habíamos sido seleccionados.

—¿Se lo comunicaron por carta o por teléfono?

—Hace tanto tiempo que ya no lo recuerdo —dijo Ratti, miró a su mujer buscando confirmación y ella movió la cabeza negativamente.

—¿Y hace dos años que tienen el apartamento?

Ratti asintió.

—¿Y no guarda ningún recibo del alquiler?

Esta vez también tocó a la mujer negar con la cabeza.

—Dígame, *professore*, ¿cuánto tiempo pasa al año en el apartamento?

Él reflexionó un momento.

—Venimos para el *Carnevale*.

Su esposa remachó la frase con un firme:

—Desde luego.

El marido prosiguió:

—También venimos en septiembre y, a veces, en Navidad.

La esposa intervino para agregar:

—Y algún que otro fin de semana durante el resto del año, desde luego.

—Desde luego —repitió Brunetti—. ¿Y la criada?

—Viene de Milán con nosotros.

—Desde luego —convino Brunetti, agregando otro garabato a la lista.

—¿Podría decirme, *professore*, si conoce los fines de la Liga, sus objetivos?

—Sé que pretende defender y fomentar la moralidad —respondió el profesor en un tono que indicaba que, en su opinión, por mucho que se hiciera con este propósito, siempre sería poco.

—Sí, claro —dijo Brunetti—. Pero, aparte de eso, ¿sabe la finalidad que persigue mediante el alquiler de apartamentos?

Ahora fue Ratti el que miró a su mujer.

—Creo que su finalidad es la de conceder los apartamentos a las personas que, según su criterio, reúnan las condiciones exigidas.

—Y sabiendo eso, *professore* —prosiguió Brunetti—, ¿no le pareció extraño que la Liga, una organización veneciana, diera uno de los apartamentos que administra a una persona de Milán, y una persona, además, que sólo lo utilizaría unos meses al año? —Como Ratti no respondiera, Brunetti insistió—: Porque usted debe de saber lo difícil que es encontrar un apartamento en esta ciudad, ¿no?

La *signora* Ratti decidió contestar en lugar de su marido:

—Creímos que desearían conceder el apartamento a quienes supieran apreciarlo y conservarlo.

—¿Quiere usted decir con eso que pueden ustedes cuidar un apartamento grande y apetecible mejor que la familia de un carpintero de Canareggio, por ejemplo?

—Creo que eso es evidente —respondió ella.

—¿Y quién paga las reparaciones, si me permite la pregunta?

La *signora* Ratti contestó con una sonrisa:

—Hasta ahora no ha habido reparaciones.

—Pero en el contrato, si les dieron un contrato, tiene que haber una cláusula que determine quién tiene que hacerse cargo de las reparaciones.

—Ellos —dijo Ratti.

—¿La Liga?

—Sí.

—¿El mantenimiento no corre por cuenta de los arrendatarios?

—No.

—¿Y ustedes lo habitan... —Brunetti se interrumpió y miró el papel, como si el número estuviera escrito en él— ... unos dos meses al año? —En vista de que Ratti no contestaba, insistió—: ¿Estoy en lo cierto, *professore*?

—Sí —respondió el interpelado a regañadientes.

Imitando deliberadamente con el ademán al sacerdote que enseñaba el catecismo en su escuela primaria, Brunetti juntó las manos y entrelazó los dedos al pie de la hoja de papel que tenía encima de la mesa y dijo:

—Creo que ha llegado el momento de empezar a elegir, *professore*.

—No sé qué quiere decir.

—A ver si consigo explicarme. La primera elección consiste entre repetir esta conversación, con mis preguntas y sus respuestas, ante una grabadora o un taquígrafo. En uno u otro caso tendré que pedir a ambos que me firmen una copia de la declaración, puesto que han dicho lo mismo. —Brunetti hizo una pausa, para dejar que la idea calara—. O también podrían, y es la opción que me parece más acertada, empezar a decir la verdad.

Los dos fingieron sorpresa y la *signora* Ratti, además, indignación.

—En cualquier caso, lo menos que puede ocurrirles es que pierdan el apartamento, aunque quizá eso tarde algún tiempo en llegar. Pero lo perderán, seguro.

Le pareció interesante que ninguno preguntara de qué estaba hablando.

—Está claro que muchos de estos apartamentos han sido alquilados ilegalmente y que alguna persona relacionada con la Liga lleva varios años cobrando alquileres fraudulentamente. —Cuando el *professore* Ratti fue a protestar, Brunetti levantó una mano, la bajó y volvió a enlazarla con la otra—. Si sólo se tratara de un caso de fraude, quizá les conviniera seguir sosteniendo que no saben nada de esto. Pero, por desgracia, es algo mucho más grave que un caso de fraude.

Hizo una pausa. Por Dios que les haría cantar.

—¿De qué se trata? —preguntó Ratti hablando con más suavidad de la que había empleado hasta ahora.

—Asesinato. Tres asesinatos, uno de ellos, el de una agente de la policía. Se lo digo para que comprendan que no tenemos intención de abandonar la investigación. Han matado a una de nuestras agentes, y vamos a descubrir quién ha sido. Y a castigarlo.

Se interrumpió, para dar efectividad a sus palabras.

—Si se empeñan en mantener esa historia sobre el apartamento, antes o después se verán implicados en un caso de asesinato.

—Nosotros no sabemos nada de un asesinato —dijo la *signora* Ratti con voz chillona.

—Ahora, ya lo saben, *signora*. Quienquiera que esté detrás del plan de alquiler de los apartamentos es el responsable de los tres asesinatos. Si se niegan a ayudarnos a descubrir quién les alquiló su apartamento y quién les cobra el alquiler todos los meses, estarán entorpeciendo una investigación de asesinato. La pena por este delito, ni que decir tiene, es mucho más severa que por encubrimiento de fraude. Y a título puramente personal quiero agregar que pienso hacer cuanto de mí dependa para asegurarme de que les es impuesta, si siguen negándose a colaborar con nosotros.

Ratti se levantó.

—Deseo hablar con mi esposa. En privado.

—No —dijo Brunetti levantando la voz por primera vez.

—Tengo derecho.

—Tiene derecho a hablar con su abogado, *signor* Ratti, y se lo concederé con mucho gusto. Pero usted y su esposa decidirán esa otra cuestión ahora, delante de mí.

Se estaba excediendo en sus atribuciones, pero confiaba en que los Ratti no lo supieran.

Estuvieron mirándose un rato, y Brunetti empezaba a desesperar. Pero al fin ella inclinó su cabeza color burdeos y ambos se relajaron en las sillas.

—De acuerdo —dijo Ratti—, pero deseo que quede claro que no sabemos nada de ese asesinato.

—Asesinatos —rectificó Brunetti, y vio que el plural impresionaba a Ratti.

—Hace tres años —empezó a contar Ratti—, un amigo de Milán nos dijo que conocía a alguien que seguramente podría ayudarnos a encontrar un apartamento en Venecia. Llevábamos seis meses buscando, pero era difícil encontrar algo, especialmente a distancia. —Brunetti se preguntaba si iba a tener que escuchar una retahíla de lamentaciones. Ratti, adivinando quizá su impaciencia, prosiguió—: Nos dio un número de teléfono de Venecia. Llamamos, explicamos lo que deseábamos y la persona que estaba al otro extremo del hilo nos preguntó qué clase de apartamento nos convenía y cuánto estábamos dispuestos a pagar.

Ratti hizo una pausa. ¿O punto final?

—¿Sí? —instó Brunetti con la misma entonación que tenía el cura cuando los niños se encallaban al recitar la lección de catecismo.

—Le expliqué lo que quería y él me dijo que me llamaría al cabo de unos días. Así lo hizo, y dijo que, si veníamos a Venecia aquel fin de semana, podría enseñarnos tres apartamentos. Vinimos y nos enseñó este apartamento y otros dos.

—¿El que los acompañó era el mismo que les había atendido por teléfono?

—No sé si era el mismo que contestó la primera vez pero era el mismo que nos llamó.

—¿Saben quién es?

—Es el que nos cobra el alquiler, pero no sé cómo se llama.

—¿Y cómo se hace el pago?

—Él nos llama la última semana del mes y nos dice dónde nos encontraremos. Por lo general, en un bar o, si es en verano, en las afueras.

—¿Dónde, aquí, en Venecia, o en Milán?

—Él siempre parece saber dónde estamos —terció la mujer—. Nos llama a Venecia si estamos aquí y a Milán si estamos allí.

—¿Y qué hacen entonces?

Ahora respondió Ratti.

—Acudo a la cita y le doy el dinero.

—¿Cuánto?

—Dos millones y medio de liras.

—¿Cada mes?

—Sí, aunque a veces le pago varios meses por adelantado.

—¿Sabe quién es ese hombre? —preguntó Brunetti.

—No, pero lo he visto varias veces por la calle, aquí, en Venecia.

Brunetti se dijo que ya habría tiempo para pedir una descripción.

—¿Y la Liga? ¿Cómo intervienen ellos en la transacción?

—Cuando dijimos al hombre que estábamos interesados en el apartamento, él dijo un precio, pero nosotros le obligamos a rebajarlo hasta los dos millones y medio —dijo Ratti sin disimular su autocomplacencia.

—¿Y la Liga? —insistió Brunetti.

—Él nos dijo que recibiríamos los formularios de solicitud de la Liga, que los rellenáramos y los devolviéramos y que dos semanas después podríamos instalarnos.

Aquí intervino otra vez la *signora* Ratti.

—También nos dijo que no contáramos cómo habíamos conseguido el apartamento.

—¿Alguien se lo ha preguntado?

—Algunos amigos de Milán —respondió ella—. Pero les dijimos que lo habíamos encontrado por medio de una agencia.

—¿Y a la persona que les dio el número de teléfono?

—Lo mismo, que habíamos utilizado una agencia.

—¿Saben cómo conocía el número de teléfono esa persona?

—Nos dijo que se lo habían dado en una fiesta.

—¿Recuerdan el mes y el año en que hicieron la primera llamada?

—¿Por qué? —preguntó Ratti con suspicacia.

—Me gustaría hacerme una idea de cuándo empezó esto —mintió Brunetti, pensando en mandar comprobar sus llamadas a Venecia en aquellas fechas.

Con tono de escepticismo, Ratti contestó:

—En marzo, hace dos años. A últimos del mes. Nos instalamos a primeros de mayo.

—Ya —dijo Brunetti—. Desde entonces, ¿han tenido algún trato con la Liga?

—No, ninguno —dijo Ratti.

—¿Y los recibos?

Ratti se revolvió, incómodo.

—El banco nos envía uno cada mes.

—¿De cuánto?

—De doscientas veinte mil.

—¿Por qué no quiso enseñárselo al sargento Vianello? Una vez más, la mujer se adelantó a contestar por él:

—No queríamos vernos mezclados en nada.

—¿Mascari? —preguntó Brunetti bruscamente.

Ratti parecía ahora más nervioso.

—¿Qué quiere decir?

—¿No les llamó la atención que el director del banco que les enviaba los recibos del alquiler fuera asesinado?

—No, ¿por qué? —dijo Ratti, poniendo cólera en su voz—. Leí cómo había muerto. Supuse que lo mató algún compinche.

—¿Alguien se ha puesto en contacto con ustedes últimamente en relación con el apartamento?

—No, nadie.

—Si reciben una llamada o una visita del hombre al que pagan el alquiler, deberán comunicárnoslo inmediatamente.

—Desde luego, comisario —dijo Ratti, otra vez en su papel de ciudadano intachable.

De pronto, Brunetti se sintió harto de sus posturas y su ropa de diseño y dijo:

—Por favor, vayan con el sargento Vianello y háganle una descripción lo más detallada posible del hombre al que pagan el alquiler. —Y a Vianello—: Si se parece a algún conocido, enséñeles fotografías.

Vianello asintió y abrió la puerta. Los Ratti se pusieron de pie y ninguno de los dos alargó la mano a Brunetti. El profesor tomó del brazo a su esposa durante el corto trayecto hasta la puerta y, una vez allí, se hizo atrás para cederle el paso. Vianello miró a Brunetti permitiéndose una sonrisa apenas perceptible, salió detrás de la pareja y cerró la puerta.

24

Su conversación de aquella noche con Paola fue corta. Ella preguntó si había novedades y reiteró la sugerencia de volver, que podía dejar a los chicos solos en el hotel, pero Brunetti dijo que ni pensarlo, que hacía mucho calor.

Pasó el resto de la velada en compañía del emperador Nerón, del que Tácito dice que estaba «corrompido por todas las concupiscencias, naturales y antinaturales». No se acostó sino después de leer la descripción del incendio de Roma, que Tácito parece atribuir a que Nerón había contraído matrimonio con un hombre y durante la ceremonia había escandalizado incluso a los miembros de su disoluta corte por «llevar el velo nupcial». En todas partes, travestis.

A la mañana siguiente, Brunetti, ignorando que en el *Corriere* aparecía la noticia del arresto de Burrasca, que por cierto no mencionaba a la *signora* Patta, fue al funeral de Maria Nardi. Familiares, amigos y policías de la ciudad llenaban la Chiesa dei Jesuiti. Allí estaba el sargento Scarpa, de Mestre, quien explicó que el sargento Gallo no había podido asistir porque el juicio lo retenía en Milán, donde debería permanecer otros tres días. Hasta había acudido el *vicequestore*, muy fúnebre con su traje azul marino. Aunque comprendía que era una idea sentimental y políticamente incorrecta, Brunetti no pudo por menos de pensar que cuando el que caía en acto de servicio era una mujer resultaba más terrible. Terminada la misa, se quedó en la escalinata de la iglesia mientras seis policías uniformados sacaban el féretro. Cuando apareció el marido de Maria Nardi, sollozando entrecortadamente y tambaleándose de dolor, Brunetti desvió la mirada hacia la izquierda, donde, al otro lado de la laguna, se veía Murano. Allí estaba mentalmente cuando Vianello se acercó y le tocó el brazo.

—¿Comisario?

Entonces regresó.

—¿Sí, Vianello?

—Esa gente ha hecho una identificación.

—¿Cuándo? ¿Por qué no me lo han dicho?

—No lo he sabido hasta esta mañana. Ayer tarde miraron fotografías, pero dijeron que no estaban seguros. A mí me parece que sí, pero antes querían hablar con el abogado. De todos modos, esta mañana a las nueve han vuelto y han identificado a Piero Malfatti.

Brunetti emitió un silbido silencioso. Malfatti era un viejo conocido de la policía, había sido acusado de delitos violentos, entre otros, violación y tentativa de asesinato; pero, antes de que compareciera a juicio, las acusaciones se volatilizaban; los testigos cambiaban de parecer o decían que se habían equivocado al identificarlo. Había sido encarcelado dos veces, una por proxenetismo y otra por intento de extorsión al dueño de un bar, establecimiento que había ardido mientras Malfatti estaba en la cárcel, cumpliendo una condena de dos años.

—¿Lo han identificado positivamente?

—Los dos estaban bastante seguros.

—¿Sabemos su paradero?

—La última dirección es la de un apartamento de Mestre, pero hace un año que no vive allí.

—¿Amigos? ¿Mujeres?

—Estamos investigando.

—¿Y qué sabemos de la familia?

—No lo había pensado. Tiene que estar en la ficha.

—Mire qué parientes tiene. Si se trata de alguien próximo, madre o hermanos, pongan a un agente en un apartamento cercano por si se presenta. No —dijo entonces, recordando lo poco que sabía del historial de Malfatti—; mejor pongan a dos.

—Sí, señor. ¿Algo más?

—¿Los papeles del banco y de la Liga?

—Esperamos que nos los envíen hoy.

—Los quiero cuanto antes. Aunque tengan que llevárselos por la fuerza. Quiero todos los papeles relacionados con los pagos en efectivo por los apartamentos, y quiero que interroguen a todos los del banco, que les pregunten si Mascari les dijo algo de la Liga. Cuando quiera que haya sido. Aunque tengan que pedir al juez que vaya con ustedes.

—Sí, señor.

—Cuando vayan al banco, traten de averiguar quién es el encargado de supervisar las cuentas de la Liga.

—¿Ravanello? —preguntó Vianello.

—Probablemente.

—Veremos lo que podemos encontrar. ¿Y Santomauro, comisario?

—Hoy hablaré con él.

—¿Será...? —Vianello se interrumpió antes de preguntar si le parecía prudente y dijo—: ¿Será posible, sin estar citado?

—Creo que el *avvocato* Santomauro estará muy interesado en hablar conmigo, sargento.

Y lo estaba. El bufete del *avvocato* se encontraba en *campo* San Luca, en el primer piso de un edificio situado a menos de veinte metros de tres bancos. «Qué práctico», pensó Brunetti, mientras la secretaria de Santomauro lo conducía al despacho del abogado, tras sólo unos minutos de espera.

Santomauro estaba sentado detrás de su escritorio. A su espalda tenía una gran ventana que daba al *campo* y que se hallaba herméticamente cerrada, porque la habitación estaba refrigerada, demasiado, casi hacía frío allí dentro, y la sensación se acentuaba cuando se veía a la gente transitar por el *campo* con los hombros, las piernas, la espalda y los brazos al aire, mientras aquí se agradecía la chaqueta y la corbata.

Santomauro levantó la cabeza cuando Brunetti entró en el despacho, pero no se molestó en sonreír ni en levantarse. Vestía traje gris clásico, corbata oscura y camisa blanca, impecable. Tenía unos ojos azules, separados, que miraban al mundo de frente, y la cara descolorida, con una palidez invernal: no hay vacaciones para los que laboran en las viñas de la ley.

—Siéntese, comisario —dijo—. ¿Para qué deseaba verme? —Extendió el brazo y movió un marco de plata ligeramente hacia la derecha, para ver mejor a Brunetti y para que Brunetti pudiera ver mejor la foto, en la que aparecían una mujer de la edad de Santomauro y dos jóvenes que se parecían a Santomauro.

—Por varias razones, *avvocato* Santomauro —respondió Brunetti sentándose frente a él—. Para empezar, deseo hacerle unas preguntas sobre la Lega della Moralità.

—Para eso tendrá que hablar con mi secretaria, comisario. Mi relación con la Liga es de índole casi enteramente ceremonial.

—No sé si he comprendido eso, *avvocato*.

—La Liga necesita una figura representativa, alguien que actúe de presidente. Pero estoy seguro de que usted ya habrá averiguado que los miembros del consejo no intervenimos en la gestión diaria de los asuntos de la Liga. Quien hace todo el trabajo es el director del banco que maneja las cuentas.

—¿Cuál es entonces su función concreta?

—Como le decía —explicó Santomauro con una leve sonrisa—, soy sólo una figura representativa. Tengo una cierta... una cierta... ¿podríamos llamarlo relevancia? en la comunidad y por ello se me ofreció la presidencia, pero es un cargo meramente honorífico.

—¿Quién se lo ofreció?

—La dirección del banco que gestiona las cuentas de la Liga.

—Si el director del banco se encarga de los asuntos de la Liga, ¿cuáles son sus funciones, *avvocato*?

—Hablo en nombre de la Liga cuando la prensa formula alguna pregunta o se solicita la opinión de la Liga sobre algún caso.

—Comprendo. ¿Y qué más?

—Dos veces al año me reúno con el empleado del banco encargado de la cuenta de la Liga, para hablar de la situación financiera de ésta.

—¿Y cuál es esa situación, si me permite la pregunta?

Santomauro apoyó las palmas de las manos en la mesa delante de sí.

—Como usted sabe, somos una institución sin ánimo de lucro, por lo que, en el aspecto económico, nos damos por satisfechos simplemente con mantenernos a flote.

—¿Y eso qué significa? ¿En el aspecto económico?

La voz de Santomauro se hizo aún más sosegada, su paciencia aún más audible.

—Que recaudamos suficiente dinero para poder seguir favoreciendo con nuestras donaciones a las personas seleccionadas para beneficiarse de ellas.

—¿Y quién selecciona a esas personas?

—El empleado del banco, por supuesto.

—¿Y quién decide la adjudicación de esos apartamentos que administra la Liga?

—La misma persona —dijo Santomauro permitiéndose una ligera sonrisa y agregó—: El consejo se limita a aprobar formalmente sus recomendaciones.

—Usted, en su calidad de presidente, ¿tiene alguna influencia en esto, algún poder de decisión?

—Creo que podría tenerlo, en el caso de que deseara ejercerlo. Pero, como le decía, comisario, nuestros cargos son meramente honoríficos.

—¿Qué significa eso, *avvocato*?

Antes de contestar, Santomauro apoyó la yema de un dedo en la mesa para recoger una mota de polvo, llevó la mano a un lado de la mesa y la agitó para desprenderse de la mota.

—Como le decía, mi cargo es sólo representativo. No me parecería correcto que, conociendo a tanta gente de la ciudad como conozco, tratara de escoger a los beneficiarios de la Liga. Y, si puedo tomarme la libertad de hablar en su nombre, estoy seguro de que lo mismo opinan mis compañeros de consejo.

—Ya —dijo Brunetti sin esforzarse por disimular su escepticismo.

—¿Le resulta difícil de creer, comisario?

—Sería una imprudencia por mi parte decirle qué es lo que me resulta difícil de creer, *avvocato* —dijo Brunetti. Y preguntó—: ¿Y el *signor* Crespo? ¿Se ocupa usted de sus bienes?

Hacía años que Brunetti no veía a una persona fruncir los labios, y esto precisamente hizo Santomauro antes de contestar:

—Yo era el abogado del *signor* Crespo y, por lo tanto, me ocupo de sus bienes, por supuesto.

—¿Son muy cuantiosos?

—Ésa es información confidencial, comisario, como usted debe de saber, siendo licenciado en derecho.

—Y supongo que la índole de su relación con el *signor* Crespo, cualquiera que sea, también será confidencial.

—Veo que recuerda el código, comisario —dijo Santomauro con una sonrisa.

—¿Podría decirme si ya se han entregado a la policía las cuentas de la Liga?

—Habla de la policía como si no formara parte de ella, comisario.

—Las cuentas, *signor* Santomauro, ¿dónde están?

—Pues en manos de sus colegas, comisario. Esta mañana he pedido a mi secretaria que sacara copias de todo.

—Queremos los originales.

—Desde luego, les he dado los originales, comisario —dijo Santomauro dispensando otra pequeña sonrisa—.

Me he tomado la libertad de sacar copias para mí, por si se extravía algo mientras están en su poder.

—Muy precavido, *avvocato* —dijo Brunetti, pero él no sonrió—. No le entretengo más. Imagino lo precioso que ha de ser el tiempo de una persona de su relevancia social. Sólo una pregunta más. ¿Puede decirme quién es el empleado del banco que gestiona las cuentas de la Liga? Me gustaría hablar con él.

La sonrisa de Santomauro floreció.

—Me temo que eso será imposible, comisario. Las cuentas de la Liga siempre fueron gestionadas por el difunto Leonardo Mascari.

25

Brunetti volvió a su despacho admirado de la habilidad con que Santomauro había sugerido la culpabilidad de Mascari. El caso se apoyaba en unos presupuestos muy frágiles: si ahora se descubría alguna irregularidad en los documentos del banco, se podría alegar que de ellos se encargaba Mascari; los empleados del banco no sabrían, o podrían ser inducidos a no recordar, si alguna otra persona había llevado las cuentas de la Liga, y los asesinatos de Mascari y Crespo nunca serían aclarados.

En la *questura*, Brunetti fue informado de que los papeles de la Banca di Verona y la Liga habían sido entregados a los agentes que habían ido a recogerlos y que tres hombres de la Guardia di Finanza ya habían empezado a repasarlos, en busca de algún indicio de quién supervisaba las cuentas en las que se ingresaban los alquileres y con cargo a las cuales se extendían los cheques de los donativos de la Liga.

Brunetti comprendió que nada adelantaría quedándose a su lado mientras trabajaban, y como no podía reprimir el deseo de, por lo menos, pasar por delante del despacho en el que se les había instalado, para huir de la tentación salió a almorzar y eligió un restaurante del Ghetto, a pesar de que, para ir y volver, tendría que andar mucho, a la hora de más calor. Eran más de las tres cuando volvió, con la chaqueta empapada y los zapatos aprisionando unos pies que le ardían.

A los pocos minutos, Vianello entró en su despacho y dijo sin preámbulos:

—He comprobado la lista de los que reciben cheques de la Liga.

Brunetti conocía el tono.

—¿Y qué ha encontrado?

—Que la madre de Malfatti ha vuelto a casarse y tomado el apellido del nuevo marido.

—¿Y qué más?

—Que recibe cheques a nombre del primer marido y del segundo. Lo que es más, el segundo también cobra, y dos primos, y parece que cada uno recibe cheques con dos nombres distintos.

—¿A cuánto asciende todo lo que percibe la familia Malfatti?

—Los cheques son de unas quinientas mil liras al mes, lo que nos da un total de casi tres millones. —Vianello preguntó, casi involuntariamente—: ¿Cómo no se les ocurrió pensar que podían descubrirlos?

Brunetti, considerando que la respuesta era obvia, preguntó a su vez:

—¿Y qué han averiguado de los zapatos?

—Hasta ahora, nada. ¿Ha hablado con Gallo?

—Sigue en Milán, pero estoy seguro de que, si hubieran encontrado algo, Scarpa me hubiera llamado. ¿Qué hacen los de Delitos Monetarios?

Vianello se encogió de hombros.

— Están con eso desde esta mañana.

—¿Saben lo que tienen que buscar? —preguntó Brunetti sin poder reprimir un deje de impaciencia.

—Algún indicio sobre quién lo manejaba todo, supongo.

—¿Podría bajar a preguntarles si han encontrado algo? Si Ravanello está implicado, quiero proceder contra él lo antes posible.

—Sí, señor —dijo Vianello y salió del despacho.

Mientras esperaba el regreso del sargento, Brunetti se

subió las mangas de la camisa, más para tener las manos ocupadas que por la esperanza de que ello le aliviara el calor.

Volvió a entrar Vianello, y traía la respuesta escrita en la cara.

—He hablado con su capitán. Dice que, por lo que han podido averiguar hasta ahora, el responsable era Mascari.

—¿Qué diablos significa eso? —preguntó Brunetti con sequedad.

—Es lo que me han dicho ellos —respondió Vianello, hablando despacio, con voz sosegada. Y, después de una larga pausa, agregó—: Señor. —Permanecieron un momento en silencio—. Quizá si hablara usted con ellos directamente podría hacerse una idea más clara de lo que eso significa.

Brunetti desvió la mirada y se bajó las mangas.

—Bajemos los dos, Vianello.

Era lo más parecido a una disculpa que estaba dispuesto a ofrecer, pero Vianello pareció darse por satisfecho. Con el calor que hacía en el despacho, probablemente era lo más que iba a conseguir.

Una vez abajo, Brunetti entró en el despacho en el que trabajaban los tres hombres uniformados de gris de la Guardia di Finanza. Estaban sentados a una larga mesa cubierta de carpetas y papeles. En la mesa había dos calculadoras de bolsillo y un ordenador portátil, y delante de cada uno de estos aparatos estaba sentado un funcionario. Como concesión al calor, se habían quitado la chaqueta de lana, pero aún llevaban la corbata.

El que estaba delante del ordenador levantó la cabeza al entrar Brunetti, miró un momento por encima de las gafas y siguió tecleando. Miró la pantalla, consultó uno de los papeles que tenía al lado del teclado, pulsó varias teclas y volvió a mirar la pantalla. Tomó la hoja de encima del montón que tenía a la derecha del ordenador, la pasó a la izquierda de cara abajo y empezó a leer números de la hoja siguiente.

—¿Quién está al mando? —preguntó Brunetti.

Un hombre bajito y pelirrojo levantó la mirada de una de las dos calculadoras y dijo:

—Un servidor. ¿El comisario Brunetti?

—El mismo —respondió Brunetti acercándose al hombre con la mano extendida.

—Capitán De Luca. —Y, en tono más familiar, mientras le estrechaba la mano, agregó—: Beniamino. —Agitó la mano sobre los papeles—. ¿Quería usted saber quién se encargaba de todo esto en el banco?

—Sí.

—En este momento, parece que lo llevaba todo un tal Mascari. Su clave figura en todas las transacciones y en muchos de los documentos que tenemos aquí se ve lo que parecen sus iniciales.

—¿Podría ser una falsificación?

—¿Qué quiere decir, comisario?

—Si alguien ha podido modificar esos documentos para dar la impresión de que los manejaba Mascari.

De Luca reflexionó un rato y respondió:

—Creo que sí. Si esa persona dispuso de un día o dos, pudo hacerlo. —Permaneció abstraído, como si estuviera planteándose mentalmente una fórmula algebraica—. Sí; pudo hacerlo cualquiera que conociera sus claves.

—En un banco, ¿en qué medida son secretos esos códigos de acceso?

—Yo diría que de secretos no tienen nada. Siempre hay empleados que tienen que consultar las cuentas de otros, y han de utilizar su código. Yo diría que eso sería muy fácil.

—¿Y la contraseña de los recibos?

—Más fácil de falsificar que una firma —dijo De Luca.

—¿Hay forma de demostrar que ha intervenido otra persona?

De Luca volvió a meditar largamente antes de contestar.

—Por lo que a las entradas en el ordenador se refiere, no la hay. Quizá se pudiera intentar con la contraseña, pero la mayoría de la gente hace un garabato difícilmente identificable, a veces, por el propio interesado.

—¿Se podría denunciar que esas cuentas han sido falseadas?

La mirada de De Luca fue tan clara como su respuesta:

—Comisario, ningún juez admitiría esa denuncia.

—¿Así que Mascari llevaba esas cuentas?

De Luca titubeó.

—Yo no diría tanto. Lo parece, pero es posible que las cuentas estén amañadas.

—¿Y lo demás? ¿El proceso de selección para la adjudicación de los apartamentos?

—Oh, es evidente que para la elección de los arrendatarios de los apartamentos no regían consideraciones de carácter humanitario, y que muchos de los subsidios no se concedían a personas necesitadas.

—¿Cómo lo sabe?

—En el primer caso, las solicitudes están todas aquí, clasificadas en dos grupos: las concedidas y las denegadas. —De Luca hizo una pausa—. No; estoy exagerando. Algunos apartamentos, buen número de ellos, fueron adjudicados a personas que parecen realmente necesitadas, pero casi una cuarta parte de las solicitudes procede de personas que ni siquiera residían en Venecia.

—¿Y fueron atendidas? —preguntó Brunetti.

—Sí. Y eso que sus hombres aún no han comprobado toda la lista de inquilinos.

Brunetti miró a Vianello y el sargento explicó:

—Han comprobado la mitad de la lista aproximadamente, y parece que muchos de los apartamentos están alquilados a personas jóvenes que viven solas. Y que trabajan de noche.

Brunetti asintió.

—Vianello, cuando disponga del informe completo de las personas de las dos listas, pásemelo.

—Tardaremos por lo menos otros dos días, comisario.

—Lamentablemente, ya no hay prisa.

Brunetti dio las gracias a De Luca y volvió a su despacho.

Era perfecto, pensó, no dejaba nada que desear. Ravanello había aprovechado bien el fin de semana, y ahora los apuntes indicaban que Mascari manejaba las cuentas de la Liga. ¿Qué explicación más lógica podía darse de la malversación de tantos millones de la Liga, que la de que era cosa de Mascari y sus travestis? ¿Quién sabía lo que hacía mientras viajaba por asuntos del banco, qué orgías no habría montado, qué caudales no habría derrochado aquel hombre que no llamaba por teléfono a su mujer para ahorrarse la conferencia? Brunetti estaba seguro de que Malfatti estaba lejos de Venecia y tardaría en reaparecer, y no le cabía la menor duda de que en Malfatti se reconocería al hombre que cobraba los alquileres y que exigía que una parte de los cheques de beneficencia fueran para él antes que para nadie más. ¿Y Ravanello? Quedaría como el amigo íntimo que, por una lealtad mal entendida, no había revelado el secreto culpable de Mascari, ignorante de las tropelías fiscales que había cometido su amigo para pagarse sus vicios. ¿Santomauro? Sin duda, en un primer momento, tendría que soportar el ridículo cuando se supiera cómo se había dejado timar por el banquero Mascari, pero con el tiempo la opinión pública volvería a ver en él al ciudadano altruista cuya instintiva buena fe había sido traicionada por la duplicidad a la que Mascari se había dejado arrastrar por su orientación antinatural. Perfecto, absolutamente perfecto, sin la menor fisura en la que Brunetti pudiera introducir la verdad.

26

Aquella noche, ni el elevado ni el edificante empeño de Tácito procuró consuelo a Brunetti, ni el violento final de Mesalina y Agripina sirvió para vindicar la justicia. Después de leer el escalofriante relato de su más que merecida muerte, él se dijo que el mal engendrado por aquellas malvadas subsistía mucho después de su desaparición. Por fin, pasadas las dos, dejó la lectura y pasó el resto de la noche en un sueño inquieto, turbado por el recuerdo de Mascari, un hombre íntegro, vilmente eliminado, que había sufrido una muerte aún más sórdida que la de Mesalina o Agripina. También aquí sobreviviría el mal.

La mañana era asfixiante, como si sobre la ciudad pesara una maldición que la condenaba a un calor opresivo que aturdía, mientras las brisas que la habían abandonado jugaban en otros lares. Al atravesar el mercado de Rialto camino de su trabajo, Brunetti observó que muchos de los puestos no habían abierto, dejando en las ordenadas hileras unos huecos que hacían pensar en la sonrisa de un borracho desdentado. Era inútil tratar de vender hortalizas en el *ferragosto*: los venecianos huían de la ciudad y los turistas sólo compraban *panini* y *acqua minerale*.

Llegó temprano a la *questura*, no quería andar por la ciudad después de las nueve, porque el calor era aún más intenso y las calles estaban aún más llenas de turistas. No quería pensar en ellos. Hoy, no.

Estaba contrariado. No le satisfacía ni siquiera la idea de que a partir de ahora se habrían terminado los trapicheos de la Liga, ni la esperanza de que De Luca y sus hombres aún podían encontrar algún cabo suelto que condujera hasta Santomauro y Ravanello. Tampoco confiaba en localizar la procedencia del vestido y los zapatos que llevaba Mascari. Había transcurrido demasiado tiempo.

Brunetti estaba sumido en estos lúgubres pensamientos cuando Vianello entró en su despacho sin llamar y gritó:

—¡Hemos encontrado a Malfatti!

—¿Dónde? —preguntó Brunetti, yendo hacia él impulsado por una repentina energía.

—En San Barnaba, en casa de Luciana Vespa, su amiguita.

—¿Cómo?

—Nos ha llamado su primo. Está en la lista. Cobra de la Liga desde hace un año.

—¿Han hecho un trato? —preguntó Brunetti, indiferente a la ilegalidad del procedimiento.

—No, señor. Ni se ha atrevido a pedirlo. Nos ha dicho que quería colaborar.

El resoplido de Vianello indicaba la confianza que esta afirmación le merecía.

—¿Qué ha dicho?

—Que Malfatti está allí desde hace tres días.

—¿Está ella en la lista?

Vianello movió negativamente la cabeza.

—No; sólo la esposa. Tenemos a un hombre en el apartamento de al lado desde hace dos días, pero él no se ha presentado por su casa.

Mientras hablaban, bajaban las escaleras, hacia la oficina en la que trabajaba la sección uniformada.

—¿Han pedido una lancha? —preguntó Brunetti.

—Está fuera. ¿A cuántos hombres quiere llevar?

Brunetti no había intervenido en ninguno de los múltiples arrestos de Malfatti, pero había leído los informes.

—Tres. Armados. Y con chalecos.

Diez minutos después, él, Vianello y los tres agentes, estos últimos bien pertrechados y ya sudando con los gruesos chalecos blindados que llevaban encima del uniforme, embarcaron en la lancha azul y blanca de la policía que, con el motor en marcha, aguardaba delante de la *questura*. Los tres agentes entraron en la cabina y Brunetti y Vianello se quedaron en la cubierta, tratando de captar la brisa de la marcha. El piloto los sacó al *bacino* de San Marcos, viró a la derecha y puso proa a la entrada del Gran Canal. A uno y otro lado desfilaban esplendores, mientras Brunetti y Vianello conversaban con las cabezas juntas, tratando de dominar con la voz el rumor del viento y el zumbido del motor. Decidieron que Brunetti subiría al apartamento y trataría de establecer contacto con Malfatti. Como no sabían nada de la mujer, ignoraban cuál podía ser su relación con Malfatti, por lo que su principal preocupación debía ser su seguridad.

Ahora empezaba a pesar a Brunetti haber traído a los hombres. Cuatro policías, tres de ellos armados hasta los dientes, apostados en las inmediaciones de un edificio, forzosamente atraerían a una nube de curiosos, y ello no dejaría de llamar la atención de los ocupantes del apartamento.

La lancha se detuvo en la parada del *vaporetto* de Ca'Rezzonico, y los cinco hombres desembarcaron ante la sorpresa de los que esperaban el barco número 1. Bajaron en fila india por la estrecha calle que conducía a *campo* San Barnaba y salieron a la plazoleta. Aunque el sol no estaba todavía en el cenit, las losas del pavimento despedían un calor que abrasaba.

El edificio que buscaban estaba al otro lado del *campo*, en el ángulo derecho y su puerta se encontraba justo enfrente de una de las dos enormes barcas que vendían frutas y verduras en el dique del canal que discurría por el lado del campo. A la derecha de la puerta había un restaurante que todavía no había abierto y, más allá, una librería.

—Todos ustedes —dijo Brunetti, consciente de las miradas y comentarios que la presencia de la policía y las metralletas suscitaban entre la concurrencia— entren en la librería. Vianello, usted aguarde en la puerta.

Pesadamente, dando la impresión de que eran demasiado grandes para aquella puerta, los hombres entraron en la librería. La dueña asomó la cabeza, vio a Vianello y a Brunetti y volvió a entrar sin decir nada.

En una tira de papel pegada con cinta adhesiva al lado de uno de los timbres se leía «Vespa». Brunetti llamó al timbre situado encima. Al cabo de un momento, una voz de mujer dijo por el interfono:

—¿Sí?

—*Posta, signora*. Un certificado. Tiene que firmar.

La puerta crujió y Brunetti dijo a Vianello:

—Veré qué puedo averiguar sobre él. Quédese aquí abajo y mantenga a los hombres fuera de la calle.

Al ver a las tres viejas que los rodeaban a él y a Vianello, con el carrito de la compra situado al lado, lamentó aún más haber traído a los otros agentes.

Empujó la puerta y entró en el zaguán, donde lo saludó la trepidación sorda de rock a todo volumen que provenía de uno de los pisos. Si la posición de los timbres correspondía a la de los apartamentos, la *signorina* Vespa vivía en el primer piso y la mujer que le había abierto, en el segundo. Brunetti subió las escaleras rápidamente y cruzó ante la puerta del apartamento «Vespa», del que escapaba la estrepitosa percusión.

En lo alto del siguiente tramo de escaleras, en la puerta de un apartamento, estaba una mujer joven, con un niño apoyado en la cadera. Al ver a Brunetti, dio un paso atrás y buscó la puerta con la mano.

—Un momento, *signora* —dijo el comisario, parándose en la escalera, para no asustarla—. Policía.

La mirada que ahora dirigió la mujer por la escalera abajo, hacia la música que retumbaba a espaldas de Brunetti, indicó al comisario que su llegada no la sorprendía.

—Es por él, ¿verdad? —preguntó ella señalando con el mentón las estridencias que ascendían por la escalera.

—¿Se refiere al amigo de la *signorina* Vespa?

—Sí, ése —dijo la mujer, escupiendo las sílabas con un encono que hizo que Brunetti se preguntara qué tropelías habría cometido Malfatti desde que estaba en el edificio.

—¿Cuánto tiempo lleva aquí? —preguntó.

—No lo sé —dijo ella dando otro paso atrás hacia el apartamento—. Todo el día, desde por la mañana, tiene esa música. Y no puedo ni ir a quejarme.

—¿Por qué no?

Ella se subió al niño un poco más arriba de la cadera, como para recordar al hombre que tenía delante que era madre.

—La última vez me dijo verdaderas barbaridades.

—¿Y no podría hablar con la *signorina* Vespa?

La forma en que ella se encogió de hombros indicaba la nula utilidad de la *signorina* Vespa.

—¿No está con él?

—No sé quién está con él, ni me importa. Sólo quiero que pare la música, para que el niño pueda dormir.

Como a una señal, el niño, que estaba dormido, abrió los ojos, hizo un puchero y volvió a dormirse.

La música dio la idea a Brunetti, eso y el que la mujer ya se hubiera quejado a Malfatti.

—*Signora*, entre en su casa —dijo—. Ahora daré un portazo y bajaré a hablar con él. Quiero que se quede ahí dentro, lo más lejos posible de la puerta y que no salga hasta que uno de mis hombres venga a avisarle.

Ella asintió y se metió en el apartamento. Brunetti se inclinó hacia adelante, tiró del picaporte y cerró la puerta con un golpe seco, que resonó en la escalera como un disparo.

Dio media vuelta y bajó la escalera golpeando cada peldaño con tanta fuerza que sus pisadas ahogaron momentáneamente el estruendo de la música.

—*Basta con quella musica* —vociferó, como un hombre que hubiera perdido la paciencia—. Basta de música —repitió. Cuando llegó al rellano inferior golpeó la puerta detrás de la que sonaba la música, gritando con todas sus fuerzas—: Baje esa condenada música de una vez. Mi niño no puede dormir. Bájela o llamaré a la policía.

Después de cada frase golpeaba la puerta con el puño o con el pie.

Llevaba un minuto gritando y golpeando cuando el volumen de la música bajó de pronto, aunque seguía oyéndose a través de la puerta. Él gritaba con todas sus fuerzas, como si hubiera perdido el control de los nervios.

—Paren esa música. Párenla ya, o entraré y la pararé yo.

Oyó unos pasos rápidos que se acercaban y se preparó. La puerta se abrió bruscamente y llenó el vano un hombre fornido que tenía una barra metálica en la mano. Brunetti reconoció al instante a Malfatti, por las fotos de la policía.

Con la barra hacia abajo, Malfatti dio un paso hacia adelante y se situó en el mismo umbral.

—¿Quién diablos...? —empezó a decir, pero no pudo seguir, porque Brunetti se abalanzó sobre él y le agarró con una mano el antebrazo derecho y con la otra la pechera de la camisa, giró sobre sí mismo y empujó con todas sus fuerzas. Malfatti, desprevenido, perdió el equilibrio. Estuvo unos instantes al borde de la escalera, tratando de recuperar su posición, pero cayó rodando. Mientras caía, soltó la barra de hierro, se cubrió la cabeza con los brazos e hizo una bola con su cuerpo.

Brunetti corría tras él por la escalera abajo, llamando a gritos a Vianello, hasta que pisó la barra de hierro, resbaló y fue proyectado contra la pared. Al levantar la cabeza vio a Vianello abrir la pesada puerta de la calle, pero Malfatti ya estaba de pie y detrás de la puerta. Antes de que Brunetti pudiera gritar una advertencia, Malfatti dio un puntapié a la puerta, que golpeó a Vianello en la cara y le hizo soltar la pistola y caer hacia la estrecha calle. Entonces Malfatti abrió la puerta y desapareció por el soleado exterior.

Brunetti se puso en pie y acabó de bajar la escalera tan

aprisa como podía, mientras sacaba la pistola, pero cuando llegó a la calle, Malfatti había desaparecido y Vianello yacía contra el murete del canal, con la camisa manchada de la sangre que le chorreaba de la nariz. Cuando Brunetti se inclinaba sobre él, los otros tres agentes salieron de la librería con las metralletas preparadas, pero sin nadie a quien apuntar con ellas.

27

Vianello no tenía rota la nariz, pero estaba atontado. Con ayuda de Brunetti, se puso en pie y estuvo un momento tambaleándose, mientras se limpiaba la nariz con la mano.

Acudía gente, las viejas preguntaban qué ocurría y las verduleras relataban a las clientes recién llegadas lo que habían visto. Brunetti dio media vuelta y casi tropezó con un carrito metálico lleno de hortalizas. Furioso, lo apartó de un puntapié y se acercó a dos hombres que trabajaban en el barco más próximo. Como estaban delante de la puerta, tenían que haberlo visto todo.

—¿Por dónde se ha ido?

Los dos hombres señalaron hacia la parte baja del *campo*, pero luego uno indicó la dirección del puente de la Accademia y el otro, la del puente de Rialto.

Brunetti llamó con una seña a uno de los agentes, que se acercó para ayudarle a llevar a Vianello a la lancha. El sargento se desasió bruscamente y dijo que podía andar solo. Desde la cubierta de la embarcación, Brunetti dio por radio a la *questura* la descripción de Malfatti y ordenó que se repartieran copias de su fotografía a todos los agentes y se radiara su descripción a todas las patrullas.

Cuando los agentes hubieron embarcado, el piloto hizo retroceder la lancha hasta el Gran Canal, donde viró hacia la *questura*. Vianello bajó a la cabina y se sentó con la cabeza hacia atrás, para detener la hemorragia. Brunetti lo siguió.

—¿Quiere que lo llevemos al hospital?

—Sólo ha sido un golpe —dijo Vianello—. Enseguida dejará de sangrar. —Se limpió con el pañuelo—. ¿Qué ha pasado?

—He aporreado en la puerta quejándome del ruido y, cuando ha abierto, lo he agarrado y lo he tirado por la escalera. —Vianello lo miró con sorpresa—. Es lo único que se me ha ocurrido —explicó Brunetti—. Pero no contaba con que se recuperara tan pronto.

—¿Qué cree que hará ahora? —preguntó Vianello.

—Tratará de ponerse en contacto con Ravanello y Santomauro, imagino.

—¿Quiere que les avisemos?

—No —respondió Brunetti rápidamente—. Pero quiero saber dónde están y qué hacen. Hay que vigilarlos.

La lancha entró en el canal que conducía a la *questura*, y Brunetti volvió a subir a cubierta. Cuando se acercaron al pequeño muelle, Brunetti saltó a tierra y esperó a Vianello. Entraron juntos. Los agentes de guardia no dijeron nada al ver la camisa ensangrentada del sargento, pero cuando sus compañeros desembarcaron se acercaron a preguntar qué había ocurrido.

En el segundo rellano, los dos hombres se separaron, Vianello siguió hasta el servicio que estaba al final del pasillo y Brunetti subió a su despacho. Llamó a la Banca di Verona y, dando un nombre falso, pidió que le pusieran con el *signor* Ravanello. Cuando el empleado le preguntó cuál era el motivo de la llamada, Brunetti explicó que tenía que dar el precio de un ordenador en el que el banco estaba interesado. El hombre le dijo que el *signor* Ravanello no iría al banco aquella mañana, pero que lo encontraría en su casa y, a instancias de Brunetti, le dio el número. El comisario lo marcó y comunicaba.

Buscó el número del despacho de Santomauro, marcó y, dando el mismo nombre falso, preguntó por el *avvocato*. La secretaria le dijo que en este momento estaba con un cliente y no podía pasarle la comunicación. Brunetti dijo que volvería a llamar y colgó.

Marcó otra vez el número de Ravanello, que seguía comunicando. Sacó la guía telefónica del cajón de abajo y buscó la dirección de Ravanello. Estaba próxima a *campo* San Stefano, no lejos del despacho de Santomauro. Pensó que, para ir hasta allí, Malfatti seguramente utilizaría el *traghetto*, la góndola pública que hacía la travesía del Gran Canal entre Ca'Rezzonico y campo San Samuele.

Volvió a marcar. El número seguía comunicando. Llamó a la central y pidió que comprobaran la línea. Al cabo de menos de un minuto le dijeron que la línea estaba abierta pero no en contacto con otro número, lo que significaba que el teléfono estaba descolgado o averiado. Incluso antes de colgar, Brunetti estaba ya pensando en el medio más rápido de llegar: lo mejor sería utilizar la lancha. Bajó al despacho de Vianello. El sargento, que llevaba una camisa limpia, levantó la cabeza al oírlo entrar.

—El teléfono de Ravanello está descolgado.

Vianello ya estaba camino de la puerta antes de que Brunetti pudiera decir más.

Juntos bajaron la escalera y salieron al calor sofocante. El piloto estaba limpiando la cubierta con la manguera, pero al verlos salir corriendo arrojó la manguera a la acera y saltó al timón.

—*Campo* San Stefano —gritó Brunetti—. Ponga la sirena.

Con su aullido bitonal, la lancha se apartó del muelle y nuevamente salió al *bacino*. Las lanchas y los *vaporetti* reducían la marcha para cederle el paso, sólo las elegantes góndolas negras hacían caso omiso de la señal: la ley dispone que las lentas góndolas tienen preferencia de paso sobre todas las demás embarcaciones.

Iban en silencio. Brunetti bajó a la cabina y consultó una guía para averiguar por dónde quedaba la dirección. Estaba en lo cierto: el apartamento se hallaba frente a la iglesia que daba su nombre al *campo*.

Cuando se acercaban al puente de la Accademia, Brunetti subió a cubierta y dijo al piloto que desconectara la sirena. No tenía idea de qué encontrarían en San Stefano, pero no quería avisar de su llegada. El piloto hizo enmudecer la sirena y, metiendo la lancha por Rio del Orso, se acercó al embarcadero de la izquierda. Brunetti y Vianello saltaron a tierra y se dirigieron rápidamente hacia el *campo*. Letárgicas parejas tomaban refrescos color pastel en la terraza de un café; todos los que caminaban por el *campo* se movían como si acarrearan el yugo palpable del calor.

Enseguida encontraron la puerta, entre un restaurante y una tienda de papeles pintados. El timbre de Ravanello estaba arriba y a la derecha de dos hileras de nombres. Brunetti pulsó el de debajo y, al no obtener contestación, el de más abajo. Una voz preguntó quién era y al decir él «*Polizia*» la puerta de la calle se abrió inmediatamente.

Él y Vianello entraron en el edificio y, arriba, una voz aguda y quejumbrosa preguntó:

—¿Cómo han llegado tan pronto?

Brunetti empezó a subir la escalera y Vianello le seguía de cerca. En el primer piso, una mujer de pelo gris, poco más alta que la barandilla sobre la que se inclinaba volvió a preguntar:

—¿Cómo han llegado tan pronto?

Haciendo caso omiso de la pregunta, Brunetti preguntó:

—¿Qué ocurre, *signora*?

Ella se apartó de la barandilla y levantó el índice señalando hacia lo alto.

—Ahí arriba. He oído gritos en casa del *signor* Ravanello y he visto a alguien bajar corriendo la escalera. No me he atrevido a subir.

Brunetti y Vianello corrieron escaleras arriba, subiendo los peldaños de dos en dos, con la pistola en la mano. En el último piso bañaba el amplio descansillo la luz que salía por una puerta abierta. Brunetti se agachó y se situó al otro lado de la puerta, aunque su movimiento fue muy rápido como para que pudiera ver algo en el interior.

Miró atrás, hacia Vianello, que movió la cabeza de arriba abajo. Juntos irrumpieron en el apartamento, con el cuerpo doblado. Nada más cruzar el umbral se separaron, uno hacia cada lado, para ofrecer dos blancos distintos.

Pero Ravanello no dispararía contra ellos; les bastó una mirada para comprenderlo. Su cuerpo yacía atravesado sobre un sillón caído durante la lucha que se habría librado en esta habitación. Estaba de lado, con la cara vuelta hacia la puerta y los ojos muy abiertos, pero perdida para siempre toda curiosidad hacia estos hombres que entraban en su casa de improviso.

Ni un momento pensó Brunetti que Ravanello pudiera estar aún con vida; la postura del cuerpo y la palidez de la cara no dejaban lugar a dudas. Había muy poca sangre, esto fue lo primero que observó Brunetti. Al parecer, Ravanello había sido apuñalado dos veces, porque tenía dos manchas rojas en la chaqueta, y había sangre en el suelo, debajo del brazo, pero no la suficiente como para indicar que había muerto desangrado.

—*Oh, Dio* —oyó jadear a la anciana a su espalda, se volvió y la vio en la puerta, mirando a Ravanello y oprimiéndose los labios con el puño.

Brunetti dio dos pasos hacia la derecha, interponiéndose entre ella y el cadáver. La mujer lo miró hoscamente. ¿Era posible que estuviera molesta con él porque le impedía ver al muerto?

—¿Cómo era esa persona, *signora*? —preguntó.

Ella desvió la mirada hacia la izquierda, pero seguía sin poder ver.

—¿Cómo era, *signora*?

A su espalda oía moverse a Vianello, que iba a otra habitación, marcaba un número y, con voz suave y serena, informaba a la *questura* de lo sucedido y solicitaba la presencia de los funcionarios necesarios.

Brunetti avanzó hacia la mujer y, tal como él esperaba, ella retrocedió hacia la escalera.

—¿Podría decirme exactamente qué es lo que ha visto, *signora*?

—Un hombre no muy alto que bajaba la escalera corriendo. Llevaba camisa blanca de manga corta.

—¿Lo reconocería si volviera a verlo?

—Sí.

Brunetti también.

A su espalda, Vianello salió del apartamento dejando abierta la puerta.

—Ya vienen.

—Quédese aquí —dijo Brunetti yendo hacia la escalera.

—¿Santomauro? —preguntó Vianello.

Brunetti agitó la mano en señal de que le había oído y bajó las escaleras corriendo. En la calle, giró hacia la izquierda y se dirigió rápidamente hacia *campo* San Angelo, después *campo* San Luca y el bufete del abogado.

Brunetti tenía la impresión de que pretendía avanzar contra una fuerte marea, mientras se movía por entre la muchedumbre que, a última hora de la mañana, se agolpaba delante de los escaparates, se paraba a charlar en mitad de la calle o remoloneaba frente a una tienda, para aprovechar el respiro momentáneo del aire refrigerado que escapaba del interior. Abriéndose paso con los codos y la voz, corría por la estrecha calle de la Mandorla, indiferente a las miradas de indignación y a las sarcásticas observaciones que su paso suscitaba.

Salió a la explanada de *campo* Manin y, a pesar de que estaba sudando por todos los poros, se mantuvo al trote, dobló por la ribera y salió a *campo* San Luca, muy concurrido a aquella hora del aperitivo.

La puerta de la calle estaba entornada, Brunetti entró y subió las escaleras de dos en dos. Arriba, la puerta del despacho estaba cerrada y la luz que escapaba por debajo iluminaba débilmente la escalera. Sacó la pistola, empujó la puerta y entró bruscamente saltando hacia un lado al tiempo que se agachaba, tal como había hecho al entrar en el despacho de Ravanello.

La secretaria lanzó un grito y, como un personaje de historieta, se llevó las manos a la boca, dio un salto hacia atrás, tiró la silla y cayó de espaldas.

Segundos después se abrió la puerta del despacho de Santomauro y el abogado salió en tromba. Le bastó una ojeada para hacerse cargo de la situación al ver a la secretaria, que trataba de esconderse debajo de la mesa y no podía porque su hombro chocaba con el tablero de la mesa, y a Brunetti que se ponía de pie y guardaba la pistola.

—Tranquilícese, Louisa —dijo arrodillándose al lado de la mujer—. No pasa nada, no es nada.

Ella estaba consternada, no podía hablar, ni pensar. Sollozando, se volvió hacia su jefe con las manos extendidas. Él le rodeó los hombros con un brazo y ella apoyó la cara en su pecho, hiposa. Santomauro le daba golpecitos en la espalda, hablándole con suavidad. Poco a poco, la mujer se calmó y al fin se incorporó.

—*Scusi, avvocato* —fue lo primero que dijo, y sus palabras pusieron punto final al incidente.

Ya en silencio, Santomauro la ayudó a ponerse de pie y la acompañó hasta una puerta del fondo. Cuando la mujer hubo salido, él miró a Brunetti.

—¿Y bien? —dijo con voz tranquila, pero no por ello menos amenazadora.

—Ravanello ha sido asesinado —dijo Brunetti—. Pensé que usted sería el siguiente y he venido para tratar de impedirlo.

Si la noticia sorprendió a Santomauro, él no lo dejó traslucir.

—¿Por qué? —preguntó. Como Brunetti no contestara, repitió la pregunta—: ¿Por qué tenía que ser yo el siguiente?

Brunetti no contestó.

—Le he hecho una pregunta, comisario. ¿Por qué tenía que ser yo el siguiente? ¿Por qué tendría que estar en peligro? —En vista del silencio de Brunetti, Santomauro prosiguió—: ¿Cree que estoy complicado en esto? ¿Por eso ha venido, jugando a los indios y los vaqueros y aterrorizando a mi secretaria?

—Tenía razones para creer que él vendría —explicó Brunetti.

—¿Quién? —preguntó el abogado.

—No puedo decírselo.

Santomauro se agachó, enderezó la silla de la secretaria y la puso detrás de la mesa. Al fin miró a Brunetti y dijo:

—Márchese. Fuera de mi despacho. Pienso quejarme al Ministerio del Interior. Y enviaré copia a su superior. No tolero que me traten como a un criminal ni que asusten a mi secretaria con sus métodos de la Gestapo.

Brunetti había visto suficiente cólera en su vida y en su carrera como para comprender que aquello iba en serio. Sin decir nada, salió del despacho y bajó a *campo* San Luca. Le adelantaba, caminando deprisa, la gente que iba a comer a casa.

28

Brunetti tuvo que hacer un esfuerzo de voluntad para regresar a la *questura*. Estaba cerca de su casa, y ahora no quería sino darse una ducha y pensar en algo que no fuera las ineludibles consecuencias de lo que acababa de ocurrir. Había irrumpido en el despacho de uno de los hombres más poderosos de la ciudad, aterrorizado a su secretaria y puesto claramente de manifiesto, con la explicación de su conducta, que lo consideraba implicado con Malfatti en hechos delictivos y en la manipulación de las cuentas de la Liga. Todos los méritos que, aunque erróneamente, Patta le había atribuido durante las últimas semanas, se desvanecerían por efecto de la protesta de un hombre de la influencia de Santomauro.

Y ahora, muerto Ravanello, se esfumaba toda esperanza de poder acusar a Santomauro, porque la única persona que podía implicar a Santomauro era Malfatti, y su culpabilidad en la muerte de Ravanello invalidaría toda acusación que pudiera hacer contra Santomauro. Sería la palabra de Malfatti contra la de Santomauro, y no había que ser un lince para ver cuál pesaría más.

Cuando Brunetti llegó a la *questura* observó mucha agitación. Tres agentes uniformados deliberaban en el vestíbulo, y los que hacían cola en Ufficio Stranieri intercambiaban comentarios en una confusión de lenguas.

—Ya lo han traído, comisario —dijo uno de los agentes al ver a Brunetti.

—¿A quién? —preguntó él, tratando de no hacerse ilusiones.

—A Malfatti.

—¿Cómo?

—Los hombres que esperaban en casa de la madre. Ha aparecido por allí hace media hora y lo han arrestado antes de que ella pudiera abrir la puerta.

—¿Ha habido dificultades?

—Uno de los hombres que estaba allí dice que al verlos ha tratado de salir corriendo, pero cuando ha visto que eran cuatro se ha entregado.

—¿Cuatro?

—Sí, señor. Vianello llamó para pedirnos más hombres. Llegaban en el momento en que ha aparecido Malfatti. No han tenido ni que entrar, lo han encontrado en la puerta.

—¿Dónde está?

—Vianello lo ha llevado a un calabozo.

—Voy a verlo.

Cuando Brunetti entró en el calabozo, Malfatti reconoció en él al hombre que lo había arrojado escaleras abajo, pero no lo saludó con especial hostilidad.

Brunetti se acercó una silla de la pared y se sentó frente a Malfatti, que estaba sentado en el catre, con las piernas extendidas y la espalda apoyada en la pared. Era un hombre bajo y robusto, de pelo castaño y espeso, y facciones regulares que se olvidaban fácilmente. Más parecía un oficinista que un asesino.

—¿Y bien? —empezó Brunetti.

—¿Bien qué?

La voz de Malfatti era indiferente.

—¿Prefiere la vía fácil o la vía difícil? —preguntó Brunetti tan imperturbable como los policías de la televisión.

—¿Cuál es la vía difícil?

—Que me diga que no sabe nada de esto.

—¿Nada de qué? —preguntó Malfatti.

Brunetti apretó los labios, levantó la mirada a la ventana y luego la bajó a Malfatti.

—¿Cuál es la vía fácil? —preguntó Malfatti al cabo de un rato.

—Que me cuente lo que ocurrió. —Antes de que Malfatti pudiera hablar, explicó—: No me refiero al asunto de los alquileres. Eso ahora no importa y, de todos modos, ya se sabrá. Me refiero a los asesinatos. Los cuatro.

Malfatti se revolvió ligeramente en el colchón, y Brunetti tuvo la impresión de que iba a burlarse de su representación, pero no dijo nada.

—Él es un hombre respetado —prosiguió Brunetti, sin molestarse en explicar a quién se refería—. Al final todo se reducirá a elegir entre su palabra y la de él, a menos que pueda usted darnos algo que lo relacione con los asesinatos. —Aquí hizo una pausa, pero Malfatti no dijo nada—. Usted tiene una ficha muy larga —prosiguió Brunetti—. Intento de asesinato y, ahora, asesinato. —Antes de que Malfatti pudiera decir palabra, Brunetti prosiguió, en tono amigable—: No habrá ninguna dificultad para demostrar que usted ha matado a Ravanello. —En respuesta a la mirada de sorpresa de Malfatti, explicó—: La vieja lo ha visto.

Malfatti desvió la mirada.

—Y los jueces odian a la gente que mata a policías, sobre todo a mujeres policía. De modo que la condena es segura. Los jueces me pedirán parecer —prosiguió, y aquí hizo una pausa, para asegurarse la atención de Malfatti—. Y entonces yo les sugeriré Porto Azzurro. —Todos los delincuentes conocían el nombre de esta cárcel, la peor de Italia, de la que nadie había escapado, y ni siquiera un criminal tan curtido como Malfatti pudo disimular la impresión. Brunetti esperó y, en vista de que Malfatti no decía nada, agregó—: Dicen que no se sabe qué es más grande, si los gatos o las ratas.

Volvió a esperar.

—¿Y si hablo? —preguntó Malfatti al fin.

—Entonces recomendaré a los jueces que lo tomen en consideración.

—¿Y nada más?

—Nada más.

También Brunetti odiaba a los que mataban a policías.

Malfatti tardó sólo un momento en decidirse.

—*Va bene* —dijo—. Pero que conste en el informe que me he ofrecido a colaborar, quiero que pongan que, tan pronto como me arrestaron, me ofrecí a contárselo todo.

Brunetti se levantó.

—Voy a llamar para que le tomen declaración —dijo acercándose a la puerta del calabozo. Desde allí hizo una seña a un joven que estaba sentado a un escritorio a un extremo del pasillo y éste acudió al calabozo con una grabadora y un bloc.

Cuando estuvieron preparados, Brunetti dijo:

—Nombre, fecha de nacimiento y domicilio actual.

—Malfatti, Pietro. Veintiocho de septiembre de mil novecientos sesenta y dos. Castello, dos mil trescientos dieciséis.

Estuvo hablando una hora sin que su voz denotara en ningún momento más emoción que al contestar a este primer requerimiento, a pesar del creciente horror del relato.

La idea pudo haber partido de Ravanello o de Santomauro, Malfatti no lo había preguntado porque no le interesaba. Habían conseguido su nombre de los hombres de *via* Cappuccina y se habían puesto en contacto con él para preguntarle si estaría dispuesto a hacer los cobros mensuales a cambio de un porcentaje de los beneficios. Él no había titubeado en aceptar la oferta, su única duda se refería al porcentaje. Habían accedido a darle el doce, pero Malfatti había tenido que regatear casi una hora para hacerles subir a tanto.

Fue el afán de aumentar sus ganancias lo que movió a Malfatti a sugerir que una parte de los ingresos legítimos de la Liga se pagara mediante cheque a las personas cuyos nombres proporcionaría él. Brunetti cortó la grotesca autocomplacencia con que Malfatti relataba su jugada preguntando:

—¿Cuándo se enteró de esto Mascari?

—Hace tres semanas. Habló con Ravanello, le dijo que las cuentas no cuadraban. Pensaba que era cosa de Santomauro. Estúpido —escupió Malfatti con desprecio—. Hubiera podido sacarles una tercera parte.

Miraba a Brunetti y al escribiente solicitando que compartieran su desdén.

—¿Y entonces? —preguntó Brunetti, reservándose el desprecio.

—Santomauro y Ravanello vinieron a mi casa una semana antes de que ocurriera aquello. Querían que los librara de él, pero yo los conozco y les dije que no lo haría a menos que ellos me ayudaran. No soy idiota. —Nuevamente, buscó la aprobación de los otros dos hombres—. Ya saben lo que es esa gente. Les haces un trabajo y te quedas atrapado. La única manera de estar seguro es hacer que se ensucien las manos.

—¿Eso les dijo? —preguntó Brunetti.

—En cierto modo. Les dije que lo haría pero que tendrían que ayudarme a prepararlo.

—¿Y cómo lo prepararon?

—Hicieron que Crespo llamara a Mascari por teléfono y le dijera que se había enterado de que estaba buscando información sobre los apartamentos que alquilaba la Liga y que él vivía en uno. Cuando Mascari le dijo que salía para Sicilia aquella tarde (nosotros ya lo sabíamos), Crespo contestó que tenía más información y que podía pasar por su casa camino del aeropuerto.

—¿Y qué dijo entonces Mascari?

—Que iría.

—¿Estaba Crespo?

—Oh, no —dijo Malfatti con un resoplido de desdén—. Era un hijo de puta muy delicado. No quería tener nada que ver. Aquel día se fue más temprano a hacer la calle. Nosotros nos quedamos esperando a Mascari. Llegó sobre las siete.

—¿Qué ocurrió?

—Yo lo recibí. Probablemente, pensó que yo era Crespo, no tenía por qué pensar otra cosa. Le pedí que se sentara y le ofrecí una copa, él dijo que no, que había de tomar un avión y tenía prisa. Volví a preguntar si quería beber algo y cuando contestó que no dije que yo sí quería un trago y me fui a la mesita de las bebidas que estaba a su espalda. Y entonces lo hice.

—¿Qué hizo?

—Golpearlo.

—¿Con qué?

—Con una barra de hierro. La misma que tenía hoy. Va muy bien.

—¿Cuántas veces lo golpeó?

—Sólo una. No quería manchar de sangre los muebles de Crespo. Tampoco quería matarlo. Quería que lo mataran ellos.

—¿Y lo mataron?

—No lo sé. Bueno, no sé cuál de ellos. Estaban en el dormitorio. Los llamé y lo llevamos al cuarto de baño. Aún vivía. Le oí quejarse.

—¿Por qué al cuarto de baño?

La mirada de Malfatti indicaba que empezaba a sospechar que había sobrevalorado la inteligencia de Brunetti.

—Por la sangre. —Siguió una larga pausa y, en vista de que Brunetti no decía nada, Malfatti prosiguió—: Lo pusimos en el suelo y yo fui en busca de la barra. Santomauro había dicho que teníamos que desfigurarlo, lo habíamos planeado todo como un puzzle, dijo que tenía que estar irreconocible, para dar tiempo a cambiar las cuentas del banco o lo que fuera. Lo cierto es que no hacía más que decir que había que desfigurarlo, de modo que le di la barra y le dije que lo hiciera él. Entonces salí a la sala y me fumé un cigarrillo. Cuando volví a entrar, ya estaba hecho.

—¿Estaba muerto?

Malfatti se encogió de hombros.

—¿Lo mataron Ravanello y Santomauro?

—Yo ya había hecho mi parte.

—¿Y luego?

—Lo desnudamos y le afeitamos las piernas. Fue un coñazo.

—Lo imagino —se permitió Brunetti—. ¿Y después?

—Lo maquillamos. —Malfatti reflexionó—. No; lo maquillaron antes de darle en la cara. Uno de ellos dijo que sería más fácil. Luego volvimos a ponerle su ropa y lo sacamos como si estuviera borracho. Pero no hubiéramos tenido que preocuparnos, porque nadie nos vio. Ravanello y yo lo bajamos al coche de Santomauro y lo llevamos al descampado. Yo sabía lo que hay por allí y me pareció un buen sitio para dejarlo.

—¿Dónde le cambiaron de ropa?

—En el campo, en Marghera. Lo sacamos del coche y lo desnudamos. Luego le pusimos el vestido rojo y lo demás, y yo lo llevé al otro extremo del campo, y lo dejé entre unas matas, para que tardasen más en encontrarlo. —Malfatti calló, buscando en la memoria—. Se le cayó un zapato, y Ravanello me lo metió en el bolsillo. Yo lo tiré a su lado. Fue idea de Ravanello, creo, lo de los zapatos.

—¿Qué hicieron con su ropa?

—De vuelta a casa de Crespo, paré el coche y la eché en un contenedor. No había que preocuparse, no estaba manchada de sangre. Tuvimos mucho cuidado. Le habíamos envuelto la cabeza en una bolsa de plástico.

El agente tosió, volviendo la cabeza, para que la tos no quedara registrada en la cinta.

—¿Y después? —preguntó Brunetti.

—Volvimos al apartamento. Santomauro lo había limpiado. Y no supe nada más de ellos hasta la noche en que fue usted a Mestre.

—¿De quién fue la idea?

—Mía, no. Ravanello me llamó y me explicó el plan. Creo que pensaban que, si nos deshacíamos de usted, se abandonaría la investigación. —Aquí Malfatti suspiró—.

Traté de hacerles comprender que las cosas no funcionan así, que matarlo a usted no serviría de nada, pero no me hicieron caso. Se empeñaron en que les ayudara.

—¿Y usted accedió?

Malfatti asintió.

—Tiene que responder de viva voz, *signor* Malfatti, para que quede grabado —explicó Brunetti fríamente.

—Sí; yo accedí.

—¿Qué le indujo a cambiar de parecer?

—Pagaban bien.

Como estaba presente el agente, Brunetti se abstuvo de preguntar cuánto valía su vida. Ya se descubriría con el tiempo.

—¿Conducía usted el coche que trató de tirarnos del puente?

—Sí. —Malfatti hizo una pausa larga y agregó—: Mire, de haber sabido que con ustedes iba una mujer, no creo que lo hubiera hecho. Trae mala suerte matar a una mujer. Era la primera. —Entonces cayó en la cuenta y levantó la cabeza—. ¿Lo ve? Me ha traído mala suerte.

—Peor suerte la de la mujer, *signor* Malfatti —respondió Brunetti, pero antes de que el otro pudiera reaccionar, preguntó—: ¿Y Crespo? ¿Lo mató usted?

—No; no tuve nada que ver con eso. Yo estaba en el coche con Ravanello. Dejamos a Santomauro con Crespo. Cuando subimos, ya estaba hecho.

—¿Qué les dijo Santomauro?

—Nada. De eso nada. Sólo nos dijo que había ocurrido y, a mí, que me mantuviera fuera de la circulación, mejor aún, que me marchara de Venecia. Iba a hacerlo, pero me parece que ya no podré.

—¿Y Ravanello?

—He ido a su casa esta mañana, después de que usted viniera a la mía.

Malfatti calló, y Brunetti se preguntó qué mentira estaría preparando.

—¿Qué ha ocurrido esta mañana? —azuzó Brunetti.

—Le he dicho que la policía me buscaba y que necesitaba dinero para marcharme de la ciudad. Pero le ha entrado pánico. Ha empezado a gritar que yo lo había estropeado todo. Y entonces ha sacado la navaja.

Brunetti había visto la navaja. No parecía propio de un alto empleado de banca llevar en el bolsillo una navaja automática, pero no dijo nada.

—Me amenazó. Estaba fuera de sí. Quise quitársela de la mano, se resistió, forcejeamos y creo que cayó encima de ella.

«En efecto —pensó Brunetti—. Dos veces. En el pecho.»

—¿Y luego?

—Luego he ido a casa de mi madre. Allí me han encontrado sus hombres.

Malfatti calló. Sólo se oía el ligero zumbido de la grabadora.

—¿Y el dinero? —preguntó Brunetti.

—¿Qué? —dijo Malfatti, sorprendido por este brusco cambio de rumbo.

—El dinero. El dinero de todos esos alquileres.

—El mío lo gastaba. Me lo gastaba cada mes. Pero no era nada comparado con lo que sacaban ellos.

—¿Cuánto sacaba usted?

—De nueve a diez millones.

—¿Sabe lo que hacían ellos?

Malfatti reflexionó, como si nunca se le hubiera ocurrido pensarlo.

—Supongo que Santomauro debía de gastarse buena parte del suyo en chicos. Ravanello, no sé. Parecía una de esas personas que hacen inversiones.

El tono de Malfatti convirtió esta práctica en una obscenidad.

—¿Tiene algo más que decir sobre esto o sobre su implicación con esos hombres?

—Sólo que la idea de matar a Mascari fue suya, no mía. Yo sólo les ayudé, pero la idea fue suya. Yo no tenía mucho que perder si se descubría lo de los alquileres, de modo que no tenía por qué matarlo.

Estaba claro que, de haber creído que tenía algo que perder, no hubiera vacilado en matar a Mascari, pero Brunetti no dijo nada.

—Eso es todo —dijo Malfatti.

Brunetti se levantó e hizo una seña al agente para que le siguiera.

—Lo haré pasar a máquina para que pueda firmarlo.

—No hay prisa —dijo Malfatti riendo—. No pienso ir a ninguna parte.

29

Una hora después, Brunetti bajó tres ejemplares de la declaración mecanografiada a Malfatti, que firmó sin leer.

—¿No quiere saber lo que firma? —preguntó Brunetti.

—No importa —dijo Malfatti, sin levantarse del catre. Señaló el papel con la pluma que Brunetti le había dado—. Además, nadie se lo va a creer.

Lo mismo pensaba Brunetti, por lo que no discutió.

—¿Y ahora qué pasará? —preguntó Malfatti.

—Habrá una vista previa dentro de unos días y el magistrado decidirá si se le concede la libertad bajo fianza.

—¿Le preguntará su opinión?

—Probablemente.

—¿Y...?

—Me pronunciaré en contra.

Malfatti pasó los dedos a lo largo de la pluma, la hizo girar y la devolvió a Brunetti.

—¿Avisarán a mi madre?

—Me encargaré de que la llamen.

Malfatti se encogió de hombros dándose por enterado, apoyó la cabeza en la almohada y cerró los ojos.

Brunetti salió de la celda y subió los dos pisos hasta el antedespacho de la *signorina* Elettra. Hoy vestía de un rojo que rara vez se ve fuera de los límites del Vaticano, y que a Brunetti le pareció excesivamente chillón y que desentonaba con su estado de ánimo. Ella sonrió y eso mitigó un poco su mal humor.

—¿Está? —preguntó Brunetti.

—Llegó hace una hora, pero está hablando por teléfono y me ha dicho que no le interrumpiera por nada.

Brunetti lo prefería; no quería estar con Patta mientras leía la confesión de Malfatti. Puso un ejemplar encima del escritorio.

—¿Será tan amable de darle esto cuando acabe de hablar?

—¿Malfatti? —preguntó ella, mirando los papeles con franca curiosidad.

—Sí.

—¿Dónde estará usted?

De pronto, al oír la pregunta, Brunetti se dio cuenta de que había perdido la noción del tiempo. Miró el reloj, vio que eran las cinco, pero la hora no significaba nada. No tenía hambre, sólo sed y estaba deprimido y exhausto. Al pensar en cómo reaccionaría Patta sintió que le aumentaba la sed.

—Iré a beber algo y luego estaré en mi despacho.

Dio media vuelta y se fue; no importaba si ella leía la confesión o no; en aquel momento no sentía más que la sed, el calor y la rugosidad de la piel, por la sal que había dejado en ella el sudor evaporado a lo largo del día. Se llevó el dorso de la mano a los labios y casi paladeó con fruición su sabor amargo.

Una hora después, iba al despacho de Patta, llamado por su jefe. Detrás de la mesa encontró al antiguo Patta, que parecía haber rejuvenecido cinco años y engordado cinco kilos en una noche.

—Siéntese, Brunetti —dijo Patta, que golpeó la mesa con el canto de las seis hojas, apilándolas con cuidado—. Acabo de leer esto. —Miró a Brunetti y dejó los papeles en la mesa—. Yo le creo.

Brunetti procuró no exteriorizar emoción. La esposa de Patta tenía cierta relación con la Liga y Santomauro era una figura de importancia política en una ciudad en la que Patta aspiraba a conquistar poder. Brunetti comprendía que la conversación que iba a mantener con Patta no giraría en torno a la justicia ni la ley. No dijo nada.

—Pero dudo que alguien más lo crea —prosiguió Patta, empezando a marcar el rumbo a Brunetti. Cuando comprendió que su subordinado no iba a hacer comentarios, agregó—: He recibido numerosas llamadas esta tarde.

Era superfluo preguntar si una había sido de Santomauro, y Brunetti no preguntó.

—No sólo me ha llamado el *avvocato* Santomauro sino que también he mantenido largas conversaciones con dos concejales, amigos y compañeros políticos del *avvocato*. —Patta se arrellanó en el sillón y puso una pierna encima de la otra. Brunetti vio la reluciente puntera de un zapato y la franja de un fino calcetín azul. Miró a Patta a la cara—. Lo dicho, nadie va a creer a este hombre.

—¿Aunque diga la verdad? —preguntó Brunetti al fin.

—Aunque diga la verdad. En esta ciudad nadie va a creer que Santomauro sea capaz de cometer los actos de los que este hombre le acusa.

—Usted no parece tener dificultad en creerlo, *vicequestore*.

—A mí no puede considerárseme un testigo imparcial en lo que atañe al *signor* Santomauro —dijo Patta, dejando caer delante de Brunetti, con la misma naturalidad con que había puesto los papeles en la mesa, el primer indicio de poseer un autoconocimiento insospechado.

—¿Qué le ha dicho Santomauro? —preguntó Brunetti, a pesar de que ya lo sabía.

—Estoy seguro de que usted ya se lo imagina —dijo Patta, sorprendiendo a Brunetti por segunda vez en menos de un minuto—. Que Malfatti pretende repartir la culpa para rehuir su responsabilidad. Que el examen de las cuentas del banco nos demostrará que todo fue cosa de Ravanello. Que no hay ni la menor prueba de que él, Santomauro, estuviera involucrado ni en la duplicidad de los alquileres ni en la muerte de Mascari.

—¿Ha dicho algo de las otras muertes?

—¿Crespo?

—Sí, y Maria Nardi.

—Ni palabra. Y nada lo relaciona con la de Ravanello.

—Tenemos la declaración de la mujer que vio a Malfatti bajar la escalera de casa de Ravanello.

—Ya. —Patta descruzó las piernas y se inclinó hacia adelante. Puso la mano derecha encima de la confesión de Malfatti—. Esto no tiene ningún valor —dijo, tal como Brunetti esperaba—. Puede tratar de utilizarlo en el juicio, pero dudo de que los jueces le crean. Más le valdría presentarlo como instrumento en manos de Ravanello.

Probablemente, tenía razón. No existía el juez que pudiera ver en Malfatti al cerebro de la operación. Pero el juez capaz de atribuir a Santomauro algún papel en ella, no sólo no existía sino que ni se concebía.

—¿Entonces no va usted a hacer nada? —preguntó Brunetti, señalando los papeles de encima de la mesa con un movimiento del mentón.

—Nada, a no ser que a usted se le ocurra algo que hacer —dijo Patta, y Brunetti trató en vano de detectar sarcasmo en su voz.

—No.

—No podemos tocarlo —dijo Patta—. Lo conozco. Es precavido, no se habrá dejado ver por las personas que están metidas en esto.

—¿Y los chicos de *via* Cappuccina?

Patta apretó los labios con repugnancia.

—Sus relaciones con esas criaturas son puramente circunstanciales. El juez no aceptaría pruebas a ese respecto. Su conducta, por execrable que sea, es cuestión personal.

Brunetti examinaba las posibilidades: si podía conseguir que un número suficiente de los travestis que tenían alquilados apartamentos a la Liga declararan que Santomauro había utilizado sus servicios, o si conseguía encontrar al hombre que estaba en el apartamento de Crespo cuando fue a verlo, o si existían pruebas de que Santomauro había entrevistado a alguno de los inquilinos que pagaban doble alquiler...

—No hay pruebas, Brunetti —dijo Patta, cortando sus especulaciones—. Sólo tenemos la palabra de un asesino confeso. —Patta golpeó los papeles—. Habla de los asesinatos como el que habla de salir a comprar un paquete de cigarrillos. Cuando acuse a Santomauro no le creerá nadie. Nadie.

De pronto, Brunetti se sintió exhausto. Le lloraban los ojos y tenía que hacer un gran esfuerzo para mantenerlos abiertos. Rozó el derecho con la yema del dedo, como para quitarse una mota, cerró los dos unos segundos y se frotó los párpados. Cuando abrió los ojos vio que Patta lo miraba de un modo extraño.

—Me parece que debería irse a casa, Brunetti. No se puede hacer nada más en este asunto.

Brunetti se puso en pie, asintió y salió. Se fue a casa directamente, sin pasar por su propio despacho. Al entrar en el apartamento descolgó el teléfono, tomó una ducha larga y caliente, comió un kilo de melocotones y se metió en la cama.

30

Brunetti durmió doce horas seguidas, profundamente y sin soñar, y despertó fresco y despejado. Las sábanas estaban empapadas, aunque él no se había dado cuenta de que sudaba. En la cocina, mientras llenaba la cafetera, vio que tres de los melocotones que había dejado en el frutero la noche antes estaban cubiertos de pelusa verde. Los echó al cubo de la basura que tenía debajo del fregadero, se lavó las manos y puso el café en el fogón.

Cada vez que sus pensamientos derivaban hacia Santomauro o la confesión de Malfatti, él los ahuyentaba y se esforzaba por concentrarse en el próximo fin de semana, que estaba decidido a pasar en las montañas, con Paola. Se preguntó por qué no le habría llamado la víspera por la noche, y sintió que le invadía la autocompasión: él, ahogándose en este calor maloliente y ella, retozando en las montañas como una cordera. Pero entonces recordó que había descolgado el teléfono y tuvo una punzada de remordimiento. La echaba de menos. Los echaba de menos a todos. Se reuniría con ellos lo antes posible.

Animado por este propósito, fue a la *questura*, donde leyó la información del arresto de Malfatti, que aparecía en los periódicos, todos los cuales citaban al *vicequestore* Giuseppe Patta como fuente de información, quien, se informaba, había «supervisado el arresto» y «obtenido la confesión de Malfatti». Los periódicos atribuían la responsabilidad del último escándalo de la Banca di Verona a Ravanello, su recién nombrado director y no dejaban lugar a duda de que él había sido responsable del asesinato de su antecesor antes de ser él mismo víctima de Malfatti, su malvado cómplice. A Santomauro lo mencionaba únicamente el *Corriere della Sera*, citando sus protestas de indignación y su pesar por el abuso de que habían sido objeto los altruistas fines y los nobles principios de la organización a la que él se honraba en servir.

Brunetti llamó a Paola y, aunque sabía que la respuesta sería «no», le preguntó si había leído los periódicos. Cuando su esposa le preguntó qué hubiera tenido que leer, él le dijo tan sólo que el caso estaba aclarado y que ya se lo contaría al llegar. Tal como esperaba, ella le pidió que le dijera algo más, y él respondió que eso podía esperar. Ella no insistió y él se sintió molesto por su falta de perseverancia. Al fin y al cabo, este caso había estado a punto de costarle la vida.

Brunetti pasó el resto de la mañana preparando un informe de cinco páginas, en el que manifestaba su convencimiento de que Malfatti decía la verdad en su confesión y hacía un relato pormenorizado y razonado de todo lo sucedido, desde el descubrimiento del cadáver de Mascari hasta el arresto de Malfatti. Después del almuerzo, leyó dos veces el informe, y tuvo que reconocer que todo se basaba en meras sospechas, que no tenía ninguna prueba tangible que asociara a Santomauro con los delitos y que nadie creería que un hombre como Santomauro, que contemplaba el mundo desde las empíreas alturas de los principios morales de la Liga, pudiera estar mezclado en unos hechos violentos, provocados por la vil codicia y la lascivia. A pesar de todo, lo pasó a máquina, utilizando la Olivetti Standard que tenía en una mesita en un rincón del despacho. Al contemplar las páginas moteadas con las pintas blancas del líquido corrector, se preguntó si no iría siendo hora de solicitar un ordenador, y se puso a pensar en dónde lo colocaría y en si le concederían una impresora o tendría que imprimir sus escritos en la oficina general, idea que no le seducía.

Mientras sopesaba los pros y los contras del ordenador, Vianello llamó a la puerta y entró seguido de un hombre bajo, muy bronceado, con un traje de algodón arrugado.

—Comisario —empezó el sargento en el tono formal que adoptaba cuando se dirigía a Brunetti en presencia de extraños—, permita que le presente a Luciano Gravi.

Brunetti se acercó a Gravi y extendió la mano.

—Mucho gusto, *signor* Gravi. ¿En qué puedo servirle?

Condujo al hombre hasta su mesa y señaló la silla situada frente a ella. Gravi paseó la mirada por el despacho y se sentó. Vianello se sentó al lado del visitante y esperó a que éste hablara. En vista de que el hombre no decía nada, empezó él.

—Comisario, el *signor* Gravi tiene una zapatería en Chioggia.

Brunetti miró al hombre con interés. Una zapatería. Vianello miró a Gravi y con la mano lo invitó a hablar.

—Acabo de volver de vacaciones —dijo Gravi dirigiéndose a Vianello, pero cuando éste miró hacia Brunetti, también él se volvió hacia el comisario—. He estado en Puglia dos semanas. No vale la pena abrir durante el *ferragosto*. Nadie compra zapatos. Demasiado calor. Así que todos los años cerramos la tienda tres semanas y mi mujer y yo nos vamos de vacaciones.

—¿Y acaban de regresar?

—Bien, regresamos hace dos días, pero no fui a la tienda hasta ayer. Y entonces encontré la postal.

—¿Una postal, *signor* Gravi? —preguntó Brunetti.

—De la dependienta de la tienda. Está en Noruega, con su novio, de vacaciones. Creo que él trabaja para ustedes, Giorgio Miotti. —Brunetti asintió; conocía a Miotti—. Bueno, pues, como le decía, están en Noruega, y ella me escribió que la policía estaba interesada en un par de zapatos rojos. —Se volvió otra vez hacia Vianello—. No sé de qué estarían hablando, para que ella pensara en eso, pero al pie de la postal escribía que Giorgio decía que ustedes buscaban a alguien que hubiera comprado un par de zapatos de mujer de raso rojo, de número grande.

Brunetti se dio cuenta de que estaba conteniendo la respiración y tuvo que hacer un esfuerzo para relajarse y exhalar el aire.

—¿Y vendió usted esos zapatos, *signor* Gravi?

—Sí; vendí un par hará cosa de un mes. A un hombre. —Se interrumpió, esperando que los policías expresaran su extrañeza ante la circunstancia de que un hombre comprara unos zapatos semejantes.

—¿Un hombre? —preguntó Brunetti, complaciente.

—Sí; dijo que los quería para carnaval. Pero aún faltan muchos meses para carnaval. Me pareció extraño, pero me alegré de venderlos porque uno tenía el raso un poco roto, en el tacón. Me parece que el izquierdo. De todos modos, estaban de oferta, y él se los quedó. Cincuenta y nueve mil liras, antes estaban a ciento veinte. Una ganga.

—Estoy seguro de ello, *signor* Gravi —convino Brunetti—. ¿Reconocería los zapatos si volviera a verlos?

—Creo que sí. Escribí el precio en la suela. Quizá aún esté.

Mirando a Vianello, Brunetti dijo:

—Sargento, ¿haría el favor de traerme del laboratorio aquellos zapatos? Me gustaría enseñárselos al *signor* Gravi.

Vianello asintió y salió del despacho. Mientras el sargento estaba fuera, Gravi habló de sus vacaciones y de lo limpia que se puede encontrar el agua del Adriático si se baja hacia el sur lo suficiente. Brunetti escuchaba, sonriendo cuando le parecía necesario y reprimiendo el deseo de pedir a Gravi que le describiera al hombre que había comprado los zapatos hasta después de que su visitante los hubiera identificado.

A los pocos minutos, Vianello estaba de vuelta y traía los zapatos en una bolsa de plástico transparente. Dio la bolsa a

Gravi, que no trató de abrirla sino que dio la vuelta primero a un zapato y luego al otro, para examinar las suelas. Acercándoselos a la cara, sonrió y tendió la bolsa a Brunetti.

—Mire, ahí está. El precio. Lo escribí en lápiz, para que el comprador pudiera borrarlo, si quería. Pero aún se ve.

Señalaba unas tenues marcas de lápiz en la suela.

Por fin, Brunetti se permitió la pregunta:

—¿Podría describir al hombre que compró estos zapatos, *signor* Gravi?

Gravi vaciló pero sólo un momento, antes de preguntar con voz respetuosa ante la autoridad:

—¿Podría decirme, comisario, por qué está interesado en ese hombre?

—Creemos que puede darnos información importante acerca de una investigación en curso —respondió Brunetti sin decir nada.

—Comprendo —dijo Gravi, que, al igual que todos los italianos, estaba acostumbrado a no entender nada de lo que decían las autoridades—. Más joven que usted, diría yo, aunque no mucho. Pelo oscuro. Sin bigote. —Quizá al oírse a sí mismo, Gravi se dio cuenta de lo vaga que era su descripción—. Yo diría un hombre corriente, vestido con chaqueta. Ni alto ni bajo.

—¿Tendría la bondad de mirar unas fotos, *signor* Gravi? —preguntó Brunetti—. Quizá ello nos permita reconocer al hombre.

Gravi sonrió ampliamente, satisfecho de que todo fuera tan parecido a los telefilmes.

—Desde luego.

Brunetti hizo una seña a Vianello, que bajó a buscar dos carpetas de fotos de la policía, entre las que estaba la de Malfatti.

Gravi tomó la primera carpeta de manos de Vianello y la abrió encima de la mesa. Una a una, iba pasando las fotos y apilándolas boca abajo después de mirarlas. Bajo la atenta mirada de Vianello y Brunetti, puso la foto de Malfatti con las otras y siguió mirando. Al terminar, levantó la cabeza.

—No está, ni él ni nadie que se le parezca.

—¿No podría hacer una descripción un poco más precisa de su aspecto?

—Ya se lo he dicho, comisario, un hombre con chaqueta. Éstos —dijo señalando el montón de fotografías—, bueno, todos tienen cara de criminales. —Vianello lanzó una rápida mirada a Brunetti. Había fotos de varios policías mezcladas con las otras, entre ellos el agente Alvise—. Como le digo, llevaba traje y corbata —repitió Gravi—. Parecía uno de nosotros. En fin, un hombre que va todos los días a trabajar al despacho. Y hablaba como una persona educada, no como un criminal.

La ingenuidad política que denotaba el comentario hizo dudar a Brunetti de que el *signor* Gravi fuera un italiano auténtico. Miró a Vianello moviendo la cabeza de arriba abajo, y el sargento entregó a Gravi la otra carpeta.

Mientras los dos policías lo observaban, Gravi examinó un montón de fotos menor que el anterior. Al ver la de Ravanello, miró a Brunetti:

—Es el director del banco al que mataron ayer, ¿verdad? —preguntó señalando la foto.

—¿Y no es el hombre que compró los zapatos, *signor* Gravi? —preguntó Brunetti.

—No, claro que no —respondió Gravi—. De haberlo sido, se lo hubiera dicho nada más entrar. —Volvió a mirar la foto, un retrato de estudio que había aparecido en un folleto del banco en el que figuraban todos los altos empleados—. No es el hombre, pero es el tipo.

—¿El tipo, *signor* Gravi?

—Sí, hombre con traje y corbata, y zapatos relucientes. Camisa blanca y bien planchada, y un buen corte de pelo. Un banquero.

Durante un instante, Brunetti tuvo siete años y estaba arrodillado al lado de su madre al pie del altar mayor de Santa Maria Formosa, su parroquia. Su madre miraba al altar, se santiguaba y decía en una voz en la que palpitaba una súplica fervorosa: «Santa María, Madre de Dios, por el amor de tu Hijo, que dio su vida por todos nosotros, miserables pecadores, concédeme esta gracia y nunca más en mi vida te pediré nada más.» Era una promesa que él oiría infinidad de veces durante su niñez, porque, al igual que todos los venecianos, la *signora* Brunetti confiaba en la intercesión de las personas influyentes. No era la primera vez en su vida que Brunetti lamentaba su falta de fe, pero no por ello dejó de suplicar al cielo que Gravi fuera capaz de reconocer al hombre que le había comprado los zapatos si lo veía.

Miró a Gravi.

—Lamentablemente, no tengo la foto del otro hombre que pudo haber comprado los zapatos, pero, si me acompaña a verlo personalmente, quizá pueda ayudarnos.

—¿Quiere decir intervenir realmente en la investigación? —El entusiasmo de Gravi era infantil.

—Sí, si no tiene inconveniente.

—Encantado de ayudarlos, comisario.

Brunetti se levantó y Gravi se puso en pie de un salto. Mientras caminaban hacia el centro de la ciudad, Brunetti explicó a Gravi lo que deseaba que hiciera. Gravi no hizo preguntas, contento de hacer lo que le ordenaran, como buen ciudadano que ayuda a la policía en su investigación de un grave delito.

Cuando llegaron a *campo* San Luca, Brunetti señaló el portal y sugirió al *signor* Gravi que bebiera algo en Rosa Salva y subiera al cabo de cinco minutos.

Brunetti subió la ya familiar escalera y llamó a la puerta del despacho.

—*Avanti* —gritó la secretaria, y él entró.

Cuando ella levantó la mirada del ordenador y vio quién era, no pudo reprimir un sobresalto que la hizo levantarse a medias de la silla.

—Perdone, *signorina* —dijo Brunetti extendiendo las

manos en lo que él esperaba que fuera un ademán tranquilizador—. Tengo que hablar con el *avvocato* Santomauro. Asunto oficial.

Ella parecía no oírlo y lo miraba con la boca abierta en una «O» cada vez más amplia. Brunetti no hubiera podido decir si de sorpresa o temor. Lentamente, ella extendió el brazo y oprimió un botón mientras acababa de ponerse en pie, parapetada detrás de la mesa, sin levantar el dedo del pulsador y mirando a Brunetti en silencio.

Al cabo de unos segundos, la puerta se abrió hacia dentro y Santomauro salió al antedespacho. Vio a su secretaria, tan callada y quieta como la mujer de Lot, y entonces vio a Brunetti en la puerta.

Su furor fue inmediato y fulminante.

—¿Qué hace usted aquí? Ya dije al *vicequestore* que lo mantuviera alejado de mí. Fuera, fuera de mi despacho. —Al oír su voz, la secretaria retrocedió y se quedó apoyada en la pared—. Márchese —casi gritó Santomauro—. No estoy dispuesto a tolerar este acoso. Haré que le... —Se interrumpió al ver entrar a otro hombre detrás de Brunetti, un desconocido bajito con un traje de algodón barato—. Vuelvan los dos a la *questura* de donde han venido —gritó Santomauro.

—¿Reconoce a este hombre, *signor* Gravi?

—Sí.

Santomauro se quedó paralizado, aunque seguía sin reconocer al hombre del traje arrugado.

—¿Puede decirme quién es, *signor* Gravi?

—Es el hombre al que vendí los zapatos.

Brunetti desvió la mirada de Gravi y miró a través de la habitación a Santomauro, que ahora parecía haber reconocido al hombre del traje arrugado.

—¿Qué zapatos, *signor* Gravi?

—Unos zapatos de señora rojos, del número cuarenta y tres.

Santomauro se vino abajo. Brunetti había observado el fenómeno con suficiente frecuencia como para reconocerlo. La entrada de Gravi, cuando Santomauro se creía a salvo de todo peligro, ya que la policía no había emprendido ninguna acción a consecuencia de la acusación contenida en la confesión de Malfatti, era tan inesperada que Santomauro no tuvo tiempo ni presencia de ánimo para inventar una explicación de la compra de los zapatos.

Al principio, también gritó a Gravi y lo echó del despacho, pero cuando el hombrecillo insistió en que reconocería a Santomauro en cualquier sitio, el *avvocato* se apoyó pesadamente de lado en el escritorio de su secretaria, con los brazos cruzados sobre el pecho, como si de este modo pudiera protegerse de la silenciosa mirada de Brunetti y de la perplejidad de los otros dos.

—Es él, comisario. Estoy seguro.

—¿Bien, *avvocato* Santomauro? —preguntó Brunetti, indicando a Gravi con un ademán que guardara silencio.

—Fue Ravanello —dijo Santomauro con voz aguda, tensa y casi llorosa—. La idea fue suya. Lo de los apartamentos y los alquileres. Vino a proponérmelo, yo no quería, pero él me amenazó. Sabía lo de los chicos y me amenazó con decírselo a mi mujer y a mis hijos. Y entonces Mascari descubrió lo de los alquileres.

—¿Cómo?

—No lo sé. Por apuntes del banco. Algo que encontraría en el ordenador. Ravanello me lo dijo. La idea de eliminarlo fue suya.

Dos de las personas que estaban en la habitación no sabían de qué hablaba, pero ninguna decía nada, estupefactas como estaban por el terror de Santomauro.

—Yo no quería hacer nada. Pero Ravanello dijo que no había más remedio. Que teníamos que hacerlo.

Su voz había ido suavizándose. Ahora calló y miró a Brunetti.

—¿Tenían que hacer qué, *signor* Santomauro?

Santomauro miró fijamente a Brunetti y sacudió la cabeza, como para despejarla después de un fuerte golpe. Luego volvió a moverla, pero ahora en clara señal negativa. Brunetti también conocía estos síntomas.

—*Signor* Santomauro, le arresto por el asesinato de Leonardo Mascari.

Al oír este nombre, tanto Gravi como la secretaria miraron a Santomauro como si lo vieran por primera vez. Brunetti se inclinó sobre el escritorio de la secretaria y llamó por teléfono a la *questura* para pedir que enviaran a tres hombres a recoger a un sospechoso y acompañarlo a la *questura* para ser interrogado.

Brunetti y Vianello interrogaron a Santomauro durante dos horas, y poco a poco fue perfilándose la historia. Era posible que Santomauro dijera la verdad acerca de los detalles del plan para aprovecharse de los apartamentos de la Liga, pero no acerca de quién había partido la idea. Se reafirmaba en que Ravanello era el autor del plan, que lo tenía todo perfectamente previsto y también que Ravanello había buscado la ayuda de Malfatti. Todo era idea de Ravanello: el plan original, la necesidad de liquidar al íntegro Mascari, el intento de arrojar el coche de Brunetti a la laguna. Iniciativas de Ravanello, consumido por la codicia.

¿Y Santomauro? Él se presentaba a sí mismo como un hombre débil, preso de los designios de quien podía destruir su reputación, su familia, su vida. Insistía en que él no había intervenido en el asesinato de Mascari, que él no sabía lo que iba a suceder aquella noche fatídica en el apartamento de Crespo. Cuando le recordaron la compra de los zapatos, al principio alegó que los había comprado para ponérselos en carnaval, pero cuando le dijeron que habían sido identificados como los que llevaba Mascari, dijo que Ravanello le había ordenado comprarlos, no sabía con qué fin.

Sí, él se embolsaba su parte de los alquileres de los apartamentos de la Liga, pero no para lucrarse sino sólo para proteger su buen nombre. Sí, estaba en el apartamento de Crespo la noche en que Mascari fue asesinado, pero fue Malfatti quien lo mató; él y Ravanello no habían tenido más remedio que ayudarlo a deshacerse del cadáver. ¿El plan? De Ravanello. De Malfatti. Del asesinato de Crespo él no sabía nada, habría sido algún cliente peligroso que Crespo había llevado a su casa.

Santomauro se esforzaba por ofrecer la imagen de un hombre como tantos otros, incapaz de vencer sus pasiones y dominado por el miedo. ¿Quién no había de sentir compasión por un ser semejante?

Así estuvo dos horas, manteniendo su inocente complicidad en esos crímenes, insistiendo en que su único móvil era el deseo de proteger a su familia, de evitarles el escándalo y la vergüenza de que se conociera su vida secreta. Mientras escuchaba, Brunetti se daba cuenta de que Santomauro estaba cada vez más convencido de la verdad de lo que decía. Al fin, asqueado por aquel hombre y sus simulaciones, el comisario decidió dar por terminado el interrogatorio.

A última hora de la tarde, Santomauro estaba con su abogado y, a la mañana siguiente, salió en libertad bajo fianza, mientras Malfatti, asesino confeso, permanecía en la cárcel. Santomauro dimitió de la presidencia de la Lega della Moralità aquel mismo día, y los restantes miembros del consejo acordaron realizar una minuciosa investigación de su mala gestión y su conducta irregular. Y es que, cavilaba Brunetti, en ciertos medios de la sociedad, se llama conducta irregular a la sodomía y mala gestión, al asesinato.

Aquella tarde, Brunetti fue a *via* Garibaldi y llamó a la puerta del apartamento de Mascari. La viuda preguntó quién era y él dio su nombre y grado.

El apartamento seguía igual. Las persianas seguían cerradas, para impedir que entrara el sol, pero parecía que lo que impedían era que saliera el calor. La *signora* Mascari estaba más delgada y ensimismada.

—Es muy amable al recibirme, *signora* —empezó Brunetti, cuando estuvieron sentados frente a frente—. He venido a decirle que el nombre de su esposo queda limpio de toda sospecha. Él no estaba involucrado en ningún delito y fue la víctima inocente de un crimen abyecto.

—Eso ya lo sabía, comisario. Lo supe desde el principio.

—Lamento mucho que, durante un minuto siquiera, se sospechara de su esposo.

—No fue culpa suya, comisario. Y yo nunca sospeché.

—A pesar de todo, lo siento. Pero los responsables de su muerte han sido descubiertos.

—Sí, lo sé. Lo he leído en los periódicos —dijo ella, y agregó tras una pausa—: Pero eso no cambia nada.

—Serán castigados, *signora*. Esto puedo prometérselo.

—Desgraciadamente, no servirá de nada ni a mí ni a Leonardo. —Cuando Brunetti fue a protestar, ella lo atajó—: Comisario, los periódicos pueden publicar lo que quieran acerca de lo que ocurrió realmente, pero lo único que la gente recordará de Leonardo es la noticia que apareció cuando descubrieron su cadáver: que estaba vestido de mujer. Que era un travesti que se prostituía.

—Pero eso ha sido desmentido, *signora*.

—Cuando se arroja lodo, comisario, nunca se limpia del todo. A la gente le gusta pensar mal de sus semejantes; cuanto mayor es el crimen, mayor el placer. Dentro de unos años, cuando se pronuncie el nombre de Leonardo, recordarán el vestido rojo y pensarán todo lo mal que quieran.

Brunetti comprendió que tenía razón.

—Lo siento, *signora*.

No podía decir más.

Ella se inclinó y le tocó el dorso de la mano.

—Nadie debe disculparse por lo que es propio de la naturaleza humana, comisario. Pero le agradezco su comprensión. —Retiró la mano—. ¿Desea algo más?

Brunetti, que sabía captar una indirecta, dijo que no había nada más y se despidió dejando a la mujer en la casa en penumbra.

Aquella noche barrió la ciudad una fuerte tormenta que levantó tejas, arrojó tiestos de geranios al suelo y arrancó árboles de los parques públicos. Estuvo lloviendo torrencialmente durante tres horas, las alcantarillas se desbordaron y las aguas arrastraron bolsas de basura a los canales. Después de la lluvia, una brusca caída de la temperatura llegó hasta los dormitorios, obligando a los durmientes a arrimarse a la pareja en busca de calor. Brunetti se levantó después de las diez, hizo café y se dio una larga ducha, agradeciendo el agua caliente por primera vez en meses. Estaba en la terraza, vestido, con el pelo húmedo y una segunda taza de café en la mano cuando oyó ruido a su espalda en el interior del apartamento. Se volvió con la taza en los labios, y vio a Paola. Y luego a Chiara, y a Raffaele.

—*Ciao, papà* —gritó Chiara, con júbilo, corriendo hacia él.

—¿Qué ha pasado? —preguntó él abrazándola, pero viendo sólo a la madre.

Chiara se echó hacia atrás y le sonrió ampliamente.

—Mírame la cara, papá.

Él así lo hizo, y nunca había visto una cara más bonita. Observó que parecía haber tomado el sol.

—Oh, papá, ¿no lo ves?

—¿No veo qué, cielo?

—Tengo el sarampión y nos han echado del hotel.

Aquella noche, aunque persistía la fresca temperatura de un otoño incipiente, Brunetti no necesitó manta.